SKY DU MONT

Fürsten & Fälscher

Das Buch

Nach dem frühen, tragischen Unfalltod seiner Frau ist Christian von Landsburg eher durch Zufall zum Amateurkriminalisten geworden: Sein erster Fall, der Mord an einem berüchtigten Paparazzo, liegt allerdings schon ein Jahr zurück. Schon damals hat ihm die ehemalige Polizeipsychologin Bernice Alper bei seinen Ermittlungen sehr geholfen. Umso größer ist Christians Freude, als er sie endlich wieder sieht. Aber wird Bernice ihm auch diesmal zur Seite stehen bei einem Fall, der auch die Familie des Grafen berührt und von Landsburg mehr beansprucht, als ihm lieb ist?

Die Presse über Graf Landsburgs ersten Fall *Prinz & Paparazzi:*

»Eine hübsch bösartige Satire über die Schattenseiten des Glamours.« *Hörzu*

»Witzig und spannend.« *Frau im Spiegel*

»Ein richtig flotter Society-Roman.« *Madame*

Der Autor

Sky du Mont, 1947 in Buenos Aires geboren, machte als Schauspieler international Karriere, u.a. in Stanley Kubricks *Eyes Wide Shut*, aber auch in den sehr erfolgreichen deutschen Filmen *Der Schuh des Manitu* und *(T)raumschiff Surprise. Fürsten & Fälscher* ist nach *Prinz & Paparazzi* sein zweiter Roman mit dem charmanten Anwalt und Detektiv Christian Graf von Landsburg. Im April 2005 wird die erste Folge der Krimireihe im ZDF ausgestrahlt – mit Sky du Mont in der Rolle des Christian von Landsburg.

SKY
DU MONT

Fürsten & Fälscher

Roman

Diana Verlag

Redaktion: Regina Carstensen

Originalausgabe 03/2005

Printed in Germany 2005
Umschlaggestaltung: Hauptmann und Kampa
Werbeagentur, München – Zürich,
Teresa Mutzenbach, unter Verwendung eines Fotos
von Stephan Persch
Satz: Wilhelm Heyne Verlag, München
Druck und Bindung: GGP Media GmbH, Pößneck
Gedruckt auf chlor- und säurefreiem Papier
ISBN: 3-453-35003-0
http://www.heyne.de

1

Die Gründerzeithäuser strahlten die Noblesse der vergangenen zwei Jahrhunderte aus. Die Gegend hätte die Visitenkarte des vornehmen Hamburg sein können – und sie war absolut nicht der Ort für eine lautstarke und also gänzlich unhanseatische Streiterei.

»Dein Geld kannst du dir in die Haare schmieren!«, schrie Sophie von Biel und schob mit dem letzten Rest an Atem, den sie noch in den Lungen hatte, hinterher: »Ich komm auch ohne dich klar!« Trotzig stemmte sie ihre Hände in die Hüften und starrte ihren Vater wütend an, um so ihrer Behauptung Nachdruck zu verleihen. Sophie war eine kleine, zierliche Person. Für ihre einundzwanzig Jahre wirkte sie, trotz ihrer ausgeprägt weiblichen Figur, fast noch kindlich. Das mochte an ihren großen, braunen Augen liegen, die ihr etwas Verletzliches gaben.

Otto von Biel lachte laut auf, sichtlich unbeeindruckt vom Auftritt seiner Tochter. »Du bildest dir doch nicht ein, dass du von mir auch nur noch einen einzigen Cent bekommst! Und erwarte nicht, dass deine Mutter dir hilft.« Er drängte sie zur Tür seiner Galerie in der Johnsallee, in der Leonie von Landsburg stand und erschrocken auf die Szenerie blickte. »Von mir aus studierst du, was du willst, oder du studierst gar nichts. Wahrscheinlich ist es überhaupt besser, du suchst dir einen Job und verdienst endlich dein eigenes Geld, statt meines auszugeben.«

Otto von Biel sprach ungewöhnlich ruhig. Dass ihm der Streit mit seiner Tochter nahe ging, mochte man allenfalls daran erkennen, dass er während seiner Sätze immer wieder mit dem Kopf zur Seite ruckte, als risse von dort eine unsichtbare Hand an ihm. »Und du willst Psychologie studieren! Lächerlich. Wie wenig du bisher gelernt hast, zeigt dein Auftritt hier. Ich stehe mitten in den Vorbereitungen zu einer wichtigen Vernissage, und du eröffnest mir, sie hätten dich an der Uni rausgeworfen ...«

»Exmatrikuliert, ich wurde exmatrikuliert«, ging Sophie dazwischen. Doch ihr Vater ließ sie nicht zu Wort kommen. Jetzt doch seine Stimme erhebend, warf er ihr entgegen: »Das hätten sie schon viel früher tun sollen! Sie hätten mir Jahre erspart, Jahre, in denen ich dir Geld gegeben habe.«

Leonie von Landsburg befreite sich endlich aus ihrer Starre und drehte sich in Richtung Ausgang. Das Geschrei von Vater und Tochter wurde nur durch die Geräuschkulisse der Straße gedämpft. Ein wenig ärgerte sie sich, dass sie sich mit Sophie zu einem Einkaufsbummel verabredet hatte. Der Geburtstag ihrer Großmutter stand vor der Tür, und sie hatte noch so viel zu erledigen. Ein lauter Pfiff ließ sie herumfahren. Zwei Bauarbeiter grinsten ihr anerkennend zu. Der eine tat sein Interesse mit einer eindeutig obszönen Handbewegung kund. Leonie zögerte eine kurze Sekunde, entschloss sich aber dann doch, den Männern nicht den Mittelfinger zu zeigen, sondern sich damenhaft abzuwenden. Großmama wäre jetzt stolz auf mich, dachte sie und musste lächeln. Leonie war eine schöne Frau, besonders wenn sie dies tat – lächeln. Ihr schulterlanges, blondes Haar ließ sie zarter und jünger erscheinen, jünger, als sie war. Aber es waren ihre Augen, die einen fesselten. Ein helles, strahlendes Blau, das einen Blick in ihr Innerstes versprach, und dabei zugleich eine unergründliche Tiefe erahnen ließ. Christian von Landsburg, ihr Vater, meinte, dass sie die Augen ihrer verstorbenen Mutter hatte.

Von der Rothenbaumchaussee her rauschte der Verkehr, über dem Haus kreischten ein paar Möwen, stimmlich ganz nah an Sophie, die wieder Luft geholt hatte und offenbar zum finalen Trommelfeuer ansetzte, um den Frust ihrer ganzen Kindheit loszuwerden. Leonie hörte Sophies Ausbruch bis auf die Allee. Sie hatte sich vorgenommen, hier auf ihre Freundin zu warten. Sie konnte es kaum glauben – die Biels, die zu den feinsten Galeristenfamilien in Hamburg zählten, stritten sich wie die Kesselflicker. Gut, Otto von Biel war Leonie nie sehr sympathisch gewesen. Aber genau genommen galt das für die meisten Väter ihrer Freundinnen. Er wirkte auf sie wie ein grobschlächtiger Feldwebel, der es gewohnt war, Befehle zu erteilen, und dabei nicht den geringsten Zweifel aufkommen ließ, dass er erwartete, dass diese auch befolgt würden. Otto von Biel war ein groß gewachsener Mann. Seine Glatze ließ ihn älter wirken, als er war. Immer elegant gekleidet, verkörperte er den erfolgreichen aristokratischen Unternehmer. Aber es waren seine Augen, die Leonie zur Vorsicht mahnten. Er hatte kalte, fast tote Augen, die, selbst wenn er lächelte, ohne Emotionen blieben.

Mit einem Klirren schaffte es Sophie, die Glastür der Galerie hinter sich zuzuschlagen, ohne dass der hydraulische Türstopper daran etwas hätte ändern können. Irgendwie erwartete Leonie, dass der Zorn ihrer Freundin jetzt sie treffen müsse. Doch stattdessen sah sie Sophie nur tief einatmen. Für einen Moment hielt sie die Augen geschlossen – schließlich breitete sich ein Grinsen auf Sophies Gesicht aus. »O Mann«, hörte Leonie sie plötzlich sagen. »Was für ein Idiot.« Und im selben Moment wendete sie sich ihrer Freundin zu: »Warum kann man sich den Stall nicht aussuchen, aus dem man kommt?«

Christian von Landsburg traf seinen Vater im alten Gärtnerhaus an. Graf Ferdinand hatte sich dort auf Wunsch seiner Frau eine Sammlung von Gewehren angelegt. Genau genommen hatte er die Sammlung bereits vorher besessen, der Wunsch der Gräfin hatte sich eher auf die Auslagerung in den etwas entlegenen Winkel des Anwesens bezogen.

»Papa. Ich suche dich überall!«

»Es genügt, wenn du mich hier suchst, Christian.« Ferdinand von Landsburg blickte bei seiner Antwort nicht von seiner Holland & Holland auf. Dieses Gewehr pflegte er mit der Hingabe eines berufsmäßigen

Auftragskillers, wie ihm sein Sohn Christian bei jeder sich bietenden Gelegenheit hintergründig versicherte. Ferdinand war trotz seiner fast achtzig Jahre immer noch ein stattlicher Mann. Sein dichtes, weißes Haar hatte er glatt zurückgekämmt, und seine blauen Augen blitzten lausbubenhaft. Ferdinand hatte sich seine Jugendlichkeit bewahrt, die ihn, gepaart mit seinem umwerfenden Charme, zu einem gern gesehenen Gast auf allen Festen machte.

»In der Tat«, entgegnete Christian, »du bist hinreichend berechenbar.« Er setzte sich auf einen der abgewetzten Ledersessel, die das Gartenhaus so gemütlich machten und vor allem bei Gästen auf der Flucht vor lästigen Smalltalks sehr beliebt waren. »Darf ich dich stören?«

Ferdinand nickte nur, während er mit einem Tuch den Lauf seines Gewehres einölte. Christian beneidete ihn insgeheim, dass er noch in seinem hohen Alter keine Brille benötigte. Er selbst brauchte sie immer häufiger.

»Es geht um Mama.«

Auf dem Tisch lag eine Packung mit Schrotpatronen. Christian nahm eines der erstaunlich schweren Geschosse heraus und betrachtete es, als habe er noch nie ein solches Teufelszeug gesehen.

»Sie hat nächste Woche Geburtstag, und ich habe nicht den blassesten Schimmer, was ich ihr schenken soll.«

Nun sah Graf Ferdinand doch auf. »Wie wäre es, wenn du ihr einen Fasan schießt oder ein paar Rebhühner?«

»Im Sinne von ›Eltern haben am liebsten etwas

Selbstgebasteltes‹? Dann würde ich doch eher darauf plädieren, einen Fasan oder ein paar Rebhühner zu braten. Du weißt, wie wenig Mama für die Jagd übrig hat.«

»Wenn ich nur selbst wüsste, was *ich* deiner Mutter schenken soll. Der Grad meiner Verzweiflung nimmt bereits ungeahnte Formen an. Es ist jedes Jahr das Gleiche. Erstaunlich, wie wichtig ihr diese Geburtstage sind«, sagte der alte Graf, »wo sie sich doch mit zunehmendem Alter weigert, die Kerzen auf ihrer Torte zu zählen ... Wobei ich zugeben muss, dass ab einem gewissen Alter die Torten mit den vielen Kerzen eher einem Fackelzug ähneln.« Er legte das Gewehr liebevoll zur Seite. »Hast du wenigstens schon eine Idee?«

»Ich dachte, vielleicht führe ich euch beide in die Oper aus.«

»Christian, bitte! Es ist der Geburtstag deiner Mutter. Warum soll ich dafür herhalten? Du weißt doch, wie ich die Oper verabscheue.«

»*Wilhelm Tell* vielleicht?«, sagte Christian und hielt die Schrotpatrone in den Lauf eines imaginären Gewehrs, während er über den Kopf seines Vaters zielte.

»Ich sehe schon, du kennst *Wilhelm Tell* nicht. Dieser Rossini hätte lieber seine Kreativität aufs Kochen beschränken sollen. Aber bevor du mich in die Oper schleppst, werde ich mir was einfallen lassen.«

»Das wäre wirklich entzückend von dir, Papa.«

»Tja, wie das eben so meine Art ist. Heute scheine ich übrigens ziemlich gefragt zu sein.« Ferdinand von Landsburg nickte zum Fenster hin, wo Christian seine Mutter mit eiligen Schritten kommen sah.

»Christian, da bist du ja!«, sagte Gräfin Francesca. Sie seufzte, noch ganz außer Atem.

Beide Männer erhoben sich aus ihren Lederfauteuils. »Was kann ich für dich tun, Mama?« Christian verneigte sich ein wenig, was in seiner Mutter immer den Verdacht weckte, er habe etwas zu verheimlichen.

»Die Frage ist, was wir deiner Freundin morgen zum Abendessen servieren können. Jacques hat uns abgesagt – Magen-Darm-Virus.«

»Nicht gerade das, was man von einem Koch erwartet«, kommentierte Christian trocken. »Ich finde sowieso, du übertreibst da völlig, liebe Mama. Warum soll uns nicht Frau Resnik etwas kochen?«

»Das Problem ist: Wir haben ganz einfach nichts da! Benno liegt mit seinen Bandscheibenproblemen im Krankenhaus. Und nach Hamburg kann ich jetzt beim besten Willen nicht mehr fahren. *Ich* nicht«, sagte die Gräfin und wirkte so, als hätte sie keinen Zweifel daran, dass niemand es wagen würde, ihr zu widersprechen. Francesca war eine zierliche Frau, aber ihre »italienische Nase« (wie sie selbst diese Gesichtspartie bezeichnete) und ihre dunklen Augen forderten Respekt und strahlten Autorität aus. Zumeist trug sie Kleider in gedeckten Farben, was Ferdinand vor vielen Jahren einmal zu der Frage veranlasst hatte: »Wie wirst du dich eigentlich kleiden, wenn ich mal nicht mehr bin? Wirst du dann nur noch helle Blumenmuster tragen?« Francesca hatte ihrem Mann nur einen strengen Blick zugeworfen und geantwortet: »Du gehst nicht vor mir, sondern, wenn überhaupt, *mit* mir. Wer weiß, was du da oben sonst wieder alles ohne mich anrichten würdest!« Dabei hatte sie einen Blick zum Himmel geworfen und zärtlich seine Hand gedrückt.

Christian blickte zu seinem Vater, der mit verschmitztem Lächeln seine erneut in die Hände genommene Flinte ein wenig hob und mit den Lippen das Wort »Rebhuhn« formte. »Okay, okay«, sagte Christian und sah den gemütlichen Samstagmorgen im Bett entschwinden. »Ich fahre morgen früh in die Stadt. Aber nur, wenn Marianne mitkommt.«

»Christian, unsere Haushälterin hat hier wirklich genug zu tun. Ich sage ihr, sie soll dir einen Einkaufszettel schreiben.«

»Nein, nein, Mama. Ich kenne das. Ich besorge alles und muss mir hinterher anhören, dass ich alles falsch gemacht habe.«

»Du wirst das schon richtig machen, mein Junge.« Sichtlich zufrieden mit sich selbst, drehte sich Gräfin Francesca mit einem aufgeräumten Lächeln auf dem Absatz um.

»Und wenn ich Leonie bitte?«

»Leonie?« Die Gräfin hielt inne und wandte ihr Gesicht den beiden Männern zu. »Abgesehen davon, dass sie garantiert statt eines Bratens eine neue, modische Jeans anschleppen würde und dass sie im Augenblick sowieso nicht da ist, kannst du ja wohl kaum erwarten, dass sie für deine Freundin einkaufen geht.«

»Mama! Ich bitte dich! Constanze Wittmann ist nicht ›meine Freundin‹. Sie ist eine Kollegin, zugegebenermaßen eine sehr attraktive Kollegin, aber eben nur das.« Christian bemerkte aus den Augenwinkeln, dass sein Vater verklärt nickte, was wiederum Francesca mit einem strafenden Blick bedachte. Schnell machte sich Ferdinand wieder daran, sein Gewehr einzuölen. »Also, genau genommen ist Constanze

Wittmann eine gegnerische Anwältin – und wir haben in der Sache Hadeln-Oettingen einen sehr klugen und passenden Vergleich geschlossen.«

»Und dann lädst du sie gleich zum Essen nach Hause ein?«

Christian schwieg. Manchmal war es einfach besser zu schweigen. Mama konnte so dickschädelig sein wie ein Steinbock.

»Ist sie mit den Wittensteins von Hechingen verwandt?«

»Kaum. Schließlich heißt sie nicht Wittenstein, sondern Wittmann.«

»Vielleicht mit Baron Wittmann von Wittmannsfelden!«, sagte die alte Dame. Missbilligend ließ sie ihren Blick über die säuberlich in Reih und Glied stehenden Gewehre in der Vitrine hinter Graf Ferdinand gleiten.

»Du kannst sie ja fragen, wenn sie morgen Abend bei uns ist.« Christian versuchte es begütigend.

»Also, ich werde dann Marianne bitten, dir eine Liste zu machen«, sagte sie, als hätte sie die ganze Zeit an nichts anderes gedacht. Schließlich senkte sie den Blick mit einem kleinen Seufzer in Richtung ihres Mannes: »Und, Ferdinand, lass bitte dieses schreckliche Spielzeug nicht herumliegen, wenn du damit fertig bist.« Sie schüttelte leicht den Kopf. »Männer.« Nunmehr gesetzten Schrittes machte sie sich wieder auf den Weg hinüber zum Gut.

Christian und sein Vater blickten ihr eine Weile hinterher, ehe sich Christian lächelnd seinem Vater zuwandte.

»Ich wusste gar nicht, dass du auch Augen für die gegnerischen Anwälte ... oder Anwältinnen hast?«

»Tja, mein Sohn, man soll den Gegner immer im Auge behalten ... und sie hat wirklich ausgesprochen schöne Augen.«

Beide Männer sahen sich einige Sekunden an und mussten dann laut lachen.

Sophies Wagen stand in der Feldbrunnenstraße, einen Katzensprung von der Galerie entfernt. Eigentlich war es der Wagen ihres Vaters, von ihm gekauft, auf die Firma laufend, auf die Mutter versichert. Denn obwohl sie ein Kind reicher Eltern war und von aller Welt für eine verwöhnte Göre gehalten wurde, hatte ihr Vater sie immer kurz gehalten. Das formt den Charakter, war seine Devise.

Leonie fand den Beetle ziemlich lahm, hatte aber nie etwas Derartiges gesagt. Hinter Sophies Auto stand ein Minivan. Der Fahrer ließ in diesem Augenblick den Motor an und drückte kräftig auf das Gaspedal, sodass der Motor kurz aufheulte.

»Wäre noch netter, wenn meine Karre Benzin im Tank hätte. Ich muss immer aufpassen, dass ich nicht liegen bleibe.« Sophie lachte bitter und blickte sich um, ehe sie die Tür öffnete.

»Wir können gerne auch mit meinem Wagen fahren«, sagte Leonie. Doch ihre Freundin winkte ab. »Das geht schon in Ordnung. Ein bisschen ist noch drin. Steig ein und schnall dich an.« Sie wusste, dass Leonie das gerne vergaß.

»Warte mal. Der hinter dir will auch ausparken. Lass den zuerst weg.«

Doch der Fahrer des Minivans machte keine Anstalten loszufahren.

»Typisch«, schimpfte Sophie. »Männer am Steuer.«

Als sie am Georgsplatz in die Rosenstraße abbogen, nörgelte sie weiter: »Ich hasse diese Einbahnstraßen. Einmal durch die Stadt und zurück, nur damit man dreihundert Meter vorankommt. Guckst du mal auf deiner Seite?«

»Alles frei.«

»Das alles haben sich Männer ausgedacht, die sich immer mit ihrem völlig sinnlosen Orientierungssinn profilieren wollen.«

Der Minivan, der ihnen gefolgt war, bog in die Rosenstraße ein und blieb auch hinter ihnen, als sie über den Jungfernstieg und die Dammtorstraße zum Alsterufer fuhren. Sophie schien es nicht zu bemerken. Gut, sie musste sich auf den Verkehr konzentrieren. Aber Leonie fiel es schon auf, dass die Wege sich so glichen. Sie hatte den Wagen beim Wenden in die Rosenstraße wieder gesehen und konnte ihn seither im Seitenspiegel beobachten. »Schau mal in den Rückspiegel, Sophie. Uns fährt einer nach.«

»Hm?«

»Die sind hinter uns, seit wir unterwegs sind.«

»Wer?«

»Keine Ahnung. Der Van, der hinter uns geparkt hat, als wir von der Galerie weggefahren sind. Da sitzen zwei ziemlich hippe Typen drin.«

Sophie lachte. »Die haben wenigstens Geschmack! Im Ernst, Leonie, du hörst wohl zu viele Krimigeschichten von deinem Paps, oder?«

»Vielleicht.«

Möglicherweise hatte Sophie Recht.

Sophie blickte in den Rückspiegel. »Außerdem sehe ich gar keinen Van«, sagte sie. Und tatsächlich, der Lieferwagen war verschwunden.

Es war einer dieser Tage, an denen Christian hoffte, es mögen möglichst wenige Anrufe in seine Anwaltskanzlei hereinkommen, die er zusammen mit seinem Vater auf dem in der Nähe von Hamburg liegenden Gut betrieb. Die Luft flirrte leicht, ein Windhauch trieb die Vögel vor sich her, der Sommer zeigte sein schönstes Gesicht. Christian fühlte sich an die Wochen erinnert, die er als Zwanzigjähriger im Loiretal verbracht hatte, so rein war die Luft und so ungewöhnlich klar und blau der Himmel. Sogar die Arbeit machte ihm Spaß, solange er dabei am Fenster oder, besser noch, so wie jetzt, auf der Terrasse sitzen und immer wieder einmal aufblicken und die Gedanken schweifen lassen durfte. Er bearbeitete gerade einen Adoptionsfall. Wieder einmal. Man glaubte meist, in der Kanzlei Landsburg & Landsburg an der richtigen Adresse zu sein, wenn es um Angelegenheiten des Adels ging. Was bedeutete: Erbschafts- und Familiensachen. Testamentsberatungen, Nachlassverwaltungen, Vaterschaftsklagen, Eheverträge, Scheidungen, überdurchschnittlich viele Steuer- und eben Kindschaftsverfahren. Letztere waren oft von einer gewissen Pikanterie. Denn die Annahme an Kindes statt betraf in den meisten Fällen nicht kleine Mädchen und Jungen, die Eltern dringend gebraucht hätten, sondern erwachsene Menschen in der Blüte ihrer Jahre, fast ausnahmslos Männer, die in ihrem Drang nach Höherem an die Grenzen der eigenen Herkunft gestoßen waren. Ein »von«, ein »Freiherr«, ein »Graf« – das war etwas, das mit Leistung oder Talent nicht erworben werden konnte. Das ließ sich nur durch Geburt oder Heirat einrichten. Oder eben durch Adoption.

»Christian, hast du in Sachen Handelsregistereintragung Meier & Meyer bei Gericht nachgefragt?« Graf Ferdinand riss seinen Sohn aus der leicht schläfrigen Betrachtung einer goldglänzenden Buchenkrone.

»Ich bin noch nicht dazu gekommen, Papa. Mich beschäftigt momentan diese Adoptionssache ›von Peekenbrink‹.«

»Vergiss es bitte nicht. Es wäre wirklich wichtig. Du weißt, ich kann mit diesen Amtsschimmeln nicht so recht. Du bist da viel geschmeidiger. Das muss das italienische Blut deiner Mutter in deinen Adern sein.« Ferdinand von Landsburg blickte auf seine Uhr. »Allerdings müsstest du es rasch machen. Es ist Freitag. Und um Punkt zwölf Uhr mittags gilt das Telefon am Registergericht als unrein.«

»Vielleicht wäre es ja ganz gut, deine Mandanten würden sich das übers Wochenende noch einmal überlegen? Ich meine, wer nennt denn seine Firma allen Ernstes ›Meier & Meyer‹?«

»Zwei Hamburger Kaufleute. Konrad Meier und Hans-Johann Meyer. Immerhin ein ehrlicher Name. Zwei ehrliche Namen, um genau zu sein.« Ferdinand von Landsburg blickte betont auf das Vertragswerk, das sein Sohn auf dem Schoß hielt.

»Okay.« Christian gab sich geschlagen und schwang

sich auf. »Ich rufe dort an. Und du bittest Marianne, für uns hier auf der Terrasse zu decken. An einem so wunderschönen Tag sollte man nicht drin speisen.«

Ferdinand von Landsburg lächelte, nickte und machte es sich auf dem Liegestuhl bequem, auf dem eben noch Christian gesessen hatte. »Danke, Christian. Ich wusste doch, dass du deinen alten Vater nicht im Stich lässt.«

Christian betrat den kleinen Salon durch die Flügeltür. Im Haus war es kühler als draußen. Auch mussten sich seine Augen erst an das gedämpfte Licht gewöhnen.

Vielleicht sollten sie morgen hier zu Abend essen, dachte er. Der kleine Salon war freundlicher eingerichtet als das ziemlich strenge Speisezimmer mit seinen Kommoden, Wappen und den etwas zu dunklen Stillleben, aus denen einen beim Essen tote Hasen- und Rehaugen anglotzten. Ja, er würde Marianne, der Haushälterin, gleich nach dem Telefonat Bescheid geben.

Wie er erwartet hatte, war am Registergericht schon wenige Minuten vor zwölf niemand mehr zu erreichen. Früher hatte man mitunter die Chance gehabt, noch den einen oder anderen Gerichtsdiener aufzuscheuchen, indem man das Telefon so lange läuten ließ, bis irgendjemand ranging, um der Sache ein Ende zu bereiten. Aber seit die moderne Technik dafür gesorgt hatte, dass durch einen einfachen Knopfdruck Klingeltöne abzuschalten waren, und überdies Displays anzeigten, ob der Anrufer ein Kegelbruder war oder doch nur ein lästiger Anwalt, konnte man selbst zu den guten Zeiten kaum noch jemanden erreichen, wenn der nicht wollte. Und an diesem schönen Freitagmittag wollte offenbar niemand mehr Dienst tun. Auch ein Versuch über die Zentrale blieb erfolglos.

Christian von Landsburg ging wieder zur Terrasse, wo er in der Tür stehen blieb. Graf Ferdinand war eingeschlafen. »Meier & Meyer« mussten ohnehin warten. Christian legte seine Akte zur Seite. Eigentlich konnten sich auch die alte Gräfin Peekenbrink und ihr zukünftiger Adoptivsohn, der achtundfünfzigjährige Honorarkonsul von Trinidad und Tobago, Johann Kappler, noch etwas gedulden, ehe sie sich in Vorfreude auf die zukünftige familiäre Liebe um den Hals zu fallen vermochten. Denn vor dem Notartermin in einer Woche und dem anschließenden Stelldichein auf dem Standesamt würden weder der Titel noch die fünfhunderttausend Euro, die Konsul Kappler dafür zu berappen bereit war, die Seiten wechseln. Christian sah auf den Vertrag hinab: 168 Seiten – eine Adoptionsvereinbarung wie eine Firmenübernahme. Dabei ging es nur um Geld und Eitelkeiten. Kein Arbeitsverhältnis galt es zu übernehmen, keine Lieferantenverträge, keine Verbindlichkeiten und keine Betriebsrentenkasse. Immerhin, die alte Gräfin Peekenbrink konnte das Geld gut brauchen. Seit sie ihr Anwesen hatte verkaufen müssen, lebte sie in einer Stadtwohnung, die sie sich auch kaum leisten konnte. Früher hatte man sich gelegentlich auf einer Veranstaltung oder einem Treffen der weitläufigen Familie gesehen. Doch das war längst vorbei. Und diese Adoptionsgeschichte würde den Rest dazu tun, dass man die Gräfin nicht mehr in den so genannten besseren Kreisen einlud.

Christian wischte die Gedanken an die alte Dame

beiseite, wies Marianne wegen der morgigen Mahlzeit an und ging nach oben, um sich umzuziehen. Es war ein Tag zum Reiten. Heute wollten nicht nur die Pferde bewegt werden, sondern auch die Stubenhocker. Und das war er zweifellos geworden, ein richtiger Stubenhocker. Ein paar Pfund abzunehmen wäre nicht das Verkehrteste. Christian wirkte durch seine stattliche Größe aber immer noch schlank und sportlich. Sein graues Haar stand im Gegensatz zu seinem Temperament, das jugendlich geblieben war. Dadurch war es schwer, sein wahres Alter einzuschätzen. Er konnte in einem Augenblick albern sein, und im nächsten Moment schien sich ein Schatten der Melancholie über sein Gemüt zu legen.

Kritisch steckte er einen Daumen zwischen Gürtel und Hosenbund. Ja, er hatte wieder zugenommen. Christian beschloss, sich einmal wieder so richtig zu quälen und die große Tour zu unternehmen, die hinter den Wäldern ein Stück weit hinein ins Herzogtum Lauenburg führte. Auf schmalen und anstrengend zu reitenden Wegen würde es dann zurückgehen. Erst am Abend wäre er wieder daheim.

Vor der Box seines Rappen Tarrass ertappte er sich dabei, wie seine Augen nach links wanderten, wo die Stute Fiammetta stand. Fiammetta war ein kräftiges Pferd von hohem und schlankem Wuchs, auf dem seine verstorbene Frau Marie-Louise stets bewundernde Blicke auf sich gezogen hatte. Leonie ritt heute gelegentlich auf der Stute – und sie sah ihrer Mutter dabei so ähnlich, dass sich sein Herz bei diesem Anblick stets zusammenzog. Seit der Stallknecht Benno nach einem unglücklichen Sturz von einem der Rappen mit schweren Bandscheibenproblemen in der Klinik lag, bemühte sich Leonie nach Kräften, die Tiere zu bewegen. Christian atmete tief durch und führte Tarrass nach draußen, wo die Sonne langsam begonnen hatte, in den Nachmittag zu kippen.

Es war alles da, was Rang und Namen hatte. Dabei war der Künstler weithin unbekannt, und kaum einer der Gäste hätte ein Bild von ihm unter anderen Umständen erkannt. Blöck war sein Name. Eigentlich BLÖK. Christian fragte sich, ob das ein Künstlername war oder ob der Mann wirklich Blök hieß. Einen Vornamen hatte er offenbar nicht.

Es war die erste Einzelausstellung von BLÖK in Hamburg, wie die Gäste anlässlich einer kleinen, launigen Rede des Galeristen Otto von Biel erfuhren. »Wir sind stolz darauf, diesen einzigartigen Meister für den hohen Norden entdeckt zu haben.« Von Biel seifte die Besucher der Vernissage ein. »Er bringt die Farbtupfer in unsere Stadt, die bisher gefehlt haben.«

Christian sah sich um und entdeckte an den Wänden hauptsächlich grau in grau gehaltene Collagen, durch die sich kaum je ein bunter Streifen zog. Er musste innerlich lachen: Was BLÖKs Bilder am meisten abging, waren wohl Farbtupfer. Dabei waren einige Exponate dabei, die jedes Museum für moderne Kunst zweifellos geschmückt hätten.

»BLÖKs existenzialistischer Zugang, seine seelische Paraphrasierung des Optischen und die aus der Quintessenz der Postmoderne geborenen Traumchiffren, eigentlich seit Jasper Johns und Willem de Kooning, treffen direkt ins Herz!« Kaum zu glauben, dass der Gastgeber solche Sätze frei sprechen konnte. Der Mann neben Christian verdrehte die Augen und schüttelte dann den Kopf, den er im Laufe der weiteren Rede gesenkt hielt.

»Vergeblich suchen wir Funktionalismen oder gar retrospektiv angelegte Konkretisierungen. Stattdessen: Klarheit, Reinheit, Purismus fast – und die Gewissheit, Kunst zu erleben, die auf den Punkt kommt.«

»Was man von der Rede nicht behaupten kann.« Christian sagte das mehr zu sich und bemerkte, dass sein Nachbar grimmig nickte. »Aber eines muss man Biel zugute halten. Er hat eine echte Entdeckung gemacht. Der Künstler ist wirklich gut.«

»Finden Sie?« Der Mann neben ihm fiel nicht in den allgemeinen Applaus am Ende der Rede ein.

»Offensichtlich meinen das auch andere«, sagte Christian. »Und ich muss Biel Recht geben. Ich habe lange nicht mehr so Gutes gesehen.«

»Das ehrt mich.«

»Ach.«

»BLÖK. Angenehm.«

»Ganz meinerseits! Und entschuldigen Sie bitte ...«

»Wofür? Sie haben doch nur Gutes über mich gesagt. ›You made my day‹, wie es so schön heißt.« Sie gaben einander die Hand. BLÖK war vielleicht einen Meter sechzig groß, sehr drahtig und kaum anders gekleidet als die Mehrheit der Männer, die sich zur Kunstgemeinde der Stadt zählten: schwarzer Anzug, schwarzer Rollkragenpullover, Ring am kleinen Finger – in seinem Fall auch schwarz.

»Ich sehe, Sie haben sich schon miteinander bekannt gemacht?« Otto von Biel trat dazwischen. »Wenn Sie erlauben.« Er wandte sich knapp an Christian, der ihm sichtlich fremd war. »Dann würde ich unseren Künstler nun ein wenig herumreichen.« Das sollte wohl nonchalant erscheinen, aber es klang nur peinlich. Und BLÖK hatte es seinem Gesichtsausdruck nach zu urteilen auch so aufgefasst. »See you«, warf er Christian noch zu und tauchte im Kielwasser des Galeristen Otto von Biel in die dicht gedrängte Masse aus feiner Gesellschaft, Häppchen und Sektflöten ein.

»Na, amüsierst du dich gut, Paps?« Wie aus dem Nichts stand plötzlich Leonie neben Christian und hielt ihm ein Glas hin.

»Danke. Dir ist klar, dass ich nur deinetwegen hier bin?«

»Sei kein Frosch! Ich freue mich, dass du dir die Zeit genommen hast. Gefallen dir die Bilder?«

»Absolut. Die Bilder sind gut, sehr gut sogar. Aber ich würde sie mir eigentlich lieber ohne dieses Schickimicki-Theater anschauen.« Er machte eine weit ausladende Armbewegung, die die ganze Kunstgemeinschaft umfasste.

»Du hast eben nicht die richtige Einstellung«, konstatierte Leonie. Sie gab ihm einen Kuss auf die Wange. »Trotzdem lieb, dass du gekommen bist.« Und damit drehte sie sich wieder von ihm weg und hakte sich bei ihrer Freundin Sophie unter, der er die Einladung vermutlich zu verdanken hatte.

Wenigstens hatte er nun etwas zu trinken bekommen, ohne sich von seinem Platz an der Balustrade entfernen zu müssen, der ihm einen guten Blick verschaffte und weit genug vom Epizentrum des Events lag. Wahrscheinlich war der halbe Kollegenkreis anwesend – niemand kaufte in der Hansestadt so konsequent Kunst wie die Anwaltschaft. Bei alldem, was hier in den Büros auf Kosten des Finanzamts herumhing, hätte man gut und gerne ein »Hamburger Museum der vereinigten Kanzleien« gründen können. Dann waren da natürlich auch noch die Ärzte und ihre plastisch optimierten Gattinnen. Und Kaufleute. Der eine oder andere Reeder. Selbstverständlich Verleger, Kuratoren, Fundraiser und Lobbyisten. Ebenso ein wenig Fernsehprominenz, die für die Presse unverzichtbar war, weil sonst keine Fotos in die Tagespresse kämen. Und: Bernice Alper!

Sie entdeckten einander gleichzeitig. Wie an unsichtbaren Fäden gezogen trafen sich ihre Blicke. Ein Lächeln flammte in Bernices Gesicht auf, vielleicht auch in Christians. Darüber konnte er aber in diesem Augenblick nicht nachdenken. Wahrscheinlich sehe ich wie ein Idiot aus, dachte Christian, als ihm klar wurde, wie überrascht er war und dass man ihm das sicher ansehen musste.

Bernice Alper machte ihm ein Zeichen, dass sie zu ihm auf die Balustrade kommen würde, und schon drängte sie sich durch die Menge. Sie trug ein schwarzes Cocktailkleid, das ihren Körper zu liebkosen schien. Christian hatte vergessen, was für eine atemberaubende Frau sie war. »Bernice!« Er strahlte sie an.

»Christian!« Sie schob eine widerspenstige Haarsträhne aus dem Gesicht und hielt ihm die Wange hin, die er nach einem ganz kurzen Zögern küsste. »Das macht man hier so«, erklärte sie. Christian glaubte, einen leichten Anflug von Röte in ihrem Gesicht zu erkennen. »Wie geht es Ihnen?«

»Waren wir nicht beim ›Du‹?«

»Voilà!«

»Voilà!« Christian hielt einen vorbeieilenden Kellner auf, um sein halb leeres Glas abzustellen und zwei frische Gläser Champagner vom Tablett zu nehmen. »Auf dich, Bernice. Ich freue mich, dass wir uns wieder einmal sehen. Und an so unvermutetem Ort. Kennst du den Künstler?«

»Nein.« Bernice Alper lächelte. »Mich hat die Dame des Hauses eingeladen, Margareta von Biel.«

»Dann bin ich ihr wirklich zu Dank verpflichtet.«

»Ich habe dich vorhin mit einer bildschönen jungen Dame gesehen.« Sie warf einen suchenden Blick in die Runde.

»Meine Tochter. Sie war es, die mich überredet hat, hierher zu kommen«, erwiderte Christian. »Zum Glück ...«

»Da bin *ich* eigentlich ihr zu Dank verpflichtet.«

Beide sahen sich einen Augenblick lang stumm an.

»Ah, da kommt Leonie gerade! Bernice, darf ich dir jemanden vorstellen? Das ist Leonie, meine Tochter. Leonie, das ist Bernice Alper ...«

»Sind Sie mit dem üblen Paparazzo-Fotografen verwandt, der letztes Jahr bei uns ermordet worden ist?« Seine Tochter fiel ihm ins Wort.

»Leo, bitte!«

»Entschuldige, Paps. Ist mir so rausgerutscht«, sagte Leonie. Sie wandte sich wieder Bernice Alper zu. »Ich meine den Kunstfotografen, der letztes Jahr so tragisch und grausam bei einem Wohltätigkeitsfest meiner lieben Großmutter ums Leben gekommen ist?« Die Ironie in ihrer Stimme war nicht zu überhören.

»Ich bin seine Schwester.«

»Oh, das tut mir Leid«, stammelte Leonie. »Aber eigentlich tut es mir nicht wirklich Leid. Ich meine: Mir tut es nicht Leid, dass Sie seine Schwester sind. Sondern dass er Ihr Bruder war. Ach, Sie wissen schon, was ich meine ...«

Bernice Alper nickte nur. Klar, sie wusste schon.

»Ja, also, ich muss noch eine Runde drehen«, stotterte Leonie.

»Geh nur«, sagte Christian. »Und nimm dein Fettnäpfchen gleich mit.« Anschließend entschuldigte er sich bei Bernice: »Ich fürchte, Erziehung ist nicht meine Stärke. Und nun ist es wohl zu spät dafür.«

Bernice zog die Augenbrauen hoch und blickte ihn ein wenig spöttisch an. »Ich hätte schwören können, du hattest eine hervorragende Erziehung.«

»Nein, ich meine natürlich Leonie, das heißt ... Was ich sagen will ...« Und es klang so sehr nach Leonies verzweifeltem Versuch der Anteilnahme, dass sie beide lachen mussten und alle Befangenheit dahin war.

Als zwei Stunden und einige Champagnergläser später die kunstinteressierte Gesellschaft sich langsam zu lichten begann, empfand es auch Christian an der Zeit für das obligatorische »Tja«.

»Tja«, sagte auch Bernice Alper. Sie stellte fest, dass

sie sich den ganzen Abend nicht von Christian von Landsburg fortbewegt hatte. Als gehörten sie zum Inventar, hatten sie an der Balustrade gestanden und dem Treiben zugesehen, hatten sich der Aufmerksamkeit eines besonders zuvorkommenden Obers erfreut und auch eine kleine Weile dem Künstler höchstpersönlich Asyl gewährt, als dieser sich kurzfristig der Society entziehen konnte – eine gute Gelegenheit für Christian, den Meister des Abstrakten einzuladen, seine Werke auch auf Gut Landsburg auszustellen. Für Mama würde das eine ideale Idee für eine Wohltätigkeitsveranstaltung ergeben, wenn sie einige Bilder mit einem kleinen Gewinn für ihre Stiftung versteigern lassen konnte. Vielleicht könnte man ihn auch für die anstehende Geburtstagsfeier der Gräfin gewinnen. Für BLÖK würde sich daraus der Zugang zu einer neuen Klientel entwickeln können, einer potenziellen Käuferschaft, die weniger auf Vernissagen und in Galerien, dafür aber häufiger in Auktionshäusern anzutreffen war.

»Ich hätte nicht gedacht, dass ich mich heute Abend so gut unterhalten würde, Bernice.«

»Ich schätze, das war ein Geschäft auf Gegenseitigkeit.«

Da kam Christian etwas in den Sinn. »Sag mal, Bernice, hast du morgen Abend schon etwas vor? Falls nicht: Vielleicht hättest du Lust, zu uns zum Essen zu kommen. Ich würde mich sehr freuen.«

Bernice Alpers Pupillen wirkten seltsam groß, und ihr Lächeln schien auf reizvolle Weise nachdenklich. »Gerne«, sagte sie leise.

»Schön.« Auch Christian von Landsburg senkte seine Stimme. »Und ich verspreche dir, dass ich Leonie einen Maulkorb umhängen werde ...«

Am Samstag waren Wolken aufgezogen und hatten sich zu einem düsteren Bild verdichtet. Schon beim Einkauf am Vormittag hatte Christian häufiger einen besorgten Blick in Richtung Himmel geschickt. Doch es blieb trocken. Erst als von der nahe gelegenen Bundesstraße laut hupende Fußballfans zu hören waren, zuckten hin und wieder Blitze übers Land.

Christian sah auf die Uhr: kurz vor sechs. In einer guten Stunde erwartete er Constanze Wittmann, gegen halb acht Bernice Alper, die angerufen hatte, dass sie sich etwas verspäten würde. Christian fragte sich, ob es richtig gewesen war, im kleinen Salon decken zu lassen.

»Gott, Junge, du bist ja noch gar nicht angezogen!« Die Gräfin echauffierte sich. Aus unerklärlichen Gründen pflegte sie bei derlei Anlässen stets in größte Aufregung und betriebsame Hektik zu verfallen.

»Ich finde, das englische Jackett passt ganz gut zum Anlass.«

»Papperlapapp! Du willst doch wohl nicht etwas zum Diner tragen, was dein Vater allenfalls zur Jagd anzieht. Überhaupt: Trägst du keine Krawatte?«

»Mama.« Christian von Landsburg versuchte es nun sanftmütig. »Es ist eine ganz unformelle Einladung. Da besteht kein Krawattenzwang.«

Francesca von Landsburg ordnete den Tisch neu, ohne dass Christian am Ende hätte sagen können, was sich dadurch verändert hätte. Sie schüttelte den Kopf über so viel kindliches Unverständnis. »Christian, eine Einladung ist nie unformell. Unformell sind spontane Treffen oder – noch unpassender – spontane Besuche. Einladungen bedeuten, dass man die Gegenwart des Gastes schätzt. Und das muss man ihm auch zeigen, indem man sich entsprechend kleidet.«

»Wo hast du das denn gelesen? Es klingt wie ein Kapitel aus ›Knigge für kleine Anlässe‹ von Siglinde Gräfin Sondergeld.«

»So etwas muss man nicht lesen, Junge. Es entspricht dem gesunden Menschenverstand und dem Anstand.«

»Mein gesunder Menschenverstand sagt mir, dass dieses Jackett hier genau das Richtige ist, liebe Mama.«

Constanze Wittmann fuhr im nachtblauen Cabrio vor. Erste dicke Regentropfen fielen auf die Armaturen, bevor sie das Verdeck schließen konnte. Weniger Glück hatte Bernice Alper, die um Viertel vor acht eintraf, als es bereits wie aus Eimern goss. Trotz ihres geschlossenen Wagens und eines mit einem überdimensionierten Regenschirm wartenden Gastgebers wurde sie nass und musste sich für eine kurze Weile in ein Badezimmer zurückziehen.

»Christian, kann es sein, dass Leonie noch unterwegs ist?« Gräfin Francesca sorgte sich.

»Da sie nicht hier ist, wird es wohl so sein. Aber keine Sorge, Mama.« Christian versuchte sie zu beruhigen. »Wahrscheinlich schläft sie bei ihrer Freundin Sophie.«

»Sagen Sie, liebe Frau Wittmann, was war das für ein Fall, in dem Sie diesen legendären Vergleich mit

Christian geschlossen haben? Er erzählt ja immer nur das Wie, aber nie, worum es dabei gegangen war.« Ferdinand von Landsburg bemühte sich, dem Gespräch eine weniger private Komponente zu geben.

»Tja.« Constanze Wittmann räusperte sich. »Vielleicht liegt es daran, dass er es mit der anwaltlichen Schweigepflicht sehr ernst nimmt?«

Als das Gewitter einsetzte, waren Leonie und Sophie kurz hinter Schönningstedt unterwegs. Von einzelnen taghellen Blitzen abgesehen, war es tiefste Nacht, obwohl es kaum halb acht abends war. Und das mitten im Sommer. Es war auch deshalb dunkel, weil es hier draußen auf den Landstraßen keine Straßenbeleuchtung gab. Leonie wünschte, sie hätte Sophie überreden können, nicht nach Grande zu fahren, nur weil es dort einen »jungen wilden« Koch gab, der mit wirklich abgefahrenen Kreationen von sich reden machte. Aber Sophie war absolut begeistert gewesen von der Idee. Der Regen peitschte über die umliegenden Weiden und den nahen Sachsenwald hinweg, dass kaum der nächste Straßenpfosten zu sehen war.

»Findest du nicht, wir sollten umkehren? Ich meine, das ist doch bescheuert bei dem Wetter.«

»Hör mal! Brenners Sauerkraut-Mango-Strudel schmeckt bei jedem Wetter!« Sophie kniff die Augen zusammen, und Leonie fragte sich, ob das nur wegen der Dunkelheit und der schlechten Sicht war oder ob sie womöglich ihre Kontaktlinsen nicht eingesetzt hatte.

»Na ja, dann könnten wir auch bei schönerem Wetter fahren.«

»Aber ich hab doch einen Tisch reserviert.« Das klang nun genervt. Leonie beschloss, lieber nichts mehr zu sagen. Sie starrte in die Dunkelheit und wartete, wann das erste Reh im Scheinwerferkegel stehen würde. Aber vielleicht verkrochen sich die Tiere ja schlauerweise bei solchem Wetter im Unterholz und trieben sich nicht so blödsinnig wie sie beide auf der Straße herum.

Immerhin, sie waren nicht die einzigen Menschen, die sich bei diesem Wetter am Samstagabend auf einer Landstraße befanden. Seit einiger Zeit beobachtete Leonie die Lichter eines Wagens, der ihnen folgte. Eigentlich registrierte sie nicht die Scheinwerfer, sondern den Lichtstreifen, der vom Rückspiegel auf Sophies Augen fiel. Wahrscheinlich hätte sie gar nicht bemerkt, dass Sophie die Augen zusammenkniff, wenn sie nicht diesen Lichtfetzen über den Augen gehabt hätte. Der Typ fuhr vermutlich mit Fernlicht.

»O Gott!«, sagte Sophie plötzlich.

»Was denn?« Leonies Worte klangen heftiger als sie wollte. Das Wetter. Die Dunkelheit um diese Uhrzeit. Das setzte ihr zu

»Ich glaube, wir haben nicht mehr genug Benzin!«

Tatsächlich ruckelte das Auto ein wenig. Leonie hätte das vielleicht für eine buckelige Straße gehalten. Aber jetzt, wo Sophie es sagte ... Sie lauschte. Doch der Sturm verursachte einen Lärm, dass man kaum sein eigenes Wort verstand. Ein Motorengeräusch war da beim besten Willen nicht auszumachen. Leonie beugte sich zu ihrer Freundin. Tatsächlich: Die

Tankanzeige war tief im roten Bereich. »Mensch, Sophie!« Leonie schrie fast. »Du kannst doch nicht mitten in der Nacht beim größten Sturm in die Pampa fahren – und dann bleiben wir liegen!«

»Also, erstens ist es gar nicht mitten in der Nacht ...« Sophie knurrte das mehr, als dass sie es sagte. »Zweitens hab ich den Sturm nicht bestellt. Und drittens ...«

»Drittens, was?«

»Drittens sind wir noch nicht liegen geblieben.«

»Wahnsinnig beruhigend.« Leonie stellte das sarkastisch fest und blickte wieder in den Seitenspiegel. »Aber sag mal, wieso hast du nicht getankt?«

»Getankt?« Sophie lachte laut auf. »Womit denn? Schon vergessen – ich bin pleite. Keine Knete.«

»Mensch, Sophie, ich glaub's nicht. Wieso fahren wir dann zu irgend so einem piekfeinen Schnösellokal in die Prärie? Das müssen wir doch auch bezahlen. Beziehungsweise *du* wolltest dafür löhnen.« Schließlich saß sie hier, weil Sophie sie eingeladen hatte.

»Wenn ich das zahlen müsste, müsstest du ziemlich lange warten, bis ich dir Brenners Sauerkraut-Mango-Strudel präsentieren könnte. Das geht nur, weil es das Lieblingslokal meines alten Herrn ist. Geschäftsessen, du weißt schon.« Sophie grinste breit. »Hab den Tisch von der Galerie aus reserviert. Per Fax. Offizielles Briefpapier. Rechnung bitte an die Firma.« Sie schnalzte mit der Zunge. Auch das Auto schnalzte irgendwie, sodass Sophies Grinsen erstarrte. »Scheiße.«

Leonie spürte, wie es plötzlich nur noch ruckartig voranging. Wieder schielte sie auf die Tankanzeige: Die Nadel klebte am Anschlag. Die Scheibenwischer klappten wie verrückt hin und her. Sichtweite vielleicht zwanzig Meter. Eher zehn. Der Typ hinter ihnen hielt sich wahrscheinlich nur so eng an ihrer Stoßstange, weil er auf die Fahrkünste seines Vordermannes vertraute.

»Komm, lass uns anhalten. Das ist doch Wahnsinn. Man sieht jetzt fast nichts mehr in diesem Regen.«

Doch Sophie hörte sie nicht oder wollte sie nicht hören, sondern fuhr stur geradeaus, bis plötzlich der Motor ausging und sie den Blinker nach rechts setzte, um an den Straßenrand zu rollen. »Over«, sagte sie.

Leonie atmete auf. Das Gewitter konnte nicht ewig dauern. Besser hier eine Stunde oder zwei festsitzen, als im Straßengraben zu landen.

Der Wagen, der hinter ihnen gefahren war, glitt an ihnen vorbei, scheinbar lautlos, weil der Regen jedes andere Geräusch restlos schluckte. Leonie sah plötzlich die Bremslichter rot aufleuchten.

»Mensch, guck mal, der hält an. Vielleicht will er uns helfen!«, rief Sophie.

»Hör mal, hier ist nicht Sibirien. Die nächste Ortschaft ist vielleicht fünf Kilometer entfernt. Wieso soll uns der bei dem Wetter helfen? Außerdem: Woher will er überhaupt wissen, dass wir eine Panne haben? Vielleicht hast du ja bloß angehalten, weil es wie aus Kübeln gießt …«

Tatsächlich war das andere Auto nicht weitergefahren. Die Rückleuchten, die, vom schemenhaften Umriss des Fahrzeugs abgesehen, als Einziges zu sehen waren, hatten ihren Abstand nicht vergrößert.

»Der will uns doch helfen«, sagte Sophie und öffnete ihre Tür. »Vielleicht hat er auch ’nen Benzinkanister dabei.«

»Du wirst doch bei dem Regen nicht ...«, wollte Leonie einwenden. Aber Sophie war bereits auf der Straße und mit zwei, drei großen Schritten in der Nacht verschwunden. Leonie konnte nur vage Gestalten in der Nähe des Wagens ausmachen, der vielleicht fünfzehn Meter von dem Beetle entfernt stehen mochte. Sie schienen sich hektisch zu bewegen Es sah aus, als würde sich einer von den beiden den Mantel über den Kopf ziehen. Leonie kniff die Augen zusammen und versuchte, mehr zu erkennen. Jetzt schienen sich alle zu bücken, auch Sophie. Dann standen plötzlich nur noch zwei Personen da, ohne dass Leonie jemanden hätte im Auto verschwinden sehen. Wenn nur dieser Wolkenbruch nicht gewesen wäre! Leonie wartete.

Es dauerte weniger als eine Minute, bis sie bemerkte, dass sich etwas tat: Die Rückleuchten des fremden Fahrzeugs setzten sich erneut in Bewegung. Zu Leonies Verblüffung entfernten sie sich. Und es dauerte nur den Bruchteil einer Sekunde, bis ihr klar wurde, dass daran etwas faul war. Sophie war nicht zurückgekommen! Leonie starrte in die Dunkelheit und in den Regen. Endlich, zum ersten Mal seit langem, erhellte wieder ein Blitz die viel zu frühe Nacht – und Leonie war, als würde ihr das Blut in den Adern gefrieren. So weit sie sehen konnte, war die Straße leer. Kein Auto. Kein Mensch. Nichts. Vor allem: keine Sophie.

»Sophie!« Leonie warf sich aus dem Wagen und hatte das Gefühl, als würde sie in Wasser springen. Binnen Sekunden war sie nass bis auf die Unterwäsche. Sie stolperte ein paar Schritte ins Leere, nur dürftig erhellten die Scheinwerfer von Sophies Auto die Straße. Immerhin: Während man von innen kaum etwas erkennen konnte, war hier draußen die Sicht besser. Leonie schaute die Straße rauf und runter. Sie waren in einem kleinen Waldstück liegen geblieben. Zu beiden Seiten ragten schwarze Bäume auf und verstärkten die gespenstische Szenerie. Mit viel Fantasie konnte man vielleicht in der Ferne einen winzigen Lichtstreifen erkennen, der ein Ende dieser Sintflut bedeuten mochte. Die Regentropfen, die ihr ins Gesicht peitschten, vermischten sich mit ihren Tränen. Leonie hatte Angst: Sophie Astrid Antonia von Biel war verschwunden.

Das Telefon hatte zum zweiten Mal geläutet. Doch auch diesmal konnte Christian von Landsburg kaum etwas verstehen. Vermutlich war es Leonie, die am anderen Ende der Leitung von ihrem Handy aus telefonierte. In diese wacklige Verbindung mischte sich ein undefinierbares Pfeifen und Brummen. Christian hatte kein gutes Gefühl. Was mochte so dringend sein, dass Leonie ihn trotz eines Funklochs unbedingt erreichen wollte? Die kurzen Wortfetzen, an denen er ihre Stimme zu erkennen glaubte, klangen außerdem aufgebracht oder aufgeregt – jedenfalls ließen sie nicht Leonies übliche Lässigkeit erkennen, mit der sie ihrem Vater gegenüber aufzutreten pflegte.

»Etwas Wichtiges?«, fragte Graf Ferdinand.

»Wenn ich das wüsste.« Nachdenklich nahm Christian einen Schluck von dem Portwein. »Leonie bekommt keine gescheite Verbindung her. Ich hab's auch schon umgekehrt versucht. Aber das klappt überhaupt nicht.«

»Ich finde es ziemlich schrecklich, dass jeder Mobilfunkanbieter für einen Euro Verträge anbietet, aber das Netz nicht weiter ausgebaut wird«, bemerkte Constanze Wittmann. »Und außerdem zeugt es von keinem guten Benehmen, sein Handy in Gesellschaft dabeizuhaben. Ich meine, damit stört man doch nur! Ständig läutet das Ding. Schrecklich!«

»Schrecklich« war ihr Lieblingswort. Im Grunde fand sie alles schrecklich, und Christian fragte sich, wie er sie nur hatte einladen können. Gewiss, Constanze Wittmann war die vermutlich attraktivste Kollegin, die Hamburg zu bieten hatte, aber es fiel ihm auf, dass sie im privaten Kreis ein wenig affektiert wirkte – um es vorsichtig auszudrücken. Ständig warf sie ihre langen blonden Haare von links nach rechts und umgekehrt oder drehte die Spitzen kleinmädchenhaft über den Finger; eine Marotte, die Christian seiner Tochter schon vor zehn Jahren mit viel Geduld abgewöhnt hatte.

Bernice Alper lächelte verständnisvoll, aber, wie es Christian schien, auch ein wenig skeptisch. Sie sagte jedoch nichts dazu, wie sie überhaupt den Abend über eher schweigsam gewesen war, als hätte sie die Tischgesellschaft nur beobachtet. Wahrscheinlich hat sie uns alle heimlich analysiert, dachte Christian.

Plötzlich begann ein Handy zu läuten. Offensichtlich kam das penetrante Fiepen aus Constanze Wittmanns Handtasche. Verlegen versuchte sie das Gerät in ihrer großen Tasche zu lokalisieren, was ihr auch nach einigen peinlichen Sekunden gelang. Sie lächelte etwas gequält, nahm das Gespräch an und ging auf den Flur hinaus, um in Ruhe zu telefonieren. »Ich fürchte, dass ich mich verabschieden muss«, sagte sie, als sie nach kurzer Zeit wieder hereinkam. »So schön der Abend auch war. Ein Notfall, ein Mandant, der sofortiger Hilfe bedarf. Tja, man ist sozusagen immer im Dienst.«

Gräfin Francesca klingelte nach der Haushälterin. »Marianne, seien Sie so gut und sehen Sie doch einmal nach, ob es noch so schrecklich regnet.« Bei dem Wort »schrecklich« wanderten ihre Augen kurz zu Constanze Wittmann, die eben dabei war, sich wieder eine Strähne aus der Stirn zu streichen.

»Es hat ein wenig nachgelassen, gnädige Frau.«

»Nicht, dass wir Sie in die Sintflut entlassen wollen, meine Liebe.« Die alte Gräfin und neigte sich gnädig zu der Besucherin hin. »Sonst hätten Sie bei uns übernachten können.«

»Das können Sie auch so!«, sagte Graf Ferdinand. »Wann immer Sie wollen.«

»Das ist sehr liebenswürdig von Ihnen. Aber ich denke, ein bisschen Regen wird mir nichts ausmachen.« Constanze Wittmann bedankte sich für die Einladung, verabschiedete sich und wurde von Christian noch zur Tür begleitet. Er war kaum wieder im kleinen Salon, als das Telefon erneut klingelte. Doch noch ehe Marianne am Apparat war, war es schon wieder verstummt. Christian, der auch von seinem Platz aufgesprungen war, fragte, ob jemand gerne noch einen Digestif hätte. »Um ehrlich zu sein«, meinte Bernice Alper, »ich würde meinen Portwein gerne gegen etwas weniger Süßes eintauschen, vielleicht etwas Trockenes?«

»Christian, warum gibst du Frau Alper nicht ein Glas von meinem Sherry? Er steht nebenan in der Bibliothek«, empfahl Graf Ferdinand.

»Wie wär's mit einem Sherry?«

»Gute Idee.«

Christian ging nach nebenan, nicht ohne zuvor noch ein Sherryglas vom Bartisch mitgenommen zu haben.

»Aber nicht zu viel!« Bernice Alper ging ihm nach, blieb aber in der offenen Tür stehen, um nicht gegenüber Christians Eltern unhöflich zu sein.

»Das gilt natürlich auch für dich«, sagte er.

»Was?«

»Dass du herzlich eingeladen bist, bei uns zu übernachten. Es gibt mehrere Gästezimmer auf dem Gut, und Marianne wird dir gerne eines herrichten.« Er lächelte. »Und wie ich meine Mutter kenne, ist das auch schon längst erledigt. Sie ist stets die perfekte Gastgeberin.«

Bernice nahm Christian das Glas ab und roch an dem Sherry. »Vielleicht wäre es wirklich besser«, meinte sie. »Immerhin habe ich ziemlich viel Wein getrunken.«

In diesem Augenblick klingelte wieder das Telefon. Christian ging an den Apparat. Es war Leonie, diesmal klar und deutlich zu verstehen: »Papa! Du musst mich holen! Und du musst die Polizei verständigen! Ich stehe hier irgendwo in der Dunkelheit und weit und breit ist kein Schwein. Außerdem: Sophie ist weg. Und der Wagen geht nicht mehr. Und ...«

»Leonie, warte mal! Wo bist du?«

»Irgendwo auf der Landstraße zwischen Schönningstedt und Grande. Warte, hier ist ein Schild. Zwei Kilometer bis zur Anschlussstelle der A24.«

»Was machst du denn da?«

»Sophie hat mich hierher gebracht.«

»Und wo ist sie jetzt?«

»Das weiß ich nicht!«, schrie Leonie. Sie klang, als sei sie am Rande der Hysterie. So hatte Christian seine Tochter noch nie erlebt.

»Bleib ganz ruhig«, sagte er. »Ich komme gleich und hole dich ab. Ich brauche zwanzig Minuten. Ist das okay?«

Sie schniefte. Er konnte hören, dass ihr seine Stimme gut tat. »Ja, mach schnell. Aber was ist mit Sophie? Du musst die Polizei rufen!«

»Wo ist sie denn?«

»Keine Ahnung! Sie ist da raus in den Sturm und dann ... dann ist sie nicht mehr zurückgekommen! Und die sind weggefahren. Und ...« Der Rest ging in einem großen Schluchzen unter. Schließlich brach die Verbindung ab.

»Ich muss los«, sagte Christian. »Leonie steht irgendwo in der Dunkelheit.«

»Und die Polizei?«

»Die verständige ich von unterwegs.«

2

Es dauerte kaum mehr als zwanzig Minuten, bis Christian von Landsburg am Ort des Geschehens ankam. Leonie stand verstört und mit großen Augen neben Sophies Auto, die Arme fest um sich geschlungen, obwohl die feuchte Luft dieses Sommerabends nach dem Gewitter nicht wirklich frisch geworden war. »Leonie!«, rief Christian, als er aus dem Wagen sprang. »Ist alles in Ordnung mit dir?«

Er blickte an seiner Tochter hinab, deren Kleider durch und durch nass waren. Die Haare hingen ihr in wilden Strähnen ins Gesicht. »Alles okay?«, wiederholte er und nahm sie in den Arm.

»Alles okay, Paps.« Mit einem tiefen Schluchzer brach sie in Tränen aus.

Christian spürte den bebenden Körper seiner Tochter und fühlte mit ihr. Er wusste, dass er sich für einige Augenblicke ausschließlich um Leonie kümmern musste, ehe er nach Sophie und nach den Ereignissen fragen konnte. Sie brauchte diese Minuten, um ihren Schrecken zu bewältigen. Doch während er die weinende Leonie an sich drückte, blickte er verstohlen die

Straße hinab und versuchte sich ein Bild vom Ort des Geschehens zu machen, solange noch ein Rest Licht am Horizont war. Sie befanden sich außerhalb jedweder Ortschaft, vielleicht fünf oder sieben Kilometer in beiden Richtungen vom nächsten Dorf entfernt. Die Straße führte mitten durch ein kleines Waldgebiet, weit und breit war kein Mensch zu sehen – und hier war Sophie nun liegen geblieben.

»Leonie, möchtest du dich vielleicht in mein Auto setzen?« Christian von Landsburg versuchte seine Tochter zu beruhigen. Er zog sein Jackett aus. »Häng dir das erst mal um, damit dir wieder warm wird.«

Aber Leonie fasste sich schon wieder. »Entschuldige, Papa«, sagte sie. »Ich weiß, dass wir keine Zeit verlieren dürfen. Doch ich hatte solche Angst ...« Sie schluckte, war drauf und dran, erneut in Tränen auszubrechen, doch sie bekam sich in den Griff. »Sophie und ich kamen von dort«, erläuterte Leonie. »Wir waren unterwegs in irgendein Kaff, wo sie mich in ein Nobelrestaurant einladen wollte. Und dann war das Benzin alle, und die Karre blieb plötzlich stehen.« Leonie schluckte einmal, zweimal, zog die Nase hoch und straffte den Rücken. »Es hat dermaßen geschüttet, dass die Sicht gleich null war.«

»Warum habt ihr nicht früher angehalten? Bei einer Tankstelle, zum Beispiel?«

»Das habe ich Sophie auch gesagt. Aber sie wollte nicht. Warum, weiß ich auch nicht. Vielleicht hat sie gedacht, dass irgendwann noch eine Tankstelle kommt. Lange Zeit sind wir nur noch geschlichen, vielleicht zwanzig Stundenkilometer oder so. Und schließlich blieb der Wagen stehen. Ein Hintermann überholte uns, er hielt an – so zirka fünfzehn Meter vor uns. Ich dachte – nein, ich dachte eigentlich gar nichts. Sophie sagte, die würden uns vielleicht helfen wollen. Und ich hielt dagegen, die müssen ganz schön blöd sein, wenn sie bei dem Wetter Mutter Teresa spielen wollen. Außerdem, woher sollten sie wissen, dass wir eine Panne haben? Die dachten doch bestimmt, wir sind wegen dem irren Regen stehengeblieben und warten nun, bis er endlich vorbei ist. Aber Sophie ist raus und zu dem Auto vorgelaufen – sie wollte fragen, ob die einen Benzinkanister dabeihaben. Ich meine, man hat ja vielleicht gerade mal fünf Meter weit gesehen, und die Typen standen da vorne ...« Leonie machte eine vage Bewegung in Richtung der Landstraße. »Als Sophie durch den Regen lief«, fuhr Leonie fort, »konnte ich sie kaum noch sehen. Wenn der Van vor uns nicht sein Licht angehabt hätte, wäre wahrscheinlich gar nix zu sehen gewesen. Schemenhaft habe ich durch die Rückleuchten Gestalten gesehen. Keine Ahnung, ob es zwei oder drei Typen waren – auf jeden Fall stand Sophie nicht allein da. Es war gespenstisch.«

Christian nickte. »Waren das Männer?«

»Glaub schon.«

»Und wie ging es weiter?«

»Die Typen sahen irgendwie aus, als würden sie sich tierisch aufregen, haben herumgefuchtelt und Sophie gepackt. Als ich gerade rausstürzen wollte, um ihr zu helfen, habe ich sie schreien gehört.« Leonie brach erneut in Tränen aus. Christian drückte seine Tochter wieder an sich und sah ihr dann fest in die Augen. »Leo, bist du sicher? Ich meine, du hast doch gesagt, dass die Sicht gleich null war und es geschüttet hat.

Es kann doch auch sein, dass du nur den Wind gehört hast. Oder der Regen prasselte auf das Verdeck. Es kann doch sein, dass Sophie einfach mit den Männern mitgefahren ist, um Benzin zu besorgen. Vielleicht taucht sie in fünf Minuten hier auf.« Christian strich seiner Tochter übers Haar und lächelte ihr aufmunternd zu. »Pass auf, du setzt dich jetzt in meinen Wagen, nimmst dir die Decke vom Rücksitz und wickelst dich ein.«

»Das ist die Hundedecke, Papa!« Leonie sah ihn empört an.

»Unter die Dusche musst du sowieso. Wir fahren gleich zurück, vorher will ich nur mal schauen, wo das andere Auto gestanden hat.«

Christian beugte sich zu seinem Jaguar hinunter und schaltete das Fernlicht an, sodass die Straße sogleich in ein hartes Licht getaucht wurde. Mittlerweile war es dunkel geworden. Anschließend schritt er den Asphalt ab, der langsam wieder zu trocknen begann. Offenbar hatte der Wolkenbruch nicht ausgereicht, den Straßenbelag derart abzukühlen, dass nicht auch jetzt noch alle Feuchtigkeit rasch verdampfte.

Spuren eines Kampfes waren nicht zu entdecken, soweit das mit bloßem Auge und ohne polizeitechnische Ermittlungen festzustellen war. Die Straße lag ruhig da, in der Ferne war ein Zug zu hören, ein Nachtvogel flog vorbei, ab und zu fuhr ein Windhauch durch die Bäume. Vielleicht fünfzehn Meter von Sophies Wagen entfernt waren am Straßenrand Abdrücke eines Reifens zu erkennen. Aber was vermochten diese Spuren auszusagen? Bei diesen Wassermassen? Alle Feinheiten des Profils würden weggespült worden sein. Und dieser zertretene Zigarettenfilter. Vermutlich würde er nicht von den Tätern stammen. Wer ging bei strömendem Regen mit einer Zigarette nach draußen? Im Straßengraben lag eine halb überwucherte Bierflasche. Alles keine Hinweise, die von irgendwelchem Interesse sein könnten. Und zu allem Überfluss war gar nicht klar, ob hier überhaupt ein Anlass vorlag, Spuren zu suchen, und ob es überhaupt so etwas wie einen oder mehrere »Täter« gab. Denn das setzte schließlich eine Tat voraus. Christian schritt langsam zu seinem Wagen zurück, den Kopf gesenkt und mit einer Hand die Augen beschirmend, weil ihn das Fernlicht blendete. Beinahe wäre er darauf getreten, beinahe hätte er es für die Reflexion einer kleinen Pfütze gehalten. Ein Ohrclip lag mitten auf der Fahrbahn, deutlich und glitzernd. »Sieh mal einer an.« Christian von Landsburg ging in die Hocke, um sich das Schmuckstück näher anzusehen. Offensichtlich lag es noch nicht allzu lange hier, denn es funkelte hell und war gänzlich unbeschädigt. Kein vorbeikommendes Auto hatte es angefahren, keine Korrosion war zu sehen, keine Verschmutzung.

Christian winkte seiner Tochter. Leonie stieg aus dem Jaguar und kam, in Charlys Hundedecke gewickelt, barfuß hergelaufen. Sie bemerkte den Blick ihres Vaters. »Die Schuhe sind total durchnässt, Paps.«

»Sieh dir das an«, sagte Christian von Landsburg. Er wies auf den Ohrclip. Leonie griff danach, doch ihr Vater fasste sie schnell an der Hand und hielt sie fest. »Nein! Wenn es von Bedeutung ist, darfst du es nicht einfach so aufheben.« Christian zog sein Einstecktuch aus dem Jackett und ließ es auf das kleine Schmuckstück fallen, um es dann vorsichtig aufzuheben. »Kennst du das?« Er hielt ihr den Fund unter die Nase.

»Klar«, sagte Leonie. »Der Ohrclip gehört Sophie. Das heißt, eigentlich gehört er ihrer Mutter. Sie hat ihn sich unter den Nagel gerissen ...«

»Hast du übrigens mal versucht, bei Sophie zu Hause anzurufen? Oder noch besser, sie auf dem Handy zu erreichen?«

Leonie schüttelte den Kopf. »Wir haben hier kein Netz. Sonst wären wir ja vorhin nicht ständig unterbrochen worden.«

Christian holte sein Mobiltelefon aus der Jackentasche. »Kennst du ihre Handynummer?«

»Nicht auswendig. Und an mein Adressbuch komme ich ja nicht ran, weil mein Akku leer ist. Aber die Nummer von ihr zu Hause kann ich dir sagen.«

Leonie diktierte, und Christian wählte. Doch es war besetzt – und es blieb besetzt. Gegen halb elf entschied Christian: »Wir fahren bei ihren Eltern vorbei. Ziemlich ausgeschlossen, dass sie jetzt noch kommt.«

»Und die Polizei?«

»Was soll mit der sein?«

»Na, wir müssen doch die Polizei verständigen!«

»Leonie, das müssen wir, wenn Sophie wirklich verschwunden ist. Aber wir stehen hier bloß mitten in der Nacht auf einer gottverlassenen Landstraße, haben einen Ohrring gefunden, und deine Freundin ist aus dem Auto ausgestiegen und nicht wieder eingestiegen. Wir können nicht sicher sagen, ob sie freiwillig in dem anderen Wagen mitgefahren ist oder ob sie überhaupt mitgefahren ist. Wir wissen nicht einmal, was es für ein

Wagen war, der euch überholt hat. Die haben euch nicht angehalten, die haben Sophie nicht aus dem Auto gezerrt, nichts. Es gibt keine Anzeichen, außer deiner etwas vagen Beobachtung, dass Sophie entführt worden sein könnte. Es kann doch sein, dass du dich irrst, dass da überhaupt kein Kampf stattgefunden hat?« Leonie wich dem Blick ihres Vaters aus und nickte leicht.

»Trotzdem. Es könnte auch sein, dass ich mich nicht irre. Ich bin doch nicht ganz blöd!«, regte sie sich auf. »Du sprichst ja so wie ein Dienst habender Polizeifuzzi am Sonntagabend auf dem Revier! ›Bleiben Sie uns bloß vom Hals mit Ihren Vermutungen. Die Olle wird schon wieder auftauchen. So, und jetzt blasen Sie mal hier ins Röhrchen. Mal sehen, ob Sie auch rosa Elefanten gesehen haben.‹«

»Leonie, bitte, versuch doch einmal sachlich zu bleiben. Ich sage ja nicht, wir fahren jetzt heim, trinken gemütlich ein Gläschen Wein, hauen uns anschließend aufs Ohr und schauen dann am Morgen, ob deine Freundin wieder aufgetaucht ist oder ob sie sonst noch von jemandem vermisst wird. Nein, wir fahren jetzt bei den von Biels vorbei und sprechen mit den Eltern. Vielleicht ist sie inzwischen längst dort, vielleicht hat sie versucht, dich auf dem Handy anzurufen.«

»Hat sie nicht!« Leonie fuhr dazwischen.

»Klar, weil der Saft alle ist! Wie sollte sie dich da erreichen? Außerdem war die Verbindung, als wir anfangs telefoniert haben, miserabel.« Er blickte auf die Uhr. Es war zwanzig nach zehn, Zeit genug, dass Sophie hätte zurückkommen können. Insgeheim befürchtete Christian von Landsburg, dass das hier mehr war als das unbedachte Verschwinden einer verwöhnten Tochter aus besserer Familie. Man lässt nicht einfach die Freundin in der Einöde stehen und setzt sich zu wildfremden Leuten ins Auto und schlägt sich die Nacht um die Ohren. »Komm, steig ein, mein Schatz«, sagte er zu Leonie und schob sie sanft zu seinem Wagen. »Wir sollten zusehen, dass wir zu den Biels kommen. Du weißt doch, wo sie wohnen?«

»Blankenese, wo sonst«, stellte Leonie trocken fest. Sie stieg ein.

»Warte, Leo, ich muss noch Sophies Wagen sichern. So kann er in der Dunkelheit nicht stehenbleiben.« Christian ging zum Beetle, öffnete die Fahrertür und sah nach, ob die Handbremse angezogen war. Das Auto musste weiter zur Fahrbahnseite geschoben werden. Anders ging es wohl nicht. Christian setzte sich in den Wagen hinein, löste die Bremse und wollte gerade aussteigen, als er im Aschenbecher etwas funkeln sah. Es war der zweite Ohrclip. Offensichtlich hatte ihn Sophie dort abgelegt. Christian überlegte kurz, entschied sich dann aber, das Schmuckstück dort zu lassen. Da der Zündschlüssel noch steckte, versuchte er, den Beetle anzulassen. Der Motor sprang ohne Zögern an. Sieh an! Ist doch noch Benzin im Tank, merkwürdig, dachte er und sah auf die Tankuhr, die tatsächlich keinen Sprit anzeigte. Nachdenklich fuhr Christian das Auto auf den Grünstreifen neben der Landstraße, zog den Zündschlüssel ab und stieg aus.

Anschließend sicherte er das liegengebliebene Fahrzeug, indem er vor dem Beetle sein eigenes Warndreieck aufstellte und dahinter das von Sophie. Christian setzte sich nun an das Steuer seines Jaguars und machte sich mit Leonie auf den Weg zurück in die Stadt.

Christian von Landsburg liebte rasantes Fahren. Seit seine Frau vor Jahren bei einem Autounfall ums Leben gekommen war, jagte er noch schneller über die Straßen. Doch jetzt fuhr er aus Rücksicht auf seine verschreckte Tochter eher vorsichtig.

»Sag mal«, fragte er nach einiger Zeit. »Du sprichst immer von ›die‹?«

»Hm?«

»Na, ich meine, es klingt, als wärst du dir sicher, dass es mehrere Personen gewesen seien, die da in dem Van waren.«

Leonie dachte eine Weile nach. »Sicher bin ich nicht. Aber es kam mir so vor.« Sie ließ die Szene noch einmal vor ihrem inneren Auge passieren. »So richtig konnte ich es ja nicht sehen. Aber ich könnte schwören, es waren zwei Typen.«

»Sophie und zwei Männer.«

»Ja«, sie zögerte, »ich denke, es waren insgesamt drei Leute.«

Die Villa am Falkensteiner Ufer lag im Dunkeln, nur der Weg dorthin wurde notdürftig von dem gedämpften Licht zweier Laternen beleuchtet. Im Obergeschoss schien hinter schweren Vorhängen jedoch noch ein Zimmer erleuchtet zu sein, ein matter rötlicher Schimmer zeichnete sich gegen die efeuschwarze Fassade ab. Hier wohnte man nicht, hier residierte man. Christian drückte den Klingelknopf und blickte ernst, aber freundlich in das Videoauge, das ihn über dem Namensschild anvisierte. Vermutlich studierte Otto von Biel in diesem Moment Christians Züge auf dem Monitor und überlegte, mit wem er es hier zu tun hatte. Christian nahm nicht an, dass sich Biel noch an ihn erinnern würde, dafür war der Andrang auf der Vernissage in der Johnsallee zu groß gewesen. Eine Weile tat sich nichts. Statt nochmals zu klingeln, lächelte Christian weiter verbindlich in die Kamera und nickte. Und tatsächlich meldete sich nun der Hausherr: »Ja, bitte?«

»Christian von Landsburg. Entschuldigen Sie die späte Störung. Es geht um Ihre Tochter. Kann ich Sie ...« Er unterbrach sich und zog Leonie zu sich heran. »Können wir Sie kurz sprechen?«

»Was hat sie jetzt wieder gemacht?«, fragte die Stimme am anderen Ende der Sprechanlage. Otto von Biel machte jedoch keine Anstalten, die Tür zu öffnen. Christian bemerkte, wie sich an einem Fenster im Obergeschoss der Vorhang verschob und dort ein blasses Gesicht auftauchte, vermutlich nicht das von Biel, denn der würde ihn weiterhin durch sein elektronisches Auge beobachten.

»Nichts«, antwortete Christian. »Aber es besteht die Befürchtung, dass ihr etwas zugestoßen sein könnte.«

Eine Weile herrschte Schweigen. Dann hörte er von Biel sagen, diesmal mit deutlich genervtem Unterton: »Und wenn ich Ihnen sage, dass sie längst zu Hause ist, in ihrem Bett liegt und schläft?«

Das hatte Christian nicht erwartet. »Das würde mich ...« Freuen – das hätte er sagen wollen, dann wäre ja alles in bester Ordnung, gute Nacht. Doch Leonie fiel ihm ins Wort, schubste ihn beiseite und schrie in das dunkel glänzende Auge: »Tut sie nicht! Sie ist entführt worden! Machen Sie schon auf! Oder rufen Sie die Polizei an, verdammt! Wir sind nicht mitten in der Nacht hierher gekommen, um ihnen Staubsaugertüten zu verkaufen ...« Christian unterdrückte mühsam ein Grinsen. Es war dieses ungezähmte Temperament von Leonie, gepaart mit Witz, das ihn so sehr an seine verstorbene Frau Marie-Luise erinnerte.

In diesem Augenblick ging der Türöffner, und das Gitterportal zum Garten schwang automatisch auf, während sich unter dem Eingangsportal ein Licht einschaltete. Leonie und Christian hasteten zur Haustür, die kurz darauf von Otto von Biel im Hausrock geöffnet wurde. Er sieht aus wie der Bösewicht in einem russischen Film oder wie irgendein sadistischer Großgrundbesitzer, dachte Leonie und schloss kurz die Augen.

»Christian von Landsburg.« Der späte Besucher stellte sich nochmals vor und zeigte auf Leonie: »Meine Tochter.«

Otto von Biel musterte den hoch gewachsenen Mann, dessen aristokratische Züge Selbstbewusstsein ausstrahlten, aber auch einen Hauch von Melancholie. »Nun, Sie wissen ja wohl, bei wem Sie geläutet haben«, sagte er. Er selbst stellte sich nicht vor. Offensichtlich wollte es der feine Herr lieber distanziert, unter Verzicht auf alle Förmlichkeiten. »Wir befürchten, Ihre Tochter könnte entführt worden sein«, sagte Christian. Er wollte gleich zur Sache zu kommen, denn offenbar hegte von Biel nicht die Absicht, sie ins Haus zu lassen. »Meine Tochter Leonie war mit Sophie unterwegs. Sie hatten eine Panne. Sophie ist ausgestiegen und zu einem Wagen gegangen, der ebenfalls angehalten hatte. Sie ist aber nicht zurückgekommen. Das war gegen neunzehn Uhr dreißig.«

Otto von Biel blickte die späten Besucher spöttisch an. »Sophie«, sagte er nach einer kleinen Weile. Er setzte seine Worte sehr langsam und scheinbar ohne große Besorgnis. »Sophie macht immer, was sie will. Wenn man bedenkt, wie oft sie uns schon hat sitzen lassen ...«

»Sophie hat ihren Wagen einfach stehengelassen. Sie ist zu irgendwelchen Personen in einen Van gestiegen, möglicherweise nicht freiwillig, und jetzt ist sie praktisch wie vom Erdboden verschwunden.« Christian griff vorsichtig in seine Jackentasche, um das Tuch mit dem Ohrclip hervorzuholen. »Und wir haben das hier auf der Straße gefunden.«

Verblüfft sah Otto von Biel auf den Inhalt des Tuches und blickte dann ungläubig von Christian zu Leonie und wieder zurück, eher er in lautes Lachen ausbrach. »Das ist doch wohl das größte Schmierentheater, das ich seit langem erlebt habe!«, brachte er unter großen Mühen hervor. »Warum präsentieren Sie mir nicht gleich einen goldenen Knopf vom Zweireiher des Täters?« Der Hausherr verschluckte sich, musste husten und sprach schließlich sehr leise und mit beinahe drohendem Unterton weiter: »Ich denke, Sie sollten jetzt gehen, bevor Sie sich noch lächerlich machen. Sophie gekidnappt – ein Witz!«

»Wollen Sie nicht die Polizei verständigen? Ihre Tochter könnte das Opfer eines Verbrechens geworden sein«, entgegnete Christian von Landsburg in ruhigem Ton. Er musterte den Galeristen mit Befremdem. »Wobei natürlich immer zu bedenken ist, dass das dem Opfer auch schaden kann.«

»Das Opfer«, sagte Biel, offenbar bemüht, die exakte Mittellage zwischen Spott und Langeweile in der Stimme zu finden, »das bin ja wohl im Augenblick ich, so wie Sie mich hier überfallen haben. Sie können sicher sein, dass ich Ihrem Hinweis nachgehen werde, morgen!« Mit diesen Worten wandte er sich um und verschwand hinter der schweren Tür, die lautlos ins Schloss fiel.

»Denkst du wirklich, dass es ein Fehler wäre, die Polizei einzuschalten?«, fragte Leonie, als sie wieder im Wagen saßen.

»Das kommt darauf an. Normalerweise gibt es ja bei Entführungen – sollte dies bei Sophie tatsächlich der Fall sein – keine unmittelbaren Zeugen. Die Angehörigen werden von den Entführern verständigt, dann schalten sie die Polizei ein. Oder auch nicht. Und manchmal ist die Polizei schon tätig, noch ehe sich die Täter melden, nämlich dann, wenn eine Person als vermisst gemeldet wird.«

»Sollen wir Sophie nicht als vermisst melden?«

Christian lächelte, während er die vorbeifliegenden Lichter der Stadt beobachtete. »Das kannst du erst nach vierundzwanzig Stunden. Und normalerweise werden Vermisstenanzeigen von Angehörigen erstattet, nicht von Freundinnen oder Bekannten.«

Leonie schwieg und starrte aus dem Fenster. »Aber der Typ ist doch wirklich komplett bescheuert! Ich meine, wie kann von Biel uns nicht ernst nehmen? Sophie ist immerhin seine Tochter! Sie verschwindet, wir fahren extra zu ihm nach Hause, und er behandelt uns wie Vollidioten! Ich finde, der Kerl hat was an der Birne. Wir sollten zur Polizei gehen.«

Christian schwieg eine Weile, und Leonie betrachtete ihn von der Seite. Sie studierte seine konzentrierten, klaren Gesichtszüge und wusste, dass am Ende dieses Schweigens eine der üblichen wohlerwogenen Überlegungen stehen würde, die sie hasste, aber gegen die sie nie etwas Schlagkräftiges einwenden konnte. Diese Eigenschaft ihres Vaters, seine vollkommen durchdachten Lösungen, konnte manchmal wirklich nerven.

»Weißt du«, sagte Christian nach einiger Zeit, »ich denke, du hast Recht. Vielleicht sollten wir wirklich zur Polizei gehen.« Leonie wollte schon innerlich jubeln, als er hinzusetzte: »Aber erst morgen Früh.«

Es war beinahe Mitternacht, als Christian von Landsburg auf dem Flur mit seinem Vater zusammentraf. »Papa, wieso bist du um diese Zeit noch unterwegs? Bist du auf der Suche nach unserem Schlossgespenst?«

»Ich fürchte, es hat mich leider gefunden, mein Junge«, antwortete Graf Ferdinand. Er verdrehte die Augen Richtung Schlafzimmer. Und tatsächlich: Auch Christian konnte jetzt ein bemerkenswertes Schnarchen vom anderen Ende des Ganges hören.

»Hat Charly etwa eine schwere Bronchitis, und ihr habt ihn zu euch ins Zimmer gelassen? Hast du wenigstens den Hundekorb mitgenommen?«

»Es ist nicht die Zeit für laue Scherze, mein Lieber. Charly wäre der Erste, der Reißaus nimmt, wenn deine Mutter ihre Herkunft vergisst und derart unfürstliche Töne von sich gibt.«

Christian lauschte dem Schnarchen, das nun über den ganzen Flur deutlich zu hören war. »Kaum zu glauben«, bestätigte er.

»Und wenn man es ihr sagt, ist sie tödlich beleidigt.«

»Tja, da wirst du wohl als Gentleman schweigen müssen.«

»Na ja, solange sie Bernice nicht weckt.«

Christian richtete den Blick nach oben, wo die Gästezimmer lagen, und hoffte, dass Bernice Alpers ungestört schlief.

Ferdinand sah auf die Uhr, die am Ende des Flurs stand. »Spät geworden«, stellte er fest. »Alles in Ordnung mit Leonie?«

»Deiner Enkelin geht es bestens.« Christian beeilte sich, dies zu sagen. »Aber ihre Freundin ist verschwunden. Und es sieht sehr nach einem unfreiwilligen Ausflug aus.«

Ferdinand von Landsburg hob die buschigen weißen Augenbrauen, sagte aber nichts.

»Darf ich dich noch ein wenig begleiten auf deiner Wanderung?«, fragte Christian weiter.

»Nur zu. Sofern du nicht erwartest, dass ich mich weiter als bis zum Kaminzimmer begebe ...«

Otto von Biel saß hinter seinem Art-déco-Schreibtisch und starrte die Grafiken an, die an der gegenüberliegenden Wand hingen. Fälschungen – perfekt gemachte Fälschungen. Es war sein Hobby, Fälschungen zu sammeln. Selbstverständlich nicht, um sie weiterzuverkaufen, sondern weil ihn die Kunst,

Kunst zu unterwandern, faszinierte. Was Fälschungen von Duplikaten oder Repliken unterschied, war der Umstand, dass der Fälscher nicht nur den Gestus des Originals nachahmte, sondern die gesamte Wirkung erzeugen wollte: Er wollte mit seiner Kunstfertigkeit beim Betrachter die echten Gefühle, die unverfälschten Reaktionen hervorbringen.

An der Wand hingen Lithografien von Chagall, Miró und Cocteau, auch eine Radierung von Braque, der aber nie eine solche angefertigt hatte. Und dazwischen befand sich ein ihm »in Freundschaft« gewidmeter Kujau. Besucher reagierten mit großem Interesse auf dieses Werk, weil sie sich dem Schelm oftmals näher fühlten als den großen Künstlern.

Biel hatte die Fenster gekippt und lauschte dem leisen Rauschen des Windes hinter den Vorhängen. Falkenstein mit seinen hübschen Häusern, die an einen Hang an der Elbe gebaut waren, lag bereits in tiefem Schlaf. Er stand auf und schenkte sich einen Cognac ein, den er neben das Telefon stellte und augenblicklich vergaß. Der Galerist blickte auf die Uhr. Weit nach elf. Irgendwo bellte ein Hund. Eine Kirchenglocke schlug Mitternacht – zu früh. Auf dem Kujau, der ein Porträt Biels darstellte, hatte sich ein neuer Fleck gebildet. Billiges Papier, vermutlich aus alten DDR-Beständen erworben. Biel setzte sich wieder, schloss für einen Moment die müden Augen, wurde aber plötzlich von einer Welle heftigsten Zornes erfasst und griff zum Telefon. Exakt in diesem Moment klingelte es. Er hielt einen Augenblick inne, wartete, bis es ein weiteres Mal geläutet hatte, und hob ab. »Biel?«, sagte er, und es klang wie eine Frage.

»Biel?«, fragte eine männliche Stimme am anderen Ende der Leitung zurück.

»Ja. Wer spricht denn da?«

»Du wirst mir jetzt aufmerksam zuhören.« Es war ein scharfer Ton aus der Finsternis der Ferne.

Die Tür öffnete sich leise, und eine blasse Frauengestalt schob sich herein, den Morgenmantel eng um den fröstelnden Leib gezogen. »Otto?«, fragte die Person. Doch Otto von Biel machte nur eine unwirsche Handbewegung und lauschte in den Hörer.

»Was wollen Sie ...?« Er versuchte das Wort zu ergreifen, doch augenblicklich schwieg er wieder und lauerte auf das, was der Anrufer sagte. Schließlich nahm er einen Stift zur Hand und notierte eine Zahl. Margareta von Biel kam vorsichtig näher und starrte mit weit aufgerissenen Augen auf die Notiz, als ihr Mann mit einem harten Strich hindurchfuhr und mit schneidender Stimme, dabei aber ganz leise und bedrohlich sagte: »Kei – nen Cent.« Anschließend knallte er den Hörer hin.

»Otto!«, flüsterte Margareta von Biel. Sie spürte, wie es ihr kalt über den Rücken kroch. »Was war das?« Ihr Mann schwieg und wandte den Blick zum Fenster, als könne er durch die Vorhänge hindurchsehen.

»Ist es etwas Geschäftliches?« Margareta von Biel versuchte es noch einmal. Doch ihr Mann schwieg weiterhin. Im nächsten Moment sah sie das Taschentuch mit den fremden Initialen auf dem Schreibtisch liegen und darauf den Ohrclip. Sofort war sie sich sicher: »Es geht um Sophie.«

Otto von Biel aber krallte nur die Hände ineinander. Dabei wiederholte er: »Keinen Cent.«

Wenig später saßen Christian und sein Vater im Herrenzimmer, und der alte Graf Landsburg ließ sich den Fall schildern, so gut ihn sein Sohn darzustellen vermochte.

»Ich denke, du solltest die Polizei rufen«, stellte Ferdinand fest, nachdem er sich die Sache hatte durch den Kopf gehen lassen.

»Papa, du weißt, dass das nicht meine Aufgabe ist. Auch ist Sophie erst seit wenigen Stunden verschwunden und ...«

»Sicher, wenn du das so betrachtest, stimmt das natürlich. Aber findest du nicht, dass die Polizei entscheiden sollte, ob diese Angelegenheit ein Fall für sie ist?«

»Na ja ...«

»Außerdem bin ich nicht sicher, ob es klug war, bei den Biels zu Hause vorbeizufahren. Wenn alles harmlos ist, hast du die armen Leute womöglich grundlos in Panik versetzt. Wenn das Mädchen aber wirklich entführt wurde, dann musst du dich fragen lassen, weshalb du nicht zuerst die Polizei informiert hast.«

Christian räusperte sich. Tatsächlich hatte sein Vater Recht. Er hatte nicht überlegt gehandelt. »Vielleicht hätte ich wirklich zuerst die Polizei verständigen sollen, auch wenn ich Sophies Vater wohl kaum in Angst und Schrecken versetzt habe. Eher schien er mir derart abgebrüht zu sein, dass das allein ein Grund wäre, die Polizei anzurufen. Ich meine, wenn er weiterhin so reagiert wie bei meinem kurzen Besuch, dann kann mit dem Mädchen wer weiß was passiert sein, bis er endlich etwas unternimmt.«

»Nur ist es jetzt zu spät. Du kannst unmöglich die

Polizei einschalten. Was willst du denen sagen? Das Mädchen ist seit drei Stunden verschwunden? Könnte sein, dass sie in einen Wagen gezerrt wurde, vielleicht aber auch nicht? Vielleicht von einem oder von zwei Männern? Oder auch von zwei Frauen? Die Eltern vermissen sie jedoch nicht und machen sich auch keine Sorgen? Bevor du zu Biel gefahren bist, hättest du noch den Besorgten spielen können, der lieber zu früh als zu spät warnt. Aber jetzt ...«

Die beiden Männer lauschten dem fernen Schnarchen der Gräfin. In irgendeinem der Gästezimmer würde auch Bernice tief schlafen, dachte Christian. Die vorgestellte Nähe beunruhigte ihn angenehm. »Und dann die Spurensuche!«, hob Ferdinand wieder an. »Was hast du dir bloß dabei gedacht! Du hast einen vielleicht tatrelevanten Gegenstand an dich genommen. Und damit nicht genug! Du hast ihn auch noch einem Dritten übergeben! Ein Beweismittel, Christian, ein Beweismittel!«

Eine steife Brise wehte durch das nächtliche Hamburg, auf der Reeperbahn wetteiferten die Lichter um die Amüsierwilligen. In einer Telefonzelle stand ein junger Mann; wer ihn gesehen hätte, hätte gedacht, er würde nach einem Taxi telefonieren oder sich noch für den späteren Abend mit Freunden verabreden. Doch als er den Hörer einhängte und sich umdrehte, funkelte Wut in seinen Augen.

»Keinen Cent! Das werden wir schon noch sehen, du mieses Schwein«, murmelte er vor sich hin. »Du wirst zahlen, wenn du demnächst Post bekommst und in dem Päckchen der Finger deiner Tochter liegt.«

Mit schnellen Schritten ging der Mann die Straße hinunter, um in ein Fahrzeug zu steigen und in Richtung Hafen zu verschwinden.

Ein bedrückendes Schweigen hatte sich auf die Villa gelegt. Margareta von Biel lag wach. Viele Nächte hatte sie schon wach gelegen. Sie lauschte den Geräuschen des Hauses, den immer wiederkehrenden, die sonst durch die Dunkelheit schlichen. Doch keines wollte sich vorwagen, nicht das Knacken des Holzes, das Piepen des Faxgeräts oder ein Hüsteln aus dem Souterrain, wo das Dienstmädchen schlief. Wie auf ein unausgesprochenes Kommando schienen heute all diese winzigen Lebensäußerungen verstummt, als gäbe es eine heimliche Übereinkunft des Schweigens. Nur die Schritte ihres Mannes, der über den Flur kam, waren zu hören. Er bewegte sich ruhig und zielstrebig. Margareta von Biel kannte diesen Schritt. Und sie wusste, was er zu bedeuten hatte.

»Da bist du also«, flüsterte sie, als sich die Tür leise öffnete.

Otto von Biel antwortete nicht, sondern schloss die Tür hinter sich und legte sein Jackett ab. Er warf es über einen Stuhl und knipste das Licht an. Schützend legte seine Frau die Hände über ihr Gesicht und neigte den Kopf. Sie hatte sich im Bett aufgesetzt und wartete.

»Wir werden uns nicht erpressen lassen.«

»*Du* wirst dich nicht erpressen lassen!«, flüsterte Margareta.

»Ja. *Ich* werde mich nicht erpressen lassen.«

»Otto.« Margareta von Biel schluchzte. »Was haben sie gesagt? Was ist mit Sophie?«

Statt zu antworten, knöpfte von Biel seine Manschetten auf und löste den Krawattenknoten.

»Otto!« Margareta von Biel nahm die Hände von ihrem Gesicht und blickte zu ihm auf. »Bitte, sag, dass du dich kümmerst! Wir müssen etwas unternehmen!«

»Du weißt, dass ich immer das Richtige tue. Für dich und für uns alle.«

»Und was ist das Richtige, Otto? Was wirst du tun?«

»Ich werde mich vor allem nicht erpressen lassen.«

Die schmale Frau sprang von ihrem Bett auf und stellte sich ihrem Mann entgegen. »Wenn du nicht zur Polizei gehst, dann werde ich es tun! Ich werde nicht zulassen, dass jemand meiner Tochter wehtut.«

»Nein, meine Liebe«, von Biel sagte es leise, so leise, dass er keinen Zweifel aufkommen lassen wollte, »du wirst nicht zur Polizei gehen.« Mit eiserner Hand drückte er sie wieder aufs Bett. »Du weißt genau, dass ich nur das Beste für uns will. Für uns alle.«

»Otto, wenn du nicht ...« Margareta von Biel hielt inne, weil ihr Mann sie mit einer Hand am Kinn packte und am Sprechen hinderte.

»Margareta, zum letzten Mal! Ich lasse mich nicht erpressen. Auch nicht von dir.« Ohne ihren Kopf loszulassen, löschte er mit der anderen Hand das Licht. Scharf flüsterte er: »Dass ich dir das immer und immer wieder beibringen muss ...«

3

Die Nacht war kurz gewesen. Christian hatte wenig geschlafen und sich bereits einige Minuten vor sechs entschlossen, aufzustehen und unter die Dusche zu gehen. Als er um halb sieben den kleinen Salon betrat, ging er davon aus, dass er der Erste und der Kaffee womöglich noch gar nicht fertig sein würde. Üblicherweise war der alte Graf Ferdinand der Einzige, den es vor sieben aus den Federn trieb – sicher nicht nur ein Fall seniler Bettflucht, sondern auch ein Tribut an den Golden Retriever Charly, der mit zunehmendem Alter immer früher Gassi geführt werden wollte.

Doch als Christian seinen müden Blick zum Frühstücksbuffet lenkte, sah er dort bereits Bernice Alper stehen, eine Zeitung in der einen Hand, eine Tasse in der anderen. Sie lehnte lässig am Sideboard und sah aus, als wäre sie schon seit Stunden auf.

»Guten Morgen. Hattest du eine angenehme Nacht?«

»Ich schon. Aber, um ehrlich zu sein, du siehst nicht ganz danach aus.« Bernice legte die Zeitung beiseite und musterte ihn. »Wie ist die Sache mit deiner Tochter ausgegangen?«

»Ich weiß nicht. Eine verworrene Geschichte. Ihre Freundin ist verschwunden, und mit rechten Dingen ist das meiner Meinung nach nicht zugegangen. Eine wirklich verzwickte Sache.« Christian nahm ebenfalls eine Tasse in die Hand und schenkte sich aus der Thermoskanne Kaffee ein. Marianne hatte wie jeden Tag ein hübsches kleines Buffet angerichtet, mit Tee, Kaffee, frisch gepresstem Orangensaft, knusprigen Brötchen, diversen Marmeladesorten, ein wenig Käse, Obst – und wegen des Gastes heute sogar Schinken, den die Gräfin sonst verbot, weil er den Blutwerten ihres Gemahls nicht wohl bekäme.

Bernice lächelte Christian aufmunternd an. »Nun erzähl schon. Hatten Leonie und Sophie Streit?«

»Das Problem ist«, sagte Christian und nahm sich ein Brötchen, Butter und etwas Honig, »dass ich nicht genau sagen kann, was geschehen ist. Ich vermute stark, dass Sophie entführt worden ist.«

Bernice setzte mit deutlichem Klirren ihre Tasse ab. »Eine Entführung? Du meinst, Leonies Freundin ist entführt worden?«

»Wie gesagt, es sieht beinahe so aus.«

»Meinst *du* das, oder meint das die Polizei?«

»Leonie meint das. Und ich glaube das, ehrlich gesagt, inzwischen auch.«

»Und die ...«

»Die Polizei weiß noch nichts von der ganzen Sache.«

»Die Eltern wollen keine Polizei? Das ist ein riesiger Fehler. Das weiß ich aus meiner Zeit als Polizeipsychologin.«

»Die Sache ist viel komplizierter!« Christian seufzte tief und setzte sich an den Esstisch, wohin ihm Bernice Alper mit einem Obstteller folgte.

»Nun mach es mal nicht so spannend«, sagte sie. »Oder möchtest du die näheren Umstände lieber nicht erzählen?«

»Doch, doch! Es ist nur – ich bin vielleicht dabei, einen großen Fehler zu machen. Vielleicht habe ich ihn auch schon gemacht.«

Er erzählte ihr nun, was am Abend noch passiert war, vom seltsamen Verschwinden Sophie von Biels, vom Fund des Ohrclips, vom Besuch bei ihrem Vater und von seinen Diskussionen mit Leonie und Graf Ferdinand.

»Hm. Wirklich eine ungewöhnliche Geschichte. Es ist natürlich immer noch möglich, dass du dir die Nacht um die Ohren geschlagen hast, nur weil die kleine von Biel sich gerne in neue Abenteuer stürzt.«

»Das glaube ich kaum. Zwar kenne ich sie so gut wie gar nicht, aber so etwas kann man nicht einfach unterstellen. Fairerweise sollten wir davon ausgehen, dass sie ein ganz normales Mädchen ist, das ...«

»Christian, ich kenne die von Biels ganz gut.« Bernice unterbrach ihn. »Sie sind keine ganz normale Familie. Und Sophie ist auch kein ganz normales Mädchen. Damit will ich nicht sagen, dass sie besonders ungewöhnlich wäre. Aber sie verhält sich so, wie man es von einer jungen Frau erwarten kann, die unter solchen Umständen aufwächst. Sie lebt für den Tag, ist verschwenderisch, probiert ständig etwas Neues aus und stürzt sich permanent in irgendwelche Affären. Klamotten, Kerle, vielleicht auch Kokain. Sie braucht einfach den Kick, um glücklich zu sein – und wird es dabei natürlich nie.«

Christian starrte Bernice an. Mit wem trieb sich seine Tochter da herum? Warum kannte er ihre Freunde nicht besser? Für einen Moment war er sprachlos. »Du kennst die von Biels?«, fragte er schließlich.

»Aber ja! Sie erinnern sich, Graf Landsburg? Wir sind uns dort neulich aus Anlass einer Vernissage begegnet!«

»Ja, sicher. Aber auf solchen Eröffnungen sind doch überwiegend Leute, die dorthin kommen, weil sie auf irgendeiner wichtigen Liste stehen, entfernte Bekannte oder Freunde von Freunden, was weiß ich. Schau mich an! Ich war auch da. Und ich kenne die von Biels nicht. Das heißt, jetzt kenne ich ihn.« Christian betrachtete versonnen seine Kaffeetasse, als sollte diese ihm gleich beipflichten. »Und woher kennst du ihn?«

»Eigentlich kenne ich Frau von Biel.« Bernice räusperte sich und strich sich eine Haarsträhne aus der Stirn. »Beruflich«, sagte sie knapp. Christian verstand. Bernice Alper arbeitete als Psychologin. Wenn Sophies Mutter zu ihren Patientinnen gehörte, würde sie nichts weiter ohne deren Einverständnis sagen. Eine Weile schwiegen beide.

Ferdinand von Landsburg schlurfte im Morgenmantel herein, winkte ab, als Bernice und Christian ihm einem guten Morgen wünschen wollten. Müde sagte er nur: »Lasst euch nicht stören, Kinder, ich bin gar nicht da, ihr seht mich auch gar nicht. Ich brauche nur ein Glas Saft für meine Pillen.« Sogleich drehte er sich wieder um und war bereits im Gehen, als er an der Türschwelle noch einmal innehielt und fragte: »Irgendetwas Neues, Christian?«

Doch der schüttelte nur den Kopf. »Nichts Neues, Papa.«

In diesem Augenblick kam Leonie ins Zimmer gestürmt. »Was ist mit Sophie? Warum habt ihr mich nicht geweckt!«

»Guten Morgen, Leonie. Wir hätten dir schon Bescheid gesagt, wenn wir mehr über deine Freundin erfahren hätten. Setz dich erst einmal.« Christian zeigte auf den Stuhl neben sich, und mit einer leichten Kopfbewegung machte er Leonie auf die Anwesenheit von Bernice aufmerksam.

»Äh, Entschuldigung, guten Morgen, Frau Alper.«

»Sag einfach Bernice!«

Leonie tat, als habe sie diesen Hinweis, Bernice Alper zu duzen, überhört. Sie wandte sich ihrem Vater zu. »Hast du die Polizei angerufen?« Leonies Stimme klang ein wenig hysterisch. In ihrem gestreiften Schlafanzug und mit den verstrubbelten Haaren einer schlecht durchschlafenen Nacht sah sie aus wie ein Häftling auf der Flucht. Als Christian den Kopf schüttelte, warf sie die Arme in die Luft: »Mann! Das darf doch gar nicht wahr sein! Hast du dem blöden Biel nochmals auf die Füße getreten?« Doch sie kannte die Antwort schon. Wütend stampfte sie mit dem Fuß auf.

»Nun benimm dich nicht wie ein wild gewordenes Kleinkind!«, ermahnte Christian sie, aber Leonie ließ sich nicht beruhigen. »Dann rufe *ich* eben die Polizei an! Wieso hab ich das nicht schon längst gemacht? Ihr könnt mich alle mal!« Leonie rannte aus dem Zimmer und knallte die Tür hinter sich zu.

Christian machte eine hilflose Geste und blickte von Bernice zu seinem Vater und wieder zurück.

»Fragt nicht mich«, sagte Bernice.

»Mich auch nicht«, meinte Ferdinand von Landsburg, trank in kleinen, raschen Schlucken seinen Saft aus und sagte schließlich: »Darauf hätten wir auch kommen können. Leonie soll die Polizei anrufen. Das ist vielleicht das Beste. Ah! Sieh mal einer an! Wir haben heute Schinken ...«

Das Foto hätte brutaler nicht sein können. Sophie von Biel saß auf einer schmutzigen Matratze in der Ecke eines Zimmers und hielt sich die *Bild*-Zeitung vor die Brust. Deutlich war die Hauptschlagzeile des Tages zu erkennen. Kein Zweifel, dass die Aufnahme aktuell war. Kein Zweifel auch, dass Sophie schwer misshandelt worden war. Aus ihrer Nase lief Blut die Wange hinunter und tropfte auf ihre Bluse. Die linke Seite ihres Gesichts war tiefrot verfärbt, ein verkrusteter Streifen zog sich vom linken Nasenflügel über den Mundwinkel hinab bis zum Kinn, das rechte Auge war bläulich unterlaufen, das Haar hing ihr wirr ins Gesicht.

»Schau in die Kamera, und halte die Zeitung höher! Höher, hab ich gesagt! Die wollen den Beweis, dass ihr Töchterchen noch lebt.«

Andy schoss noch einige Bilder und legte dann befriedigt seine Digitalkamera zur Seite. Mit ein paar Schritten war er bei der noch am Boden kauernden Sophie und kniete sich vor sie auf den Boden. »Das hast du klasse gemacht, es sieht unglaublich echt aus.« Andy nahm Sophie in seine Arme und küsste sie. »So, du kannst dich wieder abschminken. Ich seh mir kurz die Bilder auf dem PC an.«

Sophie warf die Zeitung beiseite und schwang sich auf. »Mann, das ist wirklich ein abgefahrener Auftritt«, sagte sie, als sie vor dem Spiegel im Badezimmer ihre Maske noch einmal ausgiebig betrachtete. »Das sieht ja irre aus.« Sie zögerte einige Sekunden. »Zlatko, du hast wohl Erfahrung damit, wie man aussieht, wenn's richtig hart zur Sache geht, oder?«

»Klar, das hab ich«, antwortete Zlatko. Er war Andys Freund und Kompagnon. Jetzt betrachtete er Sophie von der Seite. Durch den Riss in der Bluse konnte er ihre Brüste sehen. »Hey!«, protestierte Sophie. »Man merkt, dass du schon einige Tage Frust schiebst. Hast wohl Notstand!«

»Das kann man wohl sagen.« Zlatko grinste und machte eine anzügliche Geste.

»Na, dann lass den mal nicht an mir aus.« Sophie wischte sich mit einem feuchten Papiertuch die Farbe aus dem Gesicht und wusch sich anschließend ausgiebig, während der kurze, stämmige Bursche sie weiterhin unverhohlen beobachtete.

»So«, sagte Sophie. »Jetzt muss ich mal auf'n Pott. Da brauch ich kein Publikum.« Sie schloss die Tür des Badezimmers, und Zlatko ging nach nebenan, wo Andy kettenrauchend am Computer hing und die eben gemachten Bilder betrachtete. »Willst du sie dem Typ gleich per E-Mail schicken?«

»Spinnst du?« Andy nahm die Zigarette aus dem Mund und starrte seinen Kumpel an, als sei er von einem anderen Stern gekommen. »Wenn ich die Datei von hier verschicke, haben wir noch vor dem Mittagessen die Bullen am Arsch.« Dann lehnte er sich in seinem Stuhl zurück und betrachtete noch einmal die Aufnahmen. »Sieht geil aus, richtig abgefahren. Als wäre unsere hübsche Sophie durch den Fleischwolf gedreht worden. Wenn der jetzt nicht zahlt, dann weiß ich auch nicht ... Wir brennen eine hübsche CD – alles absolut sauber. Keine Fingerabdrücke, nichts. Die werden wir diesem Biel schicken, und er wird zahlen – das verspreche ich dir.«

Als Bernice Alper in ihren Wagen stieg, um zurück nach Hamburg zu fahren, war es später, als sie beabsichtigt hatte. Christian stand auf dem Kiesweg vor dem Haus und winkte ihr zu. Der perfekte Gentleman, auch wenn einige Sorgenfalten seine Stirn umwölkten. Aber auch in Bernice arbeitete es. Sie gab Gas und schoss etwas zu schnell die kleine Allee hinauf, die zur Straße führte. Als sie gerade das Tor passierte, klingelte ihr Handy. Ein kurzer Moment der Unachtsamkeit, eine Handbewegung zur Tasche, die auf dem Beifahrersitz lag – beinahe hätte sie den hellgrünen Minivan übersehen, der auch in Richtung Hamburg unterwegs war. Eine Vollbremsung brachte sie nur wenige Zentimeter vor dem linken Kotflügel des Wagens zum Stehen. Der Minivan bremste ebenfalls mit quietschenden Reifen ab und drehte sich dabei leicht aus der Spur.

»Hallo?« Bernice hörte es aus ihrem Telefon. »Hallo?«

Sie schloss für einen kurzen Moment die Augen. Als

sie diese wieder öffnete, sah sie den Fahrer des Vans mit großen Schritten auf sie zukommen. »Bitte melden Sie sich in ein paar Minuten noch einmal«, sagte Bernice, ohne das Handy ans Ohr zu halten. Sie drückte das Gespräch weg und atmete tief durch. Okay, Glück gehabt, Gott sei Dank ist nichts passiert. Bernice öffnete die Tür und stieg aus.

»Alles in Ordnung?«, fragte der Mann. »Geht es Ihnen gut?«

Er ist wirklich nur besorgt, dachte Bernice und versuchte zu lächeln. »Ja, danke. Bei Ihnen auch?«

»Alles okay«, sagte der Mann und wies auf die Rückbank seines Vans, wo zwei Kinder sich voller Inbrunst stritten. »Tut mir Leid, dass ich so unaufmerksam war. Wissen Sie, die Kinder ... Manchmal können sie einen wirklich wahnsinnig machen.« Er räusperte sich. »Aber natürlich muss man trotzdem aufpassen.« Der Vater hob nun die Hand zum Gruß und ging wieder zurück zu seinem Wagen.

»Ha!«, sagte Bernice laut zu sich. »Völlig verrückt. Er denkt, er hätte fast einen Unfall verursacht. Und ich ging davon aus, er würde mich gleich platt machen.«

Im nächsten Moment war der Van verschwunden. Bernice stand noch immer am Straßenrand und versuchte, ihre innere Ruhe zu finden, als das Telefon erneut klingelte. Es war Margareta von Biel.

»Haben Sie es eben schon einmal versucht?«

»Ja. Es klang, als wären Sie in Schwierigkeiten. Ist alles in Ordnung?«

»Ja, ja. Danke, dass Sie noch einmal angerufen haben. Was kann ich für Sie tun?«

»Ich brauche Sie. Ich wäre Ihnen dankbar, wenn Sie Zeit für mich hätten.«

»Hören Sie, Frau von Biel, ich bin etwas außerhalb von Hamburg. Aber in einer halben Stunde könnte ich in der Praxis sein. Wollen Sie dort hinkommen?«

Für einen Moment herrschte Schweigen am anderen Ende der Leitung. »Das würde ich gerne. Aber ... Könnten wir uns nicht hier bei mir treffen? Mein Mann ist nicht zu Hause, und ich ... Es wäre unendlich liebenswürdig von Ihnen, wenn Sie sich die Mühe machen würden, zu mir zu kommen.«

Bernice blickte auf die Uhr. Ihr Tag war verplant. Andererseits: Dass Margareta von Biel das Haus nicht gerne verließ, ja geradezu das Tageslicht scheute, war ihr nicht fremd. Zwar war die vermutete Lichtallergie ihrer Patientin nicht so schwerwiegend, doch war es Bernice wichtig, dass kein Patient mehr Überwindung als unbedingt nötig aufbringen musste, ein Gespräch mit ihr zu suchen. »Gut«, sagte sie. »Das lässt sich machen. Es dauert dann nur etwas länger. Ich denke, in einer knappen Stunde kann ich da sein.«

»Danke.« Margareta von Biel flüsterte ins Telefon, und es klang, als habe sie dabei versucht, Tränen zu unterdrücken.

»Auch einen Cappuccino?«, fragte Sven und zog Leonie zu sich in die Warteschlange, worauf hinter ihm zwei Erstsemester murrten. »Ist mein Tuti.« Sven warf ihnen diese Worte leichterhand hin und klärte die Frischlinge auf: »Tutoren – Tuti. »Ich bin Tutor, Olaf 1. Tutoren können ihre Tutis überall mit hinnehmen.« Die beiden Erstsemester schwiegen skeptisch und wandten sich der spärlichen Kuchenauswahl zu, die hinter einer Plexiglasklappe auf hungrige Studenten und Dozenten wartete.

»Du bist vielleicht ein schräger Vogel«, flüsterte Leonie Sven zu. »Wenn ich was wollte, hätte ich mich doch anstellen können. Mir ist auch gar nicht nach Späßen zumute.«

»Komm schon, ich spendier dir einen Kaffee, und dann kannst du mir ja dein Herz ausschütten«, sagte Sven. Er grinste und stellte zwei Pappbecher unter die Kaffeemaschine, ehe er den Knopf drückte, auf den ein Witzbold »Spülwasser« gekritzelt hatte.

»Was liegt denn an?«, fragte er, als sie sich zu einem winzigen freien Tisch in einer Ecke der Uni-Cafeteria durchgekämpft hatten und Sven bis dahin ungefähr drei Dutzend Kommilitonen mit mehr oder weniger schwachen Scherzen begrüßt hatte.

Leonie sah sich um, als säße ihr der Geheimdienst im Nacken. »Eine Freundin von mir ist verschwunden. Und ich höre mich um, weil ich hoffe, irgendwie auf eine Spur von ihr zu stoßen.« Sie seufzte, blickte sich im Raum um, ob sie vielleicht noch andere Bekannte entdeckte, die sie fragen konnte. »Ich weiß nicht, ob du sie kennst? Sophie von Biel. Blonde Haare, immer ziemlich modisch. Die mit dem gelben Beetle.«

Sven zog nur eine Augenbraue hoch und sagte nichts.

»Mensch, Sven, du kennst doch Sophie! Bei gemeinsamen Vorlesungen sitzen wir immer zusammen. Sollte sie einmal anwesend sein.« Leonie verdrehte die

Augen. »Okay«, sagte sie, weil sie Sophies Ruf unter den Studenten kannte, »die Zickige.«

»Ach, *die* Sophie!«

»Genau. Sophie von Biel.«

»Kenn ich. Wir hatten mal was laufen ...« Die Augenbraue von Sven blieb oben, nur, dass sie jetzt nicht mehr skeptisch aussah, sondern irgendwie siegermäßig. »Was heißt: Sie ist weg?«

»Du hattest mal was mit ihr?« Leonie traute ihren Ohren nicht. »Davon hat sie mir aber nie was erzählt!«

»Na, hör mal, mach's nicht größer, als es ist. Wir waren ungefähr eine halbe Nacht lang liiert. Im März. Nach einer Party.« Sven lächelte schräg, was alles bedeuten konnte. Doch dann wurde er wieder ernst. »Was bitte schön heißt: Sie ist weg?«

»Verschwunden«, sagte Leonie. »Einfach von der Bildfläche verschwunden. Ich glaube, sie wurde entführt.«

»Ach, komm! Vielleicht ist sie bloß irgendwo untergetaucht. Da muss man Sophie gar nicht näher kennen, um zu wissen, dass die ständig Zoff zu Hause hat. Vielleicht ist sie nur bei ihrem neuen Typen untergetaucht.«

»Dazu müsste sie erst mal einen haben.«

»Du kennst sie wohl sehr gut, oder?«

»Klar, wir sind schließlich Freundinnen.« Leonie nahm einen Schluck von ihrem so genannten Cappuccino und seufzte.

»Also, ich will mich da echt nicht einmischen«, sagte Sven. Er war gerade dabei, den dritten oder vierten Beutel Zucker in seinen Becher zu schütten. »Aber du scheinst da irgendwie trotzdem nicht auf dem Laufenden zu sein.«

»Wenn Sophie einen Freund hätte, hätte sie's mir garantiert gesagt.«

»So wie bei mir?«

Leonie schwieg. Was sollte sie auch sagen.

»Ich jedenfalls hab sie erst vor ein paar Tagen mit einem richtig coolen Typen auf dem Campus gesehen«, fuhr Sven fort.

»Das kann doch irgendjemand gewesen sein. Ein Kommilitone vielleicht?«

»Klar. Ist nur nicht sehr wahrscheinlich. Eng umschlungen, knutschenderweise? Aber klar, könnte natürlich auch einfach nur so ein Arbeitsgemeinschaftstyp gewesen sein«, sagte Sven und grinste.

Es stellte sich heraus, dass Sven Sophie mit einem Mann gesehen hatte, der offenbar nicht vom Campus stammte, jedenfalls nicht zum selben Seminar gehörte. Denn seine Nachfragen, wer denn der Neue von Sophie sei, hatten ins Leere geführt. Sven empfand den Kerl als »ziemlich cool«. »Weißt du«, meinte er zu Leonie, »so einer mit einem Muscle-Shirt. Ein richtiger Automechanikertyp.« Sven hatte eine abgebrühte Miene aufgesetzt.

Er ist verletzt, dachte Leonie. Wahrscheinlich tut es ihm weh, dass Sophie den Typen besser fand als ihn. Und auch sie war getroffen. »Irgendwie versteh ich das nicht. Sophie hat mir doch immer alles erzählt.«

»Dazu kann ich nichts sagen«, meinte Sven knapp. »Ich weiß nur, dass sie mir verdammt schnell den Laufpass gegeben hat. Nicht, dass ich den Rest meines Lebens mit deiner Freundin hätte verbringen wollen. Aber ein bisschen länger als für eine Nummer in meiner Bükü hätte es schon sein dürfen.«

»Bükü?«

»Büroküche«, erklärte Sven. »Ich wohne in einem Wohnklo. Das Bett steht sozusagen unter der Spüle.«

»Klingt abenteuerlich. Sollte ich mir vielleicht mal ansehen.« Leonie fand Sven irgendwie nett. Sie konnte Sophie verstehen – für ein kleines Abenteuer war Sven echt süß. Na ja, vielleicht auch für ein bisschen mehr. Also konnte sie ihre Freundin doch nicht verstehen. Vor allem konnte sie nicht verstehen, warum Sophie ihr von der Sache mit Sven nichts gesagt hatte. Und auch nichts von dem Automechanikertyp.

»Hast du eigentlich mal mit Sophie darüber gesprochen?«, fragte Leonie.

»Über ihren Neuen?«

»Mhm.«

»Wenn sie mit dem auch nur für eine heiße Nacht zusammen war, wozu sollte ich dann überhaupt darüber reden.«

»Vielleicht war's doch was Längeres.«

»Dann hättest du's doch auch mitgekriegt, oder?«

»Wahrscheinlich.«

»Und was machst du jetzt? Jetzt, wo sie verschwunden ist. Wenn sie es denn ist.«

»Ich weiß es nicht«, sagte Leonie. »Ich weiß es einfach nicht.«

Das Zimmer war in ein seltsames Zwielicht getaucht. Die Vorhänge waren fast zugezogen, was trotz des gleißenden Sonnentages den Eindruck von Düsternis vermittelte, der verstärkt wurde durch die Möbel aus edlem Holz, mit denen der Raum voll gestellt war. Reglos, als sei sie selbst ein Teil dieser Möblierung, saß Margareta von Biel steif auf der Kante einer Chaiselongue, den von einer Sonnenbrille verdeckten Blick starr vor sich hin gerichtet.

»Frau von Biel?« Bernice Alper war sich nicht sicher, ob Sophies Mutter gerade hier bei ihr oder in Gedanken weit entfernt war, womöglich in einer ganz anderen Welt.

»Ja, ja«, erwiderte Margareta von Biel, doch ohne den Blick zu verändern. »Ich danke Ihnen, dass Sie gekommen sind.«

Bernice lächelte. »Natürlich komme ich zu Ihnen, wenn Sie mich brauchen. Brauchen Sie mich denn?«, fragte sie. Bernice Alpers versuchte, ihrer Stimme so viel mütterliche Wärme zu geben, wie sie es nur konnte. Sie war die gute Freundin ihrer Patientinnen, war ihre Vertraute – aber nur, wenn diese sich ihr anvertrauen wollten. Margareta von Biel starrte auf ein altes, vergilbtes Foto, das sie in den Händen hielt.

»Wissen Sie, ich denke oft an meine Kindheit, daran, wie es war, als ich in Sophies Alter war.« Margareta von Biels Stimme war sehr klar, sehr weich. Bernice nickte und lächelte. Anschließend bemerkte sie: »Sophie ist allerdings kein Kind mehr ...«

»Nein. Sie haben Recht. Sophie ist kein Kind mehr.« Einen Augenblick schwieg sie, weil ihr bewusst wurde, dass möglicherweise niemals mehr jemand Sophie etwas fragen würde. »Ich habe meinen Mann kennen gelernt, als ich gerade einundzwanzig Jahre alt war. Sophie ist jetzt einundzwanzig!« Margareta von Biel wandte den sonnenbebrillten Blick kurz zu Bernice und stierte dann wieder vor sich hin. »Aber ich hatte keine Ahnung vom Leben. Gott, was waren wir naiv! Auch Otto. Er war ein großes Kind, obwohl er fünf Jahre älter ist. Mit einem alten, klapprigen Käfer sind wir heimlich ans Meer gefahren und haben uns in den Dünen geliebt. Niemals hätten meine Eltern davon erfahren dürfen! Die Tochter des Fürsten d'Assiri unterwegs mit einem mittellosen Deutschen ...« Margareta von Biels Stimme klang verbittert.

»Otto hatte in einem alten Fabrikgebäude in Palermo seine erste Ausstellung geplant«, fuhr sie fort. Irgendein italienischer Künstler. Mein Gott, was waren wir aufgeregt. Ich saß heimlich in einem Nebenraum und beobachtete die Gäste, zitterte mit Otto, dass endlich jemand ein Bild ersteht. Schließlich haben wir eins verkauft. *Ein* Bild!« Margareta von Biel lachte auf, und für einen Moment wechselte ihre Stimmung von Moll zu Dur. »Wissen Sie, man kann sich das heute gar nicht vorstellen, aber wir hatten nichts, kein Geld, keine Unterstützung – und keine Ahnung von irgendetwas. Aber es war eine schöne Zeit.« Sie seufzte. »Eigentlich die schönste Zeit in meinem Leben. Palermo – Tunis – São Paulo. Ein weiter Weg.« Sie lächelte und hielt plötzlich Bernice das alte Foto hin. Es zeigte eine junge Frau, die sich an einen großen, stattlich aussehenden Mann schmiegte. »Otto und ich vor dreiundzwanzig Jahren! Was waren wir damals glücklich ...« Sie zögerte ein paar Sekunden. »... oder war es die Ablehnung meiner Eltern, die mich in seine Arme trieb, ihr Hass auf diesen deutschen Parvenü, wie sie ihn nannten? Ich weiß es nicht. Ich weiß nur, wie sehr sie mein Verschwinden damals geschmerzt haben muss. Sie haben mich verloren, weil sie mich vor ihm schützen wollten. Heute begreife ich es, aber es ist zu spät.« Margareta von Biel stockte, als wäre ihr klar geworden, dass sie zu viel gesagt hatte. Lange Sekunden sah sie Bernice an. »Aber die Vergangenheit ist tot und begraben, dachte ich, jedenfalls bis heute.« Wieder zögerte sie. »Frau Alper, glauben Sie, dass das Schicksal sich wiederholt? Gibt es eine sich wiederholende Gesetzmäßigkeit des Schicksals?«

Bernice zögerte. »Nein. Das Schicksal wiederholt sich nicht. Wenn es manchmal so aussieht, ist es nur reiner Zufall. Aber was wollen Sie mir eigentlich sagen, Frau von Biel? Geht es um Sophie?«

Margareta von Biel erschrak sichtlich. »Wie kommen Sie auf Sophie?«

Bernice sah Margareta von Biel lange an. Sollte sie ihre Verbindung zu den Landsburgs offenlegen? War ihr Wissen über Sophies Verschwinden in diesem Moment von Bedeutung? Hatte Margareta von Biel nicht das Recht zu erfahren, dass sie mit ihren Ängsten und Sorgen nicht allein war?

»Ich weiß, dass Sophie verschwunden ist. Und ich weiß, wie Ihr Mann reagiert hat.«

Margareta von Biel fragte auf die Aussage von Bernice nicht weiter nach. Sie nickte nur, richtete sich etwas auf, reckte das Kinn ein wenig vor, als kämpfe sie gegen aufkommende Tränen. »Er hat es nicht verstanden.«

»Was hat er nicht verstanden?«

»Mein Mann hat nicht kapiert, dass Sophie das einzige Bindeglied zwischen ihm und mir ist.«

»Oh.« Bernice konnte die Verletzungen nur ahnen,

die dieser Frau in Jahrzehnten zugefügt worden waren. Margarete von Biel war eine schöne Frau. Sie war schlank und hatte, soweit es sich erkennen ließ, klare Gesichtszüge, die perfekt zu ihrer feinen Stimme passten. Und doch: Wäre nicht ihre ganze Gestalt von einer namenlosen Trauer umweht, sie würde in Gesellschaften doch einige Blicke auf sich ziehen. Was sie vermutlich auch tat, so geheimnisvoll, wie sie wirkte, ja beinahe ein wenig tragisch. Vielleicht hing das auch damit zusammen, dass sie ihre Tage in abgedunkelten Räumen verbrachte, häufig eine Sonnenbrille und Kopftücher trug.

»Ihr Mann wird sicher das Richtige tun und die Polizei verständigen.« Tröstend legte Bernice ihre Hand auf die ihrer Patientin. Doch Margareta von Biel zuckte nur zurück. Bernice entdeckte dabei, dass die Hand blutunterlaufen und angeschwollen war. »Mein Gott«, entfuhr es ihr, »was haben Sie denn da gemacht?«

»Ach nichts«, beeilte sich Sophies Mutter zu sagen. »Es ist nichts.« Bernice aber sah, wie ihre Unterlippe zu zittern begann. Mit einem Mal erkannte sie, was sie längst hätte erkennen müssen und was sie in all den Stunden mit Margareta von Biel nicht gesehen hatte. Die Brille. Die abgedunkelten Räume. Margareta von Biel hatte keineswegs eine Lichtallergie. Nicht sie wollte den Tag nicht sehen, der Tag sollte *sie* nicht sehen. Und vor allem: Die anderen Menschen sollten nicht einmal ahnen, wie sie aussah.

Der hängende Schnauzer gab Polizeioberkommissar Bernheimer etwas Walrossartiges – vor allem aber etwas Hoffnungsloses, fand Leonie, die den Blick nicht von einem Krümel nehmen konnte, der dem POK, wie ihn seine beiden Mitarbeiter jovial nannten, im Bart klebte. Wahrscheinlich vom Frühstück, dachte Leonie und versuchte, sich wieder auf die Fragen zu konzentrieren.

»Also, junge Frau, was haben Sie *effektiv* gesehen?« Der POK zögerte ein wenig und legte noch einen Schuss mehr Ironie in seine Worte. »Ich meine, haben Sie *gesehen*, dass Ihre Freundin verschleppt wurde?« Bernheimer öffnete die Schublade seines Schreibtisches, an dem er gerade saß, und begann darin etwas zu suchen. Am liebsten wäre Leonie aufgesprungen, hätte dem übergewichtigen Polizeioberkommissar ihre Meinung gesagt und wäre aus dem Büro gestürmt. Seit vierzig Minuten saß sie nun hier und versuchte dieses Walross von der Entführung ihrer Freundin zu überzeugen – offensichtlich ohne Erfolg. Leonie atmete tief durch. »Nein, wie ich Ihnen schon mehrmals versucht habe zu erklären, war die Sicht miserabel! Aber ich kenne meine Freundin«, stieß sie mit letzter Beherrschung hervor. »Sophie von Biel würde niemals in den Wagen irgendwelcher fremder Männer steigen ...«

»Ach, dass es Männer waren, die in dem anderen Fahrzeug saßen, das haben Sie beobachtet.« Bernheimer hatte mittlerweile das gefunden, was er die ganze Zeit in seiner Schublade gesucht hatte. Er nahm einen Zahnstocher, augenscheinlich ein gebrauchtes Exemplar, wie Leonie mit Schaudern bemerkte, und begann genüsslich in seinen Zähnen zu pulen.

»Nein, ich habe nicht wirklich gesehen, dass es Männer waren. Tatsache ist, dass Sophie von Biel verschwunden ist und sich niemand dafür zu interessieren scheint.« Leonie schleuderte ihre Worte nun völlig entnervt Bernheimer entgegen. »Ich weiß, dass meiner Freundin etwas zugestoßen ist. Und ich wünschte mir ein wenig mehr Interesse der zuständigen Stellen.«

»Junge Frau.« Wieder dieser zynische Ton, der Leonie zur Weißglut reizte. »Die zuständige Stelle, das wären in dem Fall zunächst einmal ihre Angehörigen. Wie ich Ihnen schon mehrmals sagte, liegt uns aber von dieser Seite keine Vermisstenanzeige vor.« Der Polizeioberkommissar lehnte sich entspannt in seinem Stuhl zurück und lächelte Leonie an. »Da könnte ja jeder Amateurdetektiv hier auftauchen und uns irgendwelche Schauermärchen auftischen.« Das Lächeln war nun aus Bernheimers Gesicht verschwunden. Sein Zahnstocher landete mit einem kurzen, offensichtlich oft geübten »thpp« wieder in der Schublade. »Apropos, Amateurdetektiv: Nervt Ihr Vater immer noch als Laienermittler?«

Daher wehte also der Wind. Leonie begriff nun, um was es eigentlich ging. Anscheinend waren ihr Vater und dieser Bernheimer einmal aneinander geraten, als es um die Aufklärung eines Falles ging. Wut stieg in ihr auf. »Mein Vater ist zunächst einmal Anwalt und kein Amateurermittler. Außerdem weiß ich nicht, was das hier mit meinem Vater zu tun haben soll?« Leonies Stimme wurde lauter. »Ich merke nur, dass Sie, Herr Oberkommissar, keinerlei Interesse haben, sich um meine Anzeige zu kümmern oder überhaupt nachzuforschen, ob meiner Freundin vielleicht tatsächlich etwas zugestoßen ist!« Mit diesen Worten sprang Leonie auf, stürmte aus Bernheimers Büro und knallte die Tür hinter sich zu.

Nachdenklich sah ihr der Beamte nach. Einige Sekunden später griff er zum Telefonhörer. »Blümchen, schauen Sie mal, ob es eine Akte ›von Biel‹ gibt.«

Sven Löker konnte mit Bildender Kunst nicht viel anfangen, aber mit abstrakter Kunst am allerwenigsten. Er wollte es gerne konkret, wollte wissen, was gemeint war, wollte sehen, worum es ging. Dennoch musste er sich eingestehen, dass etwas dran war an den Bildern des Künstlers BLÖK. Allein schon der Schriftzug der Signatur gefiel ihm: knapp, klar – und irgendwie schräg. An großen weißen Wänden hingen die Werke in Biels Galerie in der Johnsallee. Mit gespielter Kennermiene schritt er die Werke ab, blieb prüfend vor dem einen oder anderen Gemälde stehen, trat näher heran, um dann aber wieder auf Distanz zu gehen.

Eine Mitarbeiterin der Galerie beobachtete ihn aus den Augenwinkeln. Sven gehörte nicht zum üblichen Publikum

»Kann ich Ihnen helfen?«, fragte die Frau schließlich. Sie bewegte ihr grell-florales Sommerkleid zu ihm herüber.

»Och, danke«, sagte Sven. »Ich ... ich habe nur ein professionelles Interesse an BLÖK. Kunststudent, Sie verstehen?«

»Verstehe«, sagte das Barbie-Kleid nur und wandte sich sogleich ab.

»Herr von Biel ist nicht zufällig da?«

»Herr von Biel?«

»Ja, ich denke, er könnte mir vielleicht einige Fragen zu BLÖK und seinem Werk beantworten. Er ist schließlich ein großer Experte.«

Die Frau in Bunt zögerte einen Augenblick. »Nein«, sagte sie. Ihre Stimme machte deutlich, dass sie das Gespräch zu beenden wünschte. »Herr von Biel ist nicht da.«

Ich Idiot, dachte Sven. Klar, dass sie ihren Chef vor aufdringlichen Nichtsnutzen wie mir schützen will. Er ärgerte sich, dass er sich nichts Besseres überlegt hatte. Biel war da. Er war sich sicher. Vor der Galerie stand ein fetter BMW mit dem Kennzeichen »HH-VB«, den er jetzt beim Hinausgehen erneut sah. Wäre ja auch zu schön gewesen, den alten Herrn von Sophie unauffällig ein wenig auszuhorchen.

Christian von Landsburg hatte kaum das Fax zu Ende gelesen, als das Telefon klingelte. Er arbeitete sich innerlich noch am letzten Satz ab, der mit den Worten schloss: »... sehen wir deshalb Ihrer kurzfristigen und uneingeschränkten Kooperation entgegen, um Schaden von Ihrer Mandantin abzuwenden, der mit öffentlichen Zweifeln an ihrer geistigen Unversehrtheit nicht gedient sein wird.«

Offenbar hatten die Kollegen aus der Kanzlei Brönstein & Martius einen oder mehrere Zeugen gefunden, die bereit waren, die Zurechnungsfähigkeit seiner Mandantin so weit infrage zu stellen, dass eine einstweilige Verfügung gegen die Einleitung des Adoptionsverfahrens wahrscheinlich wurde. Mit juristischen Mitteln war da auf die Schnelle wenig auszurichten. Also musste ein anderer Weg gefunden werden.

Das Telefon läutete immer noch, als Christian plötzlich die etwas unkonventionelle Lösung des Problems gefunden hatte. Mit einem triumphierenden Lächeln, das ihm mit einem Mal auf die Lippen trat, hob er den Hörer ab.

»Für einen Anwalt, der gerade seinen Fall verliert, klingen Sie ziemlich munter, Herr Kollege Landsburg.« Die Stimme von Reginald Martius, der die Familie von Peekenbrink gegen Adelheid von Peekenbrink vertrat, Christians adoptionswilliger Mandantin, schnarrte ihm entgegen.

»Sie haben da sicher auch Erfahrung!«, erwiderte Christian. Er tat nun, was er eher selten machte: Er schenkte sich ein Glas vom Sherry seines Vaters ein.

»Sie haben mein Schreiben gelesen?«

»Welches Schreiben?«, fragte Christian unbekümmert und warf das Fax, das er erst vor einer Minute bekommen hatte, auf seinen Schreibtisch.

»Sie wissen, welches Schreiben ich meine. Sie haben es eben erhalten.«

»Können Sie das beweisen?«

»Herr von Landsburg, Sie müssen sich hier nicht in Spitzfindigkeiten ergehen! Ich kann Ihnen das Schreiben auch durch das Amtsgericht zustellen lassen, wenn Sie meinen, dass Ihre Mandantin für die Kosten Verständnis hat, die dadurch entstehen. Also lassen wir die Spielchen.« Martius platzte langsam der Kragen. Christian bereitete es immer ein besonderes Vergnügen, es mit cholerischen Gegnern zu tun zu haben. Sie blieben nicht lange ruhig, machten sich nach kurzer Zeit eine fremde Sache zu Eigen, bauten einen gigantischen Hormonschub auf, mit dessen Entladung zugleich der Verlust der Kontrolle über sich selbst und damit auch über das Verfahren verbunden war.

»Bleiben Sie doch gelassen, Herr Kollege«, empfahl Christian betont sanft. Er nippte an dem Sherry, sog den Duft des herb-süßen Getränks ein und fügte hinzu: »Immerhin hätte es von mir sein können.«

»Was meinen Sie damit?«

»Ihre Formulierungen! Sie passen ganz und gar. Allerdings auf eine besondere Weise.«

»Drücken Sie sich bitte etwas präziser aus. Kommen Sie zur Sache, Graf!«

»Nun, wie Sie richtig schreiben, wird der Mandantin ›mit öffentlichen Zweifeln an ihrer geistigen Unversehrtheit‹ nicht gedient sein. Ich gehe davon aus, Sie meinen in diesem Fall die Familie von Peekenbrink.«

Martius schwieg. Christian hörte nur sein schweres Atmen. Er kannte den Kollegen von gelegentlichen Zusammentreffen vor Gericht und von einer größeren Sache in Kiel, als es um die Verhandlungen über einen Sozialplan für eine kleinere Werft ging. Martius handelte die Millionenabfindungen des Managements aus. Ein feister Mann ohne Manieren, Nachfahre einer einst großen Handelsdynastie, deren Glanz längst vergangen war. »Also, wenn Sie mich fragen, so wird der Familie von Peekenbrink mit öffentlichen Zweifeln an ihrer geistigen Unversehrtheit tatsächlich nicht gedient sein. Ich sehe das förmlich vor mir – das *Hamburger Abendblatt* schreibt: *Peekenbrinks von Schwachsinn befallen? Anwalt: Zweifel erlaubt. Verrückter Streit um Millionen.*«

»Das kriegen Sie nie durch, Landsburg.«

»Ach, so schwierig ist das nicht, Herr Kollege.«

»Sie bluffen, Landsburg. Sie sind nicht der Typ, der eine Schlagzeile lancieren kann.«

»Diese Auffassung sei Ihnen unbenommen, Herr Kollege ...«

»Und *wenn* es Ihnen gelingt«, fuhr Martius fort, »dann machen wir Sie fertig.«

»Wie denn, Herr Martius? Ist es ein Vergehen, der Presse relevante gesellschaftliche Fakten anzuvertrauen? Sie sind es doch, der mit Skandal droht. Sie stellen uns doch in Aussicht, unsere Mandantin als schwachsinnig hinzustellen. Ja, Sie drohen einer alten Frau damit, sie mit einstweiligen Verfügungen zu belegen und letztlich – denn das ist ja wohl die Konsequenz Ihrer Ankündigung – zu versuchen, sie unter Pflegschaft zu stellen. Glauben Sie nicht, dass ich das Ziel Ihrer Strategie nicht durchblicke. Im Moment bluffen Sie doch nur. Aber darauf werden wir nicht hereinfallen.«

»Seien Sie da mal nicht so sicher, Landsburg.«

»Ich denke, wir können uns im Augenblick beide nicht sicher sein. Deshalb mache ich Ihnen einen ganz schlichten Vorschlag: Wir vertagen uns auf morgen Nachmittag, vierzehn Uhr. Bis dahin empfehle ich die Lektüre des *Abendblatts*. Sie müssen nicht mehr als die Hauptschlagzeile lesen. Ich verspreche Ihnen, sie wird das Wort »Sommer« enthalten.

»Sommer?«, fragte Martius. »Was soll das heißen: Sommer?«

»Nichts weiter, als dass es für mich gar nicht so schwierig ist, sogar die Hauptschlagzeile einer der größten Tageszeitungen dieser Stadt zu lenken. Glauben Sie mir: Wer das kann, der kann auch eine konkrete Information zum richtigen Zeitpunkt in der Presse lancieren. Erzählen Sie das gerne Ihren Mandanten, mit besten Grüßen von mir.«

Mit diesen Worten legte Christian grußlos auf und wählte sogleich die Nummer seines alten Freundes Karl-Heinz »Carlo« Tönnessen, langjähriger Textchef beim *Hamburger Abendblatt*. »Carlo, hallo, Christian hier.«

»Christian! Welche Ehre! Brauchst du mal wieder Hilfe bei der Recherche eines abstrusen Falles?«

»Diesmal ist's ein bisschen delikater. Es ist nicht so, dass ich dich nötigen möchte, irgendetwas inhaltlich zu manipulieren. Es geht nur um eine Formulierung ...«

»Ach, hier bist du, Paps!«, rief Leonie. Atemlos kam sie die Treppe heruntergelaufen. »Ich suche dich überall.«

»Was gibt's denn, mein Schatz? Irgendeine Neuigkeit in Sachen Sophie?«

Für einen Moment flog ein Schatten über Leonies Gesicht, doch sofort glomm wieder dieser Funke in ihren Augen auf, den Christian so sehr liebte.

»Nein, Paps. Leider nicht. Es geht um Großmama.«

»Alles in Ordnung mit ihr?«

»Klar. Du kennst sie doch.« Leonie holte Luft. Wer weiß, wo sie ihren Vater schon überall gesucht hatte, ehe sie auf die Idee gekommen war, im Weinkeller nachzuschauen. »Aber ihrem Geschenk geht's nicht gut!«

»Welchem Geschenk? Leo, du sprichst mal wieder in Rätseln.«

»Na, du weißt doch wohl, dass Großmama nächste Woche Geburtstag hat!«

Mein Gott, dachte Christian, meine Tochter ist wirklich zur Schauspielerin geboren! Diese Miene! Empörung, Entrüstung, Verblüffung, vollkommene Verständnislosigkeit. »Sicher weiß ich das. Was denkst du, was ich hier mache? Ein paar Fläschchen entkorken? Eine persönliche Degustation? Ich gehe gerade unsere Vorräte durch, damit wir nicht plötzlich auf dem Trockenen sitzen, wenn wir Mamas Jubelfest begehen. Wir erwarten immerhin an die zweihundert Gäste.«

»Na, dann bin ich ja beruhigt.« Leonie atmete durch und wollte auf dem Absatz kehrtmachen.

»Und das Geschenk?«, rief Christian. »Was ist mit dem Geschenk?«

»Ach so!« Leonie schlug sich an die Stirn und kam nun die letzten Stufen herab. »Sicher, das Geschenk.« Sie setzte sich auf die unterste Stufe. »Also ...« Ihr Blick schweifte über die Flaschen, die Christian rausgestellt hatte. »Das Problem ist, dass ich keines habe.«

»Na, da geht es dir wie mir. Ich habe keine Ahnung, was ich Mama schenken soll.«

»Ach.« Leonie machte eine wegwerfende Handbewegung. »Was ich ihr schenken will, weiß ich schon lange.« Und auf Christians fragenden Blick fügte sie hinzu: »Ich weiß bloß nicht, womit ich's bezahlen soll!«

»Wie wär's mit Geld?«

»Tolle Idee. Wäre ich nie darauf gekommen. Sagst du mir auch, wo ich es hernehmen soll?«

Christian setzte sich und streifte die Handschuhe ab, mit denen er die verstaubten Flaschen aus den Regalen genommen hatte, um sie mit einem Samttuch abzureiben. Er hatte sich für den kühlen Keller einen sportlichen Pullover übergezogen, und Leonie fand, dass er im lässigen Freizeitoutfit tausendmal besser aussah als in seinen piekfeinen Anzügen. »Wenn ich mich richtig erinnere, habe ich dir letzte Woche hundertfünfzig Euro gegeben. Und das war kein Taschengeld. Das war, weil das Taschengeld schon wieder weg war.«

»Paps, wer kriegt denn in meinem Alter noch Taschengeld? Hör mal, ich bin schließlich kein Kind mehr. Ich studiere. Was du mir gibst, sind ›Zuwendungen‹.« Theatralisch breitete Leonie die Hände aus. »Und die sind zu niedrig. Ich kann nicht einmal meiner alten Großmutter einen Schal zum Siebzigsten kaufen.«

»Einen Schal?«

»Ja! Keinen Schal für den Hals, nicht so'n Winterding, sondern einen Überwurf. Ich habe da ein schönes Teil in der Boutique im Hotel *Vier Jahreszeiten* gesehen. Großmama liebt doch so etwas.«

»Hm«, machte Christian und zog eine Augenbraue hoch. »Und was müsstest du dafür anlegen?«

»Zweihundert.«

»Zweihundert!«

»Klar, ich will mir meine Omi schon was kosten lassen«, sagte Leonie im Brustton der Überzeugung.

Christian lachte. »Also, für mich sieht das eher aus, als wolltest du deine Omi mich was kosten lassen.« Seufzend zog Christian sein Portemonnaie aus der Hosentasche und entnahm daraus hundertzwanzig Euro. »Bitte. Das ist alles, was ich augenblicklich in der Tasche habe. Entweder du pumpst deinen Großpapa auch noch an, oder du verhandelst gut in der Boutique. Ich würde Letzteres empfehlen.«

»Danke.« Leonie steckte das Geld in ihre Jeans. »Sag mal, das hier ist doch sozusagen der Familienweinkeller, oder?«

»Sicher«, sagte Christian. Er ließ den Blick über die Regalreihen gleiten. »Hier liegen Tropfen, die schon dein Ururgroßvater eingekauft hat.«

»Wunderbar! Dann müsste da doch eigentlich auch ein Fläschchen für mich dabei sein?«

»Wie? Für dich?«

»Na, ich würde gerne eine Flasche mitnehmen. Als Mitbringsel für einen netten Abend.« Treuherzig blickte Leonie ihren Vater an. Es war dieser »Gleich-wirst-du-schmelzen-Blick«, und Christian kratzte sich tatsächlich hinter dem Ohr, was er immer tat, wenn er klein beigab.

»Tja, wenn du unbedingt einen von den Weinen hier haben möchtest ...« Er stockte. »Aber alte Weine muss man gewöhnt sein. Die schmecken nicht jedem ...«

»Schon gut, Paps. Ich lass mich in jedem Fall von dir beraten. Aber das machen wir später. Oder morgen. Ich muss jetzt weg. Ciao!«

»Bis dann«, rief Christian seiner Tochter hinterher.

Er seufzte. Gerade war Leonie noch ein kleines Mädchen mit Zöpfen unter der Reitkappe gewesen, und nun interessierte sie sich für den Weinkeller und sprach von »netten Abenden«. Er hatte sich einfach noch nicht daran gewöhnt, dass seine kleine Tochter eine junge Frau geworden war.

»Wird Zeit, dass wir endlich mal'n bisschen Bares haben«, raunzte Zlatko und stieß die Kühlschranktür zu.

»Mann, krieg dich ein«, sagte Andy. »Es geht nicht um ein bisschen Bares, es geht ums ganz große Geld, verstanden? Und dafür kannst du schon mal ein paar Tage Kohldampf schieben.«

Zlakto ließ sich auf das Sofa fallen und legte die Beine auf den Tisch. »Fünfhunderttausend Eier pro Nase.« Er grinste, während er die Zahl mit dem Finger in die Luft schrieb.

»Das heißt nicht, dass du die Mücken gleich loslassen darfst, dass das klar ist, ja?«

»Schon klar, Mann, ich bin doch nicht blöd. Meinst du, ich will die Bullen gleich am Arsch haben?« Zlatko angelte nach seiner Lederjacke. In der Seitentasche hatte er die Marlboros aufbewahrt. »Aber man wird doch wohl mal träumen dürfen.«

»Wovon träumst du denn so?« Sophie streckte die Hand nach den Zigaretten aus.

»Na ja.« Zlatko zog eine Marlboro aus der Packung und machte eine zweideutige Geste damit, während er Sophie anblickte. »Da gäbe es schon Einiges ...«

Sophie schnappte sich die Zigarette und dazu das schwere Tischfeuerzeug, offenbar ein Relikt aus den Siebzigerjahren. »Andy und ich werden uns jedenfalls nach Südamerika absetzen.«

»Was sprechen die da? Spanisch? Willst du Spanisch lernen, Andy?«

»Wir werden Portugiesisch lernen, nicht wahr, Andy?«, antwortete Sophie an seiner Stelle. Sie stellte sich hinter ihren Freund, der wie meist am PC saß und irgendwas im Internet nachsah.

»Mhm, Portugiesisch.« Zlatko konnte damit offensichtlich wenig anfangen.

»Ja. Das spricht man in Brasilien.«

Sophie konnte das alles so richtig vor sich sehen: Rio, der Zuckerhut, die Copacabana, das Meer, die Sonne und Andy am Strand beim Fußballspielen. In Rio spielten alle am Strand Fußball, das wusste sie aus dem Fernsehen. Wenn sie nicht Karneval feierten und von morgens bis abends vögelten. An all das würde sich Andy leicht gewöhnen, dachte sie und strich ihm durchs Haar, etwas, das Andy ganz und gar nicht ausstehen konnte. Er schüttelte den Kopf. »Sicher. Aber jetzt lass mich in Ruhe. Ich muss arbeiten«, sagte er.

Zlatko, der inzwischen auf ähnliche Gedanken gekommen war wie Sophie, kratzte sich genüsslich zwischen den Beinen und grinste anzüglich zu ihr hin. »Würde mich mal interessieren, ob unser Superhirn dann auch noch so an der Arbeit klebt. Hey, Andy, entspann dich mal! Wenn sie irgendwas rausgelassen hätten, wüssten wir's doch längst aus dem Fernsehen.«

Andy schloss kurz die Augen und legte den Kopf in den Nacken. »Stimmt«, sagte er dann. »Schalt die Kiste wieder ein. Der Computer macht mich noch ganz fertig.«

»Klar.« Zlatko schaltete den Fernseher an. »Du kommst mit so einem Ding nie an ein Ende. Bei der Glotze lob ich mir meine dreißig Programme. Zehn davon reine Scheiße, ein paar Sender mit Musik, ein paar mit Sport und ab und zu ein guter Film irgendwo. Da hast du den Überblick. Aber mit dem Scheißinternet ...«

»Natürlich«, meinte Andy spöttisch. »Ist schon 'ne ziemliche Überforderung. Obwohl du ja eigentlich immer nur dieselben zwei Seiten ansteuerst ...« Er drehte sich herum und legte die Hände auf Sophies Po. »Gehen wir nach drüben? Dann erklär ich dir mal meinen Wunschzettel.«

Sophie machte eine Kopfbewegung zu Zlatko hin, doch der hatte sich bereits an einem aufreizenden Musikvideo festgesaugt, witzigerweise einem Clip, der vor der Kulisse des Zuckerhuts in Rio de Janeiro spielte. »Brasilien«, nuschelte Zlatko. Er blickte versonnen auf den Bildschirm, ohne auf seine beiden Komplizen zu achten, die sich ins Schlafzimmer abgesetzt hatten.

4

Christian von Landsburg war wieder einmal früher als sein Vater im Frühstückszimmer. Er hatte mit Charly einen langen Spaziergang durch den Park gemacht, hatte den erwachenden Tag betrachtet, Vögel und Rehe beobachtet, die sich um diese frühe Zeit weniger scheu bewegten, weil sie wussten, dass sie kaum mit Menschen zu rechnen hatten. Am See hatte er sich eine Weile auf die Bank gesetzt, auf der schon sein Urgroßvater gesessen und kleine, wenig kunstvolle, aber anrührende Kompositionen in sein Notenbüchlein geschrieben hatte – vielleicht das einzige musikalische Talent, abgesehen von seiner Mutter, das die Familie jemals hervorgebracht hatte. Christian bewunderte die Gräfin, wenn sie auf dem Klavier die mit Grafitstift hingeworfenen Noten ihres Großvaters spielte, gefühlvoll und doch bemüht, ihnen das etwas Volkstümliche zu nehmen und stattdessen mit ihrer italienischen Grandezza anzureichern. Im nächsten Moment dachte er an Sophie von Biel. Die Sache war ihm nicht aus dem Kopf gegangen. Nach wie vor war das Mädchen nicht aufgetaucht. Und nachdem Leonie inzwischen auch die Polizei aufgesucht hatte, war es nur eine Frage der Zeit, dass auch die Behörden von einem Entführungsfall ausgingen.

»Guten Morgen, Papa«, sagte Christian, als sein Vater gegen halb acht das Frühstückszimmer betrat.

»Guten Morgen, Christian.«

»Gut geschlafen?«

»Geschlafen? Heute Nacht war hier Erdbebengebiet. Ich habe den Eindruck, je näher das Fest rückt, umso schlechter schläft mein Schlossgespenst von Gattin. Jedenfalls klingt ihr tiefes Durchatmen, wie sie es nennt, als wäre es eine Oper von Alban Berg.«

»Aber, Papa, du kennst dich doch mit Opern gar nicht aus.« Christian lachte.

»Man muss sich nicht auskennen, um eine Kakophonie von einer Symphonie unterscheiden zu können. Und zu Berg hat mich deine Mutter einmal geschleppt.« Er setzte einen Blick auf, als wäre damit alles gesagt.

»Klingt nach einer unvergesslichen Erinnerung für das ganze Leben.«

»Für zwei Leben. Das wird noch bleibende Eindrücke bei meiner Wiedergeburt hinterlassen.« Ferdinand nahm sich ein Frühstücksei und trug Marianne auf, ihm einen kräftigen Assam zu bringen. »Nach einer solchen Nacht fühle ich mich wie gerädert. Da brauche ich einfach etwas Handfestes. Ich denke, ich werde mir von Marianne Schinkenbrötchen machen lassen.« Mit vorwurfsvollem Blick sah er sein Ei an. »Und dann schimpft Francesca wieder, dass meine Cholesterinwerte so hoch sind.«

»Die Welt ist eben ungerecht, Papa.«

Ferdinands Blick fiel auf die Zeitung, die Christian in der Hand hielt. Auf der Titelseite des *Hamburger Abendblatts* prangte groß die Schlagzeile: *Mörderischer Sommer – Hundekiller schlägt wieder zu.*

»Schau weg, Charly«, sagte Ferdinand. Er tätschelte den Golden Retriever am Hals. Charly hatte einen seiner Lieblingsplätze unter dem Frühstückstisch eingenommen. Solange Ferdinand dort saß, wurde er mit kleinen Happen verwöhnt, die wie zufällig von seinem Teller fielen.

»Ferdinand, du wirst heute bitte nicht auf den Teppich kleckern«, mahnte auch sogleich Gräfin Francesca. Sie war eben durch die Tür gekommen. Wie immer wirkte sie, als sei sie schon seit Stunden wach. Sie hatte ihre Haare kunstvoll hochgesteckt, etwas Rouge aufgelegt und dezent Lippenstift aufgetragen. Dazu trug sie ein dunkelblaues Seidenkleid. Niemals würde es Francesca einfallen, im Morgenrock durch das Haus zu gehen. Ihr Tag begann mit Disziplin.

Ferdinand erhob sich und rückte seiner Frau einen Stuhl zurecht. »Keine Sorge, meine Liebe. Soweit ich weiß, schätzt Charly Frühstückseier nicht besonders.«

»Du musst dich nicht lustig machen. Die Aufforderung, dein Frühstück bei dir zu behalten, gilt auch für alles, was du sonst noch an ungesundem Zeug in dich hineinstopfst. Ich habe gestern mit Professor Claassen gesprochen. Der hat auch gesagt …«

»Ich will es lieber nicht wissen, meine Liebe. Ich hoffe doch sehr, er hat es mit der ärztlichen Schweigepflicht hinreichend ernst genommen. Nichts wäre mir unangenehmer, als meinen eigenen Hausarzt verklagen zu müssen.«

»Ferdinand!« Francesca von Landsburg hielt die Kaffeekanne vor sich hoch, als sei sie eine geschärfte Bombe.

»Ich bitte euch«, fuhr Christian dazwischen. »Hört doch mit den Sticheleien auf. Man sollte den Tag nicht im Streit beginnen.«

»Da hast du sicher Recht, Christian«, stimmte seine Mutter zu.

»Hört, hört!« Ferdinand brummte und begann, Christians Zeitung zu studieren. »Er soll auch hier in der Gegend umgehen«, sagte er nach einer Weile.

»Wer soll hier umgehen?« Francesca hatte sich eine Brioche genommen, die sie vorsichtig mit ihren Fingern brach, um sich kleine Stückchen in den Mund zu stecken.

»Der Hundemörder«, erklärte Ferdinand. Er nickte zur Zeitung hin.

»Schrecklich!«, konstatierte Francesca. »Was es für Menschen gibt.« Sie nippte an ihrem Kaffee. »Und was für eine schreckliche Überschrift: *Ein mörderischer Sommer.*«

Christian nahm sich ein Stück von Francescas Brioche und stand beschwingt auf. »Also, ich finde sie ziemlich genial. Vor allem das Wort ›Sommer‹ gefällt mir.«

Mit angehaltenem Atem saß Leonie am Telefon und lauschte in den Hörer. Besetzt. Schon wieder. Oder immer noch. Konnte es vielleicht sein, dass Sophie nach Hause gefahren war und sich nur aus schlechtem Gewissen noch nicht bei ihr gemeldet hatte? Nein. Sie würde nicht ewig telefonieren. Außerdem hätte sie irgendwann mit ihren Eltern gesprochen. Und ihr Vater hätte ihr dann von Leonies seltsamem Auftritt berichtet, und sie hätte dann doch angerufen und ... Nein. Sophie war nicht zu Hause. Wahrscheinlich hatte sie nur das Telefon nicht richtig aufgelegt, ehe sie losgefahren war, um Leonie an diesem schrecklichen Abend abzuholen. Und nun? Konnte es sein, dass sie ihre Freundin niemals wiedersehen würde?

Das Wetter war an diesem Dienstagmorgen wechselhaft. Nachdem die Sonne schon früh über den Feldern aufgegangen war, hatten sich jetzt dunkle Wolken aufgetürmt. Ferdinand von Landsburg reckte seine markant konturierte Nase in die Luft. »Das wird mit Glück zugehen müssen, wenn es den Bauern nicht zu guter Letzt noch die Ernte verhageln soll«, sagte er und blickte mit sorgenvoller Miene über die Kornfelder, die sich jenseits des Parks erstreckten und die einst zum Gut derer von Landsburg gehört hatten.

»Oder mit Gottes Hilfe, mein Lieber.« Gräfin Francesca verbesserte ihn. Sie setzte gerade einen Fuß in den Wagen, dessen Tür ihr Christian aufhielt.

»Gewiss, meine Liebe. Das gilt auch bei Ausflügen mit unserem Sohn.«

Francesca sparte sich einen weiteren Kommentar und drehte nur die Augen zum Himmel, als wollte sie sich beim Schöpfer beschweren, dass er ihr ein so gottloses wie lästerliches Mannsbild zur Seite gestellt hatte.

»Mama, bitte ...« Christian hatte es wie immer eilig. Dass er seine Mutter mit in die Stadt nehmen sollte, behagte ihm gar nicht. Er kannte seine Mutter nur zu gut: Sie würde ihn weitaus mehr Zeit kosten, als er hatte. Und sein Gerichtstermin würde um elf stattfinden, ob er wollte oder nicht. Ein Versäumnisurteil konnte er in der heiklen Urkundensache nicht riskieren, in der es um Eigentumsnachweise für Güter und Nießbrauchsrechte aus Jahrzehnten ging – und um die delikate Frage, ob Hasso Graf Leudesheim eine letztwillige Verfügung seines kinderlosen Großonkels gefälscht oder doch zumindest eine Fälschung billigend in Kauf genommen hatte. Der Richter war schon in der ersten mündlichen Verhandlung auf hundertachtzig gewesen, hatte Leudesheim eine Strafe wegen Missachtung des Gerichts angedroht und starke Zweifel an der Glaubwürdigkeit seiner Zeugen geäußert. Zweifel, die Christian durchaus teilte.

»Du sollst mich nicht so hetzen, Christian. Eine Dame hechtet nicht in ein Automobil wie ein Teenager.«

»Verzeih, Mama, aber du weißt, wir sind spät dran.«

»Ich weiß, ich weiß. Du versäumst keine Gelegenheit, mich darauf hinzuweisen.«

Christian warf seine schwarze Robe und die Aktenmappe in den Fond des Wagens und drückte die Beifahrertür, hinter der seine Mutter endlich Platz genommen hatte, achtsam zu. Mit einem satten »Klack« rastete die Tür ein. Christian hörte es immer wieder gern. Er liebte den alten Jaguar, den er von seiner letzten Englandreise mitgebracht hatte. Sicher, der Wagen war nicht so komfortabel wie ein neues Fabrikat, es fehlte an einer Klimaanlage und anderen elektronischen Raffinessen. Doch nichts konnte den Stil ersetzen, den diese alten Autos noch hatten. Bei ihnen kam es auf Form und Eleganz an, nicht auf die nackte PS-Potenz. Und auch Brinkley, wie er den Wagen nach seinem Vorbesitzer genannt hatte, brachte es ohne große Mühen auf zweihundert Stundenkilometer.

»Gute Fahrt.«

»Danke, Ferdinand«, sagte Francesca von Landsburg. Sie winkte ihrem Gatten fast ein wenig monarchisch zu, als sie vom Hof fuhren.

Die Landstraße war wie so häufig leer, bis zum nächsten Zubringer nach Hamburg waren es etwa acht Kilometer, eine wunderbare Strecke, um dem Wagen mal so richtig Stoff zu geben.

Christian ließ sein Fenster ein Stück weit herunter und gab ordentlich Gas. Der Fahrtwind zerwühlte sein Haar. Er schaltete das Radio ein. Swing. Wunderbar. Sinatra sang »They can't take that away from me«. Und sogar die Sonne kam wieder raus.

»Christian, du weißt, wie ich es hasse, wenn du so rast.« Die Gräfin beklagte sich in dem typischen Ton, mit dem sie ihrem Sohn immer ein schlechtes Gewissen zu machen versuchte. »Außerdem ruinierst du meine Frisur.«

Instinktiv ging Christian ein wenig vom Gas runter, obwohl er sich vorgenommen hatte, genau das nicht zu tun. Seine Mutter sollte sich in Zukunft zweimal überlegen, ob sie wirklich mit ihm fahren wollte. »Verzeih, Mama. Aber du siehst ja, es ist weit und breit niemand auf der Straße. Da können wir ein bisschen was von der Zeit reinholen, die wir verloren haben.«

»Ich habe keine Zeit verloren. Und ich möchte jedenfalls nicht den Rest meiner Tage bei dieser Fahrt verlieren.« Demonstrativ hielt Gräfin Francesca die Hände schützend über ihr Haar. »Hast du nicht neulich noch, wie sagt man, Punkte bekommen? Du bist doch in eine dieser Radarfallen gefahren, mit denen sie Verkehrsrowdies von den Straßen holen, nicht wahr? Also, ich finde das ausgesprochen peinlich, Christian. Du solltest dich nicht benehmen wie ein, wie ein ...« Ihr fiel das passende Wort nicht ein.

»Natürlich, Mama, ich fahre ja schon langsamer. Es war übrigens nur *ein* Punkt. Also kann ich die zulässige Höchstgeschwindigkeit nicht allzu dramatisch übertreten haben.« Er machte eine kleine Pause. »Aber das Fenster sollten wir schon offen lassen. Es wird sonst so heiß hier drinnen. Immerhin haben wir keine Klimaanlage.«

»Ich verstehe sowieso nicht, wie du dir ein gebrauchtes Automobil kaufen konntest.«

»Mama, das ist kein Gebrauchtwagen, das ist so etwas wie eine Antiquität, ein Oldtimer eben.«

»Antiquitäten erbt man. Ich finde das ziemlich gewöhnlich, wenn man sich eine Vergangenheit zusammenkaufen muss.«

»Da würde ich dir gerne zustimmen. Leider habt ihr seinerzeit nicht daran gedacht, einige schöne Exemplare *neu* zu erwerben, weshalb ich nun einmal nicht darauf zurückgreifen konnte, sondern diesen Wagen hier erwerben musste.«

Francesca von Landsburg beschloss, diese Diskussion nicht weiterzuführen. Sie kannte ihren Sohn. Die ewige Rechthaberei hatte er von seinem Vater. Wahrscheinlich lag den beiden das Advokatentum in den Genen. Sie blickte auf die Landschaft mit den reifen Kornfeldern, die sich nach Süden hin ausbreiteten, und lauschte der Musik, die ihr immerhin gefiel, auch wenn sie das nicht zugegeben hätte.

Ein einbiegender Traktor bremste plötzlich die Fahrt, und Christian musste mit kaum dreißig Stundenkilometern hinter ihm her tuckern. Wunderbar. So ließ sich eine Besorgungsfahrt in die Stadt genießen. Versonnen betrachtete Francesca von Landsburg ihren Sohn von der Seite. Wie ähnlich er seinem Vater geworden war. Erstaunt stellte sie fest, dass auch sein Haar grau geworden war.

Gräfin Francescas Mutterliebe war in den Jahren nach der Pubertät ihres Sohnes nie besonders ausgeprägt gewesen. Kinder wurden erwachsen und waren dann eben keine Kinder mehr. So hatte sie sich das immer vorgestellt. Doch als Christian dann seine Frau verloren hatte, da war er für sie über Nacht wieder zu dem kleinen Jungen geworden, der Trost brauchte und beschützt werden musste. Und das war für Gräfin Francesca auch heute noch ein wenig so. Christian war ein erfahrener und erfolgreicher Mann, und doch war er ihr Augapfel, ihr Kind, das vor der bösen Welt beschützt werden musste.

»Alles in Ordnung, Mama?«

»Aber ja doch, Christian. Warum fragst du?«

»Nun, du siehst mich so an, als hätte ich irgendetwas an mir. Einen Fleck am Kragen oder einen schiefen Schlips.«

»Aber nein, mein Schatz. Keineswegs.« Eine Weile schwieg Francesca von Landsburg und genoss die Fahrt, bis der Traktor kurz vor der Stadtgrenze abbog und Christian noch einmal kräftig Gas gab. Sie schüttelte den Kopf und dachte, dass Männer immer verspielte Jungs bleiben und den Rausch der Geschwindigkeit suchen. »Diese Frau Alper ...«, sagte sie nach einer Weile.

»Ja?«

»Kennst du sie schon lange?«

»Einige Monate.«

»Ah ja?«

»Weshalb fragst du?«

»Du hast sie eingeladen. Ich wollte nur wissen, wer sie ist.«

»Sie war Polizeipsychologin.«

»Hier in Hamburg?«

»Nein.« Christian bremste scharf vor einer Ampel, die eben auf Rot umgesprungen war. »Sie ist ausgeschieden.«

»In dem Alter? Das ist aber erstaunlich.«

»Nicht wirklich. Ihr Bruder ist ermordet worden. Das hat wohl dazu beigetragen, dass sie sich nicht mehr länger mit Mord und Totschlag auseinandersetzen wollte.«

»Wie furchtbar. Die Arme.« Christians Mutter schwieg einen Augenblick. »Hieß nicht der Fotograf so ähnlich, der damals auf unserem Gut zu Tode gekommen ist?«

»Er hieß nicht so ähnlich, er hieß genauso. Das war ihr Bruder.«

»Wirklich furchtbar! Und was macht sie jetzt? Sie

kann sich doch nicht einfach zur Ruhe gesetzt haben?«

Christian hörte sehr wohl die heimliche Frage heraus, die seine Mutter mit ihrer Überlegung verband, eigentlich waren es sogar zwei Fragen: War sie alleinstehend? Stammte sie aus einer reichen Familie? »Sie arbeitet als psychologische Beraterin.«

»Ach Gott, dann hilft sie also jetzt den Psychopathen, statt sie zu fangen?«

Christian lachte und gab Gas, als die Ampel wieder auf Grün umsprang. »Aber nein, Mama! Ich sagte nicht Psychiaterin, sondern psychologische Beraterin. Sie kümmert sich um Menschen mit Depressionen, auch um Kinder mit Lernschwächen. Dazu gehört auch Werbepsychologie und Ähnliches. Ein weites Feld.«

»Könnte sie dir vielleicht dieses ruppige Fahren abgewöhnen, Christian? Es ist wirklich eine Zumutung, neben dir im Automobil zu sitzen.«

»Mama, bitte! Aber du kannst sie ja mal fragen. Obwohl Brinkley das sicher nicht schätzen würde.«

»Wer, bitte schön, ist Brinkley?«

»Wollen wir auf die CD-Rom ein Cover machen?«

»Sicher. Und dann lassen wir das alles noch einschweißen, was? Sag mal, spinnst du?«

»Mann, jetzt sei doch nicht immer so empfindlich. War nur'n Vorschlag.«

»Das war kein Vorschlag, Zlat, das war Schwachsinn.« Andy nickte in Richtung einer Zippbox. Zlatko reichte ihm die Schachtel und ließ ihn zwei neue Latexhandschuhe entnehmen, so, wie sie es kürzlich geprobt hatten. Während Andy sich die leicht gepuderten Handschuhe überstreifte, roch Zlatko an der Schachtel. »Weißt du, wonach das riecht, Andy?« Er grinste und fuhr sich mit der Zunge über die schiefe Zahnreihe.

»Geld, Zlatko. Für mich riecht das nach Geld. Und Geld ist ...« Er machte eine kurze Pause. »Geld ist besser als Sex.«

Zlatko zog die Mundwinkel nach unten und wiegte den Kopf. »Kommt drauf an, würde ich sagen.«

»Ja. Kommt drauf an, ob man Geld hat oder nicht.«

»Nee, kommt drauf an ... Ich meine, Sex ist nicht gleich Sex, oder?«

»Was denkst du, Andy?« Sophie schaltete sich in das Gespräch ein. Sie fand die Frage spannend. Vor allem interessierte sie die Antwort ihres Freundes. Doch der hatte nicht die Absicht, sich darauf einzulassen. »Du wirst es wissen, Zlat«, sagte er nur und öffnete das CD-Rom-Laufwerk.

»Jedenfalls«, philosophierte Zlatko weiter, »kann man sich mit der Knete 'ne Menge Sex leisten.«

»Hast du das schon mal deiner Freundin gesagt?«, fragte Sophie. Doch Zlatko zuckte nur mit den Achseln. »Welcher Freundin?« Gebannt sah er jetzt zu, wie Andy die CD einlegte und das Laufwerk wieder schloss. Auf dem Bildschirm war das wohl grausamste Foto von Sophie zu sehen: Die Haare hingen ihr wirr ins blutverschmierte Gesicht, ein länglicher blauer Fleck färbte Kinn und Wange dunkel, die Augen waren schreckgeweitet, ihr panischer Blick war auf die Kamera gerichtet, als erwartete sie eine tödliche Bedrohung.

»Mama wird schlecht werden, wenn sie das sieht«, sagte Sophie leise.

»Na, dann wollen wir mal hoffen, dass Papas Magen genauso empfindlich ist.« Andy tippte den Befehl ein, mit dem das Bild von der Festplatte auf die CD gebrannt werden würde. Als wäre es ein geheimes Orakel, starrten alle drei schweigend den sich aufbauenden Balken an, der anzeigte, wie weit der Speichervorgang bereits vorangeschritten war.

»Und? Welches Foto wollen wir noch nehmen?«, fragte Andy. »Das war eine Totale. Vielleicht würden deine Alten dich auch gerne halb nackt auf dem Bett sehen? So etwas regt doch die Fantasie an, oder?« Er öffnete eine kleine Bildergalerie, in der ein halbes Dutzend Aufnahmen sorgfältig nebeneinander angeordnet waren. »Oder das Bild, wo du gefesselt und geknebelt bist?« Mit einem Mausklick vergrößerte er eines der Fotos, auf dem Sophie in scheinbar qualvoller Verrenkung mit dicken Nylonschnüren gefesselt war.

»Ich weiß nicht«, meinte Zlatko. »Wenn wir es übertreiben, habe ich irgendwie Angst, die nehmen uns das nicht ab.«

»Denkst du, echte Entführer wären zimperlicher? Vielleicht, weil Sophie eine ›von‹ ist?«

»Jetzt hört auf, beide!« Sophie zündete sich eine Zigarette an, sagte »Scheiße«, drückte sie wieder aus und zog die Nase hoch. »Zlatko hat Recht. Ein Bild reicht erst mal. Wenn sie's mit einem Bild nicht glauben, glauben sie's mit zwei auch nicht.«

Statt zu antworten, öffnete Andy den CD-Brenner und entnahm ihm mit vorsichtigen Fingern die silberne Scheibe, um sie in die CD-Box zu tun. Anschließend hielt er die Hand auf, und Zlatko legte ihm, wie eine OP-Schwester dem Arzt, ein Einmal-Brillenputztuch hinein, mit dem er die Box sorgfältig von allen Seiten abwischte. »So, das müsste reichen. Nun den Umschlag.«

Zlatko riss eine Verpackung mit mehreren Polsterkuverts auf und hielt sie Andy hin, der einen Umschlag aus der Mitte herauszog und ihn mit spitzen Fingern öffnete, um die CD hineinzustecken.

Andy nickte zu Sophie hin, die daraufhin zwei Latexhandschuhe aus der Zippbox zog und sie sich ebenfalls überstreifte. Zlatko reichte ihr einen Filzstift und Sophie schrieb säuberlich die Adresse auf den Umschlag.

Andy atmete genervt durch die Nase. »Mensch, Sophie. Willst du nicht noch ein paar Blümchen malen?« Er fegte den Umschlag vom Tisch und herrschte Zlatko an: »Einen neuen.«

Wieder hielt ihm Zlatko die Verpackung hin, und er entnahm ein Kuvert. »Jetzt bitte noch mal so, als hätten wir dich eben richtig übel misshandelt, verstanden? Die Sonntagsschrift kannst du dir sparen. Mit der kannst du deinem Alten dann anschließend eine Ansichtskarte aus Brasilien schreiben.« Mit einem Ruck sprang Andy auf, drehte sich zu Sophie um, packte sie grob am Handgelenk und drückte sie auf den Stuhl.

»Aua, du tust mir weh!«, jammerte Sophie mit schmerzverzerrtem Gesicht.

»Benimm dich nicht wie eine Primadonna! Schreib!«, brüllte Andy sie an. »Und diesmal wie jemand, der Angst um sein Leben hat.«

Sophie nickte. Mit zitternden Fingern kritzelte sie erneut die Adresse auf. Es fiel ihr schwer, den Stift zu halten. Das Herz schlug ihr bis zum Hals. Sie konnte sich gerade noch wegdrehen, ehe eine Träne auf den Umschlag fiel.

Andy nickte und setzte ein selbstgefälliges Lächeln auf. »So ist es gut.« Er streifte die Handschuhe ab und legte einen Arm um Sophie. »Musste sein«, sagte er. Versöhnlich klopfte er ihr auf die Schulter. »Sonst hättest du wieder so schön geschrieben. Aber das ...« Er nickte zu dem Umschlag hin, der vor ihnen auf dem Schreibtisch lag. »Das ist fast schon große Kunst.«

Sophie wischte sich mit ihren Handschuhen die Tränen aus den Augen und schluckte. »Ist schon in Ordnung.« Sie versuchte zu lächeln. »Sieht wirklich gut aus.«

Als Otto von Biel die Haustür aufschloss, fiel ihm zunächst nichts Besonderes auf. Vor wenigen Minuten noch hatte ihn seine Frau von zu Hause aus auf dem Autotelefon zu erreichen versucht, doch er hatte nicht abgehoben, weil er ohnehin schon fast am Falkensteiner Ufer war. Er hatte den Wagen auf der Zufahrt zur Villa abgestellt. In die Garage zu fahren war ihm meist zu beschwerlich, vor allem, wenn er wieder wegmusste. Und er hatte am Abend noch zwei Veranstaltungen, auf denen er sich sehen lassen wollte.

»Otto!« Margareta von Biel fiel ihm förmlich um den Hals, als er die Tür öffnete. »Otto, ich habe mir solche Sorgen gemacht.«

Biel blickte sich um. In dem Foyer standen mehrere Männer mit Amtsmiene herum und der eindeutigen Körperhaltung von Polizisten in Zivil. Einer von ihnen, ein untersetzter Mann in einem schlecht sitzenden Anzug, stellte sich vor: »Bernheimer. Kripo Hamburg.« Statt eines Polizeiausweises hielt er von Biel eine Visitenkarte unter die Nase, die dieser nahm und, noch irritiert von dem unerwarteten Überfall, anstierte. »Herr von Biel, nehme ich an?« Der Polizeioberkommissar half nach.

»Was machen Sie hier?«, fragte Biel. Auf die aus seiner Sicht völlig überflüssige Frage wollte er nicht eingehen.

»Wir haben Grund zu der Annahme, dass Ihre Tochter entführt worden ist. Und wenn ich die Aussage Ihrer Frau richtig verstanden habe, können Sie das nur bestätigen. Oder haben Sie keinen Erpresseranruf bekommen?«

Biel setzte sich auf einen der Stühle, die beidseits der üppig mit Blumen dekorierten Konsole standen. »Mein Gott«, stammelte er.. »Ich habe das für einen dummen Scherz gehalten. Wissen Sie, unsere Tochter ... Es macht ihr Spaß, mich zu ärgern. Das heißt ...« Biel wurde blass, er rang einen Moment um Worte. »Ich würde sagen, es steht nicht zum Besten mit unserem Verhältnis. Wir haben uns ziemlich viel gestritten in den letzten Wochen. Und ich dachte, das sei nur so eine verrückte Aktion, um sich an mir zu rächen.«

»Zu rächen?« Bernheimer machte einem seiner Kollegen unauffällig ein Zeichen, Biels Worte zu notieren. »Wofür, denken Sie denn, wollte sie Rache nehmen?«

Langsam fasste sich Biel wieder. Er blickte den Polizisten misstrauisch an. Nein, in diese Falle würde er sicher nicht tappen. »Wofür rächen sich junge Frauen an ihren Vätern? Sie wollte mehr Geld. Und ich habe das abgelehnt. Schließlich muss sie auch lernen, selbst Verantwortung für ihr Leben zu übernehmen. Sophie ist eine ziemlich verwöhnte Göre. Und sie ist in einem Alter, in dem sie endlich lernen muss, dass man auf dieser Welt nicht alles in den Hintern geschoben bekommt ...«

»Otto!« Margareta von Biel unterbrach seine Rede. »Wie kannst du nur so sprechen!« Sie presste die Fäuste vor den Mund. »Und das in dieser Situation.«

»Du hast Recht, Liebling«, sagte Biel leise. Er stand auf, um sie in den Arm zu nehmen. Wie so oft trug sie eine große, dunkel getönte Sonnenbrille und ein hochgeschlossenes Kleid mit langen Ärmeln. Das dunkle Haar fiel ihr dicht über die Schultern.

Wie eine Nonne, dachte Bernheimer. Wie die Priesterin eines finsteren Ordens sieht sie aus. Wenn sie doch nur etwas mehr Licht in diesem Haus machen würde. Bernheimer spürte förmlich, wie die Depression, unter der Margareta von Biel offensichtlich litt, auch ihn zu beschleichen drohte. Und dabei sah das Haus von außen so hell und freundlich aus ...

»Jetzt mach schon auf, Maria!«

»Zlatko?«

»Nein. Der Weihnachtsmann.«

»Mensch, Zlat!« Langsam öffnete sich die Tür. »Ich dachte schon, dich gibt's nicht mehr.« Das verschlafene Gesicht einer jungen Frau blinzelte ihn an.

»Warst du etwa noch im Bett?«

»Was heißt noch? Ich hatte Nachtschicht. Wie spät ist es überhaupt?«

»Nie zu spät«, sagte Zlatko. Er schob Maria beiseite. »Kannst gleich wieder ins Bett gehen. Ich komme mit. Muss nur noch mal rasch für kleine Jungs.« Er warf seine Jacke auf einen Stuhl und ging ins Badezimmer.

»Wo kommst du her?«

»Betriebsgeheimnis.«

»Blödmann.« Maria hörte den Strahl. Warum Männer nur ständig im Stehen pinkeln mussten! Trotzdem war sie froh, dass Zlatko sich mal wieder zeigte. Tagelang hatte sie vergeblich versucht, ihn zu erreichen. Er war wie vom Erdboden verschluckt gewesen.

»Hast du was zum Essen da?«

»Ja. Soll ich dir ein Brot machen?« Maria ging in die Küche, öffnete den Kühlschrank und nahm Wurst und ein Stück Käse heraus. Plötzlich umarmte Zlatko sie von hinten und presste sich an sie. Seine Hände griffen nach ihren Brüsten. Sie spürte seinen Atem an ihrem Hals. »Ich dachte, du hast Hunger?«

»Alles zu seiner Zeit«, flüsterte er ihr ins Ohr. Er hob sie mit beiden Armen hoch und trug sie ins Schlafzimmer. Dort warf er sie aufs Bett und schob ihr Nachthemd nach oben. Maria versuchte sich aufzurichten, ohne Erfolg.

»Zlat, bitte! Warte ....« Aber es schwang wenig Überzeugungskraft in ihrer Stimme.

Wie immer war Zlatko direkt nach dem Beischlaf in einen tiefen Schlaf gefallen. Mit leicht geöffnetem Mund lag er mit dem Rücken zu ihr. Maria tippte ihn leicht an. »Haste mal 'ne Zigarette?« Als Antwort hörte sie ihn nur leise schnarchen. Verständnislos schüttelte sie den Kopf. »Warum muss ich mich immer in solche Scheißtypen verknallen?« Genervt stand sie auf und ging ins Bad, um zu duschen.

Als sie wenige Minuten später wieder ins Schlafzimmer kam, schlief Zlatko immer noch seelenruhig. »Super! Mein Märchenprinz ist doch 'ne Kröte.«

Im Wohnzimmer sah sie Zlatkos Lederjacke auf dem Stuhl liegen. Maria zögerte nur kurz. Mit einem flüchtigen Blick durch die einen Spaltbreit geöffnete Schlafzimmertür vergewisserte sie sich, dass Zlatko schlief. »Mal sehen, was du so treibst.« Sie untersuchte die Jacke. In der Innentasche steckte ein Umschlag. Rasch zog sie ihn heraus und betrachtete das Kuvert, das mit einem breiten Klebeband sorgfältig versiegelt war. In einer etwas krakeligen Handschrift stand darauf: »Otto von Biel«. Und eine Adresse, die sie nicht kannte. Als sie den Umschlag umdrehte, bemerkte sie, dass sich darin ein harter Gegenstand befand. Komisch, dachte Maria. Fühlt sich an wie eine CD. Schnell hatte sie das Interesse an diesem nichts sagenden Fund verloren.

»Maria, wo steckst du?«, hörte sie plötzlich Zlatkos Stimme aus dem Schlafzimmer. Ihr schlechtes Gewissen ließ sie einen Moment zusammenzucken. Schnell stopfte sie das Kuvert zurück in die Innentasche der Lederjacke. »Ich komme schon. Wollte uns nur was zum Trinken holen.«

»Lass mal, ich wüsste da was Besseres. Beweg deinen hübschen Arsch hierher!« Maria ließ die Lederjacke wieder auf den Stuhl fallen und ging ins Schlafzimmer. »Bleibst du heute bei mir? Ich könnte meine Schicht tauschen ...« Zlatko zog sie zu sich ins Bett. »Nein, Baby, ich muss gleich wieder los. Geschäfte, große Geschäfte. Aber bald haben wir alle Zeit der Welt. Versprochen!«

»Sie müssen das unterbinden!« Am anderen Ende der Leitung hörte Christian eine sich beinahe überschlagende Stimme krakeelen.

»Da muss ich Ihnen leider widersprechen, Graf Frederik. Meine Aufgabe besteht gerade darin, die Sache beratend und gestaltend zu begleiten und mich um die rechtlich korrekte Abwicklung zu kümmern.« Christian versuchte, durch einen betont verbindlichen Ton seinen Gesprächspartner Frederik von Peekenbrink etwas zu beruhigen. Doch die Rechnung ging nicht auf. Stattdessen ereiferte sich Peekenbrink weiter: »Das kann ich ganz und gar nicht gutheißen! Wie können Sie sich solcher Fälle annehmen. Haben Sie denn überhaupt kein Ehrgefühl? Es ist doch offensichtlich, dass meine Schwester geistig verwirrt ist. Sie würde sonst nie auf die Idee kommen, einen dahergelaufenen Kretin zu adoptieren. Es ist völlig absurd, den guten Namen der Familie gegen Geld zu verschleudern. Das müssten Sie doch als Sprössling eines alteingesessenen Geschlechts am besten wissen. Aber vermutlich ist Ihnen auch egal, was Sie für Fälle annehmen. Hauptsache, Ihr Honorar stimmt. Können Sie sich denn nicht standesgemäß verhalten? Was Sie da betreiben ist Prostitution!«

Christian von Landsburg atmete tief durch. Er war um Sachlichkeit bemüht. »Graf Frederik, Sie haben sich im Ton vergriffen. Und ich darf Sie darauf aufmerksam machen, dass Sie soeben mehrere Straftatbestände erfüllt haben. Wenn Sie sich mit solchen Vorwürfen nicht zurückhalten, wird es nicht dabei bleiben, dass ich Sie allein darauf hinweise.« Er legte eine kleine Kunstpause ein. Scheinbar wirkte diese Retourkutsche, denn außer einem Schnauben am anderen Ende der Leitung war nichts zu hören. Christian stand von seinem Stuhl auf und ging um den Schreibtisch herum zum Fenster. »Fassen wir doch mal zusammen, wie sich der Fall in seiner Gesamtheit darstellt. Ihre Schwester hatte das Pech, zum verarmten Zweig der von Peekenbrinks zu gehören. Sie ist kinderlos und lebte bis vor kurzem in eher ärmlichen Verhältnissen. Das kam hauptsächlich daher, dass Sie und Ihr Bruder sie mittels eines höchst fragwürdigen Erbvertrags ausgebootet haben. Nach dem Tod Ihres Vaters stand sie plötzlich mittellos da – obwohl sie ihn fünfzehn Jahre lang gepflegt hatte! Das dürfte übrigens auch der Grund sein, dass sie nie eine eigene Familie gründete. Als sie vor zwei Jahren nach einem Schlaganfall selbst einige Zeit lang ein Pflegefall war, haben weder Sie sich um sie gekümmert, noch hat Ihr Bruder sie unterstützt. Nach alledem hat sie einen

Weg gefunden, wie sie ihre Sorgen loswird und ihr Leben wieder in die Hand nehmen kann – sie verkauft ihren Titel. Ja, nennen wir es ruhig beim Namen: Ihre Schwester verkauft ihren Titel, indem sie fremde Menschen adoptiert, die sich nichts sehnlicher wünschen, als einen Adelstitel zu tragen. Damit ist allen geholfen – Ihrer Schwester, die endlich wieder ein Leben in Sicherheit und Wohlstand führen kann, und dem Adoptierten, dessen größter Wunsch in Erfüllung geht. Wo liegt das Problem? Darin, dass Sie neben dem gesamten Erbe auch noch die gesamte Ehre haben wollen, Graf Frederik?«

»Ich wollte ...« Frederik stockte.

»Mich interessiert eigentlich überhaupt nicht, was Sie letztlich wollen, und es geht mich auch gar nichts an«, unterbrach ihn Christian. »Meine Aufgabe ist es, diese Adoption ordentlich einzufädeln und zu einem guten Abschluss zu bringen.« Draußen auf dem Hof war ein dunkelblauer BMW vorgefahren, die Scheiben getönt. Christian schob den Vorhang ein wenig zur Seite und spähte hinaus. »Und das werde ich auch tun. Und wenn Sie dagegen eine rechtliche Handhabe zu haben glauben, dann lassen Sie Ihren Advokaten von der Leine, und gehen Sie gegen die Sache vor. Mich brauchen Sie dazu nicht.« Otto von Biel stieg aus dem BMW und sah sich um. Er prüfte im spiegelnden Seitenfenster seines Wagens den Sitz seiner Krawatte und strebte anschließend zum Eingang von Gut Landsburg.

»Ach«, setzte Christian noch hinzu, »und was das standesgemäße Verhalten betrifft, so darf ich Ihnen doch widersprechen: Ich würde mich den Regeln meines Berufsstandes absolut nicht gemäß verhalten, wenn ich Ihnen zuliebe gegen die Interessen und den Auftrag Ihrer Schwester, also meiner Mandantin, verstieße. So, und nun bekomme ich Besuch. Ich denke aber, es ist alles gesagt. Auf Wiedersehen!« Ohne noch auf eine Antwort zu warten, legte Christian auf.

Im Flur hörte er Marianne herbeieilen. Sie klopfte leise an und steckte dann den Kopf zur Tür herein. »Herr Graf?«

»Ja?«

»Besuch für Sie. Ich wusste nicht, dass Sie jemanden erwarten.«

»Ich auch nicht. Aber ich habe unseren unangemeldeten Gast schon kommen sehen. Führen Sie ihn bitte herein.«

Wenig später stand Otto von Biel im Büro der Kanzlei Landsburg & Landsburg. Er wirkte leicht verlegen.

»Herr von Biel! Was verschafft mir die Ehre? Gibt es Neuigkeiten von Ihrer Tochter?«

»Leider nein. Von dem Erpresseranruf wissen Sie vermutlich längst?«

»Die Polizei hat sich bei mir gemeldet, um sich über den Vorfall auf der Landstraße zu erkundigen. Man kann sich denken, dass dieser im Zusammenhang mit dem Erpresseranruf steht. Aber *gewusst* habe ich das bis gerade eben nicht. Wäre es unpassend, wenn ich Sie frage, wann sich der oder die Täter gemeldet haben?«

Biel machte ein zerknirschtes Gesicht. »Noch in der besagten Nacht.« Und um Christians Nachfrage zuvorzu kommen, setzte er schnell hinzu: »Ich hatte es für einen dummen Scherz von Sophie gehalten. Sie war in letzter Zeit ziemlich über Kreuz mit mir.«

Christian drang nicht weiter in ihn. »Eine Geldforderung?«

»Zwei Millionen.«

Christian nickte verständnisvoll und wies auf die kleine Sitzgruppe in der Ecke des Raumes. »Bitte, setzen Sie sich doch. Darf ich Ihnen etwas anbieten? Einen Tee vielleicht? Einen Kaffee? Oder ein Wasser?«

»Ein Glas Wasser, gerne.«

Christian gab Marianne Bescheid und setzte sich dann zu Biel, der die Hände in den Schoß gelegt hatte und einen etwas verlorenen Eindruck machte. Christian musterte ihn aus den Augenwinkeln. Sophies Vater war ein massiger Mann, dessen kantiges Kinn im Widerspruch stand zu den sinnlichen Lippen. Christian versuchte sich zu erinnern, ob Sophie die gleichen Lippen hatte. Äußerlich war Biel sehr korrekt gekleidet. Er achtete auf Details, das war unschwer zu erkennen. Sein Jackett hatte vier Knöpfe an den Ärmeln, jeweils der letzte war geöffnet. Das Stecktuch war zwar nicht aus demselben Stoff wie die Krawatte, aber man hätte die Stoffe verwechseln können. Kein Ring am Finger, auch kein Ehering, aber Manschettenknöpfe mit einem Wappen. Und ein kleines Abzeichen am Revers. War es ein Orden? Eine Auszeichnung? Ein Hinweis auf eine Mitgliedschaft? Vielleicht ein Club? Eine Elite-Uni? Oder ein Geheimbund?

»Was kann ich für Sie tun, Herr von Biel?«

»Ja, sehen Sie, Graf Landsburg, ich bin hier, weil ich mich entschuldigen möchte. Sie waren bei mir in der

Nacht, als diese schreckliche Entführung geschehen ist. Und ich habe mich benommen wie ein Idiot ...« Christian machte eine abwehrende Geste. »Nein, nein, widersprechen Sie mir nicht. Ich weiß schon, dass ich mich wirklich dumm verhalten habe. Und ich könnte mich im Nachhinein dafür ohrfeigen!« Christian schwieg und versuchte nur ein verständnisvolles Lächeln. »Wissen Sie«, fuhr Biel fort, »ich frage mich die ganze Zeit, ob Sophie hätte gerettet werden können, wenn ich sofort reagiert und die Polizei eingeschaltet hätte.«

»Was heißt hier gerettet werden können? Mit großer Wahrscheinlichkeit lebt Ihre Tochter noch. Die Entführer werden Sophie mit Sicherheit nichts tun, solange ihre Forderungen noch nicht erfüllt sind. Erst dann kann es kritisch werden. Es kommt jetzt nur darauf an, keinen Fehler zu machen.« Christian konnte sich nur zu gut in das Dilemma hineinfühlen, von dem Biel sprach. Er selbst haderte nach wie vor mit sich selbst, weil er nicht gleich versucht hatte, die Polizei zu informieren. Eine kleine Manipulation, zum Beispiel die Behauptung, Sophie habe geschrien und sich gewehrt, hätte gereicht, um einen begründeten Anfangsverdacht auf eine Straftat zu liefern – und die Polizei hätte tätig werden müssen. Stattdessen war er, der seiner Tochter völlig vertraute und die Sache vom ersten Augenblick an ernst genommen hatte, auf dieser unseligen Vermisstenmeldung herumgeritten.

»Jedenfalls bin ich Ihnen dankbar, Graf Landsburg. Sie haben das Richtige getan, und Sie wollten meiner Tochter helfen.«

»Jeder hätte das getan.«

Marianne kam mit den Getränken, stellte das Tablett ab, schenkte den Herren ein und entfernte sich wieder leise.

Biel schüttelte den Kopf. »Nein. Das hätte nicht jeder getan. Und dafür wollte ich Ihnen, wie gesagt, danken.« Er machte eine kleine Pause, nippte an seinem Wasser und fuhr sich mit der Hand über die Augen. Übermüdet, dachte Christian, er wird übermüdet sein. Wie sollte es auch anders sein. Bei einem Entführungsfall in der eigenen Familie. Wenn meine Tochter entführt worden wäre, würde ich auch unter Schlaflosigkeit leiden. So unsympathisch ihm Otto von Biel bei ihren bisherigen Begegnungen gewesen war, so sehr konnte er als Vater doch den Vater verstehen, der hier vor ihm saß und nicht mehr weiterwusste. Biel sah ihm nun direkt in die Augen. »Graf Landsburg, ich möchte Sie bitten, uns in dieser Sache zu unterstützen.«

»Lieber Herr von Biel, ich will gerne tun, was ich kann ...«

»Missverstehen Sie mich nicht. Ich möchte nicht, dass Sie unsere Sorgen teilen oder sich in diese schreckliche Familiensituation hineinziehen lassen. Ich möchte, dass Sie uns anwaltlich beraten und sich um alles kümmern, was auf uns zukommt – gegen Ihr übliches Honorar, versteht sich.«

Christian saß eine Weile stumm da und ließ den Blick über das Gemälde »Herbstliche Landschaft im Gebirge« wandern, das ihm seine Mutter zum Einstand in die Kanzlei geschenkt hatte. Zu seinem großen Leidwesen hing es seither in diesem Raum: eine ungewöhnliche Geschmacksverirrung für die Gräfin, ja, der reinste Kitsch. Biel hatte natürlich Recht: Man brauchte in solchen Fällen einen Anwalt. Es galt Beweismittel zu sichten und zu interpretieren, möglicherweise Verhandlungen mit den Kidnappern zu führen, manchmal mussten die Kripobeamten auf Distanz gehalten werden, dann wieder musste man für mehr polizeiliche Unterstützung kämpfen.

»Ich verstehe«, sagte Christian schließlich. »Und Sie tun vermutlich gut daran, sich Unterstützung zu holen und nicht allein auf die Polizei zu setzen. Rechtlicher Beistand wird sinnvoll sein, auch wenn es um die Folgefragen geht. Nebenklage. Schmerzensgeld und so weiter.«

»Da haben Sie sicher Recht«, sagte Biel. Er machte dabei ein Gesicht, als hege er dennoch einen Wunsch. »Aber meine Bitte geht deutlich über diese Dinge hinaus. Um ehrlich zu sein, all das hatte ich noch gar nicht bedacht. Nein, meine Bitte zielt in eine andere Richtung.« Er machte eine kurze Pause, als wolle er sicher gehen, dass Christian ihm auch zuhöre. »Man sagt, Sie seien vielfach der bessere Ermittler, besser als die Polizei.« Christian machte eine vage Handbewegung. Was sollte er dazu sagen. »Und bei einer Entführung – ich meine, Sie wissen ja selbst, dass Entführer immer sagen ›keine Polizei‹. Das kann ich jetzt nicht mehr ändern. Die Polizei ist gegen meinen Willen zu dieser Sache hinzugezogen worden. Meine Frau hat das veranlasst. Und vielleicht hat es ja auch sein Gutes.« Biel seufzte tief und wuchtete seinen schweren Körper aus dem Sessel hoch, sah sich unschlüssig um und trat dann ans Fenster, sodass Christian ihn nur noch von hinten sehen konnte. »Vielleicht erwischen sie die Kerle auch und können Sophie befreien. Aber wohler wäre mir, wenn ich wüsste, dass jemand nach ihnen fahndet, von dem die Täter nichts ahnen und der absolut zuverlässig ist und gut. Ich meine: richtig gut. Sie haben diesen Ruf, Graf Landsburg. Sie könnten derjenige sein, der meine Tochter findet und sie heil nach Hause bringt und der diesen Gangstern das Handwerk legt.« Sophies Vater drehte sich um, ein finsterer Schatten vor dem Fenster. »Ich wäre bereit, Ihnen hunderttausend Euro als Honorar zu bezahlen, wenn Sie meine Tochter freibekommen.« Und als wolle er die Seriosität seines Angebots unterstreichen, fügte er hinzu: »Unabhängig davon, ob ich das Lösegeld bezahlen muss oder nicht. Hunderttausend – oder ...« Er zögerte kurz. »Oder meinen Dubuffet.«

Christian dachte eine Weile nach, während er von seinem Wasser trank. Dann stand auch er auf und trat neben Biel ans Fenster. »Vergessen Sie die hunderttausend Euro, Herr von Biel. Vergessen Sie auch den Dubuffet, obwohl mich ein Gemälde von ihm schon sehr reizen würde. Für meine anwaltlichen Dienste werden Sie eine Rechnung erhalten, die den Standards entspricht. Alles andere tut man, oder man lässt es – aber es bedarf dazu keiner Prämie, egal, wie hoch sie ist. Ich mache meinen Job immer gleich gründlich. Sonst könnte ich es lassen.« Er lächelte Biel aufmunternd zu. »Lassen Sie uns ein wenig im Park spazieren gehen. Erzählen Sie mir etwas über Sophie.«

Leonie fühlte sich immer ein wenig schüchtern, wenn sie eine fremde Wohnung betrat. Und bei Svens Zuhause schien ihr das auch durchaus angebracht zu sein. Die Bükü, wie er sein Domizil nannte, strömte einen überwältigenden Duft nach Knoblauch und Räucherstäbchen aus.

»Hi!« Sven grinste sie an, als wünschte er sich, sie käme vom Planeten der willigen Amazonen.

»Hi.« Vorsichtig trat Leonie in die schummrige Behausung ihres Kommilitonen. »Ziemlich einsam, deine Party.«

»Nur wir zwei.« Sven schloss die Tür hinter ihr. »Oder erwartest du noch jemanden?«

»Aha.« Statt eines weiteren Kommentars drückte Leonie ihm die Flasche Wein in die Hand, die sie mitgebracht hatte. Sven ließ seinen prüfenden Blick über das Etikett schweifen und stellte beeindruckt fest: »Ein 79er Château Margaux Pavillon Rouge, wow! Toller Tropfen! Hast du einen Weinkeller aufgebrochen?«

»So ähnlich.« Leonie betrachtete mit einer Mischung aus Faszination und Abscheu eine Sammlung von Gläsern mit in Alkohol eingelegten Reptilien. Sie standen in einem Regal. »Dein Jahrgang, vermute ich.«

»Die Viecher?«

»Der Wein.«

»Oh, ja. Fast.«

»'80?«

»'78.«

»Das klingt nach 'ner Menge Semester Studium generale.«

»Na ja«, meinte Sven und stellte den Wein auf den

gedeckten Tisch. »Wenn man's genau nimmt, ist bei mir irgendwie alles ein Studium generale. Ein bisschen Sozialpädagogik, ein paar Vorlesungen in Psychologie, drei Semester Veterinärmedizin, Theologie – und jetzt Philosophie …«

»Die eingelegten Kröten sind wahrscheinlich ein Andenken an deine Zeit als Tiermediziner.«

»Klar. Haben mich damals einiges gekostet. Aber sind sie nicht faszinierend?«

»Ich finde sie vor allem gruselig. Also, ich könnte nicht in einem Raum schlafen, in dem solche Monster hausen.«

»Ähm, also, ich könnte sie ja auf den Balkon stellen.« Wieder grinste Sven, wenn auch diesmal verlegen, und machte sich schon daran, eines der Gläser vom Regal zu heben. Leonie hielt ihn jedoch zurück. »Nein, nein, nicht nötig! Ich meine, ich bin ja nicht zum Schlafen hier …«

»Okay«, sagte Sven. Er stellte das Glas wieder zurück. »Dann lass uns mal darauf anstoßen, dass du überhaupt hier bist!« Mit einer eleganten Drehung holte er zwei Sektkelche, die er auf einem schmalen weißen Schuhschränkchen neben dem Sofa stehen hatte, das vermutlich gleichzeitig auch sein Bett war. Irgendwo zauberte er eine Flasche Söhnlein Brillant hervor und drehte den Verschluss auf. Mit einem »Plopp« ließ er den Plastikkorken herausschnellen, ehe der Perlwein, den Leonie mit einer gewissen Abscheu betrachtete, in die Gläser schäumte. Wirklich ein schräger Vogel, dachte sie. Sie ertappte sich dabei, wie sie ihn zunehmend sympathisch fand. Irgendwie gefiel ihr diese ganze Show mit den billigen Effekten, irgendwie war Sven ganz süß. Fast schämte sie sich, dass sie einen so edlen Wein mitgebracht hatte. Das war keine Absicht gewesen – sie verstand überhaupt nichts von Wein. Aber vermutlich hätte sie jede Flasche aus dem Familienkeller nehmen können, es wäre in seinen Augen garantiert ein edler Tropfen gewesen.

Leonie beschloss, sich für die eigentümliche Welt von Sven zu interessieren. Sie schritt die paar Quadratmeter ab, die sein Reich bildeten. »Du sammelst Autogramme?«, fragte sie. Leonie blieb vor einem Foto von Marilyn Monroe stehen, auf dem sie »For Sam, Love Marilyn« las.

»*Autographen*«, korrigierte Sven.

»Gibt's da einen Unterschied?«

»Sagen wir so: Autogramme sind irgendwelche Unterschriften von irgendwelchen mehr oder weniger berühmten Leuten, die nichts anderes sein wollen als Autogramme. Autographen sind Zeugnisse eines bestimmten Vorgangs. Eine Postkarte ist ein Autograph, eine Widmung in einem Buch oder eine Quittung.«

»Ziemlich spitzfindig.«

»Und wahrscheinlich falsch. Ist halt so meine Privatmeinung. Wahrscheinlich klingt Autograph einfach besser. Autogrammsammler, da denke ich an Leute, die irgendwelche Filmstars in der Hotellobby ansprechen oder Musiker bis hinter die Bühne verfolgen.«

»Mhm.« Jedenfalls war Svens Sammlung so kurios wie imponierend: eine Ordensurkunde von Gustav Heinemann, ein Zettel »Danke für die Nachricht, dann bis zehn, Karajan«, eine Quittung über eine Batterie von Zigarren, gezeichnet »Davidoff«, ein Lippenstiftkussmund mit »Yours Marlene«, eine Seite aus einem

Buch mit der Unterschrift »Wilhelm II.« und allerlei andere, weniger eindeutige Schriftstücke zierten die Wand über dem Sofa. »Beeindruckend«, sagte Leonie.

»Danke.« Sven wies auf den Tisch an der gegenüberliegenden Wand, den er liebevoll gedeckt hatte. »Darf ich bitten?«

»Gerne.«

Leonie setzte sich und sah Sven zu, wie er in seiner Kochnische herumwirbelte und eine Schüssel nach der anderen auf den kleinen Tisch stellte. »Ich habe uns einen Avocadosalat gemacht. Dann gibt's eine kleine Portion Spaghetti mit Basilikum und Pinienkernen und schließlich meine unvergleichliche Spezial-lasagne.«

»Klingt verlockend. Und was ist so speziell an deiner Lasagne?«

»Dass ich sie nicht im Rohr machen muss.« Einmal mehr setzte Sven sein schiefes Lächeln auf. »Mangels Backofen. Dafür ist kein Platz in meiner Großküche. Aber es haben bis jetzt noch alle überlebt.«

Und in der Tat, alles, was Sven nach und nach präsentierte, konnte sich sehen und essen lassen. Kein Gang, zu dem er nicht eine Entstehungsgeschichte erzählen konnte, die sich gleichermaßen abgedreht und glaubwürdig anhörte. Leonie amüsierte sich so prächtig, dass sie für ein paar Stunden vergaß, an Sophie zu denken. »Und du hast wirklich auch mal Theologie studiert?«

»Sicher«, sagte Sven. »Vielleicht das einzige Studium, an dem mir wirklich etwas gelegen hat.«

»Ich kann mir dich als Pastor nicht so ganz vorstellen.«

»Ach, ich glaube, so ein kleines weißes Krägelchen hätte mir gut gestanden.«

»Aber mal im Ernst, du hattest wirklich Geistlicher werden wollen?«

»Du kümmerst dich um das Wohl der anderen Menschen. Macht Spaß und macht Sinn. Man muss das nicht so philosophisch aufladen. Klar, man muss den nötigen Glauben mitbringen. Aber ich hätte ja nicht unbedingt Missionar werden wollen. Einfacher Dorfpfarrer, das wäre 'ne klasse Berufsaussicht für mich gewesen.«

»Und warum hast du's aufgegeben?«

»Renitenz. Mein Prof wollte nicht, wie ich wollte. Die haben an der Uni so eine Show abgezogen – von wegen Lehrmeinung und Gepflogenheiten in der Amtskirche. Das lag mir nicht besonders. Ich glaube, ich bin da zu sehr Freigeist.« Entschuldigend zuckte er mit den Achseln und schnappte sich die leeren Teller. »Und jetzt gibt's noch eine Wattenmeercreme zum Nachtisch.«

»Eine was?«

»Wattenmeercreme! Eigenkreation. Mit Algen aus dem Asiashop. Wirst schon sehen, was man aus denen alles machen kann.«

»Ich komme aus dem Staunen nicht mehr raus.« Leonie lachte und sah Sven zu, wie er wieder in seiner Miniküche fuhrwerkte.

»Und du? Was hast du für eine Bude?«

»Oh, ich wohne noch zu Hause.«

»Verstehe. Du Ärmste. Aber das wird. Hat auch 'ne Weile gedauert, bis ich mir das hier leisten konnte. Könnte ich heute noch nicht, wenn ich nicht zweimal die Woche eine Nachtschicht als Pförtner beim *Hamburger Abendblatt* einschieben würde.«

»Ich kann mich trotzdem revanchieren«, meinte Leonie. »Beim nächsten Mal besuchst du mich, und wir machen ein Picknick im Park bei uns hinterm Haus.«

»Klar!«, sagte Sven. Es war nicht erkennbar, ob er sich mehr über die Einladung freute oder über die Aussicht auf ein üppiges Essen. »Ich liebe Picknicks!«

Leonie sah Sven bei der Küchenarbeit zu. Wie von Geisterhand entfernte er das schmutzige Geschirr und stellte sauberes auf den Tisch. Er erinnerte Leonie beinahe an einen Zirkusmagier. Denn wo er den Platz für all die Teller und Töpfe hernahm, blieb sein Geheimnis. Nach den durchaus gelungenen Gängen war Leonie etwas mulmig zumute, wenn sie an die Wattenmeercreme dachte. Zu Recht, wie sich schnell herausstellen sollte. Die Algen waren zwar in dem Brei nicht mehr zu sehen, aber dennoch war es eine obskure Art von Schlick, in den Leonie nur ungern den Löffel tauchte. »Warst du mal bei Sophie?«, fragte sie, um sich selbst abzulenken.

»Leider nein«, meinte Sven, der seinerseits mit großer Begeisterung den süßlichen Glibber in sich hineinschaufelte. »So lange hat die Beziehung nicht gehalten.«

»Sie hat ’ne tolle Wohnung. Auch nicht groß, aber mit einer super Aussicht über das Univiertel. Uneinsehbare Dachterrasse und so.«

»Ideal zum nahtfreien Bräunen.« Sven lehnte sich zurück. »Na ja, Sophie ist eines von diesen reichen, verwöhnten Mädchen. Die haben meistens einen Hau. Für die ist unsereins nicht gut genug. Wahrscheinlich denken die unterbewusst ständig nur daran, ob ein Typ standesgemäß ist.«

»Interessante Analyse. Klingt psychologisch extrem fundiert«, meinte Leonie. »Und was ist mit dem Typen im Muscle-Shirt?«

»Stimmt. Der passt nicht ins Bild.«

»Oder deine Analyse passt nicht.«

»Auch möglich. Aber nicht sehr wahrscheinlich«, konstatierte Sven. »Ich kenne diese Gören aus den vornehmen Kreisen. Eine zickiger als die andere. Die riechst du schon auf eine Seemeile ...«

»Man müsste herausfinden, wer der Kerl war.« Leonie unterbrach seine Ausführungen und schob die Schale mit dem Pudding von sich. »Entschuldige. War alles super. Aber dein Algensalat ...«

»Wattenmeercreme!«

»Deine Wattenschlickpaste, das ist nicht mein Ding.«

»Schon okay. Du erlaubst?«

»Klar. Bedien dich.«

Sven zog Leonies Schüssel zu sich heran und machte sich auch über ihre Portion her. »Sehr fraglich, ob sie den Automechanikertypen jemals ihren Eltern vorgestellt hat.«

»Die würden uns das sowieso nicht sagen.« Leonie war sich da ganz sicher. »Wir könnten höchstens in ihrer Wohnung nachsehen, ob sie vielleicht ein Foto von ihm hat. Vielleicht kennt ihn jemand auf dem Campus.«

»Ja, aber dazu müsste uns Sophie erst mal in ihre Wohnung reinlassen.«

»Ach, das geht auch ohne Sophie.«

»Sag bloß, du hast einen Schlüssel!«

»Das nicht. Aber ich weiß, wo er ist.«

Sophie und Andy saßen sich auf den breiten Fernsehsesseln gegenüber. Offensichtlich hatten sie sich gestritten. Beide brüteten vor sich hin. Zlatko sagte nichts, als er die Haustür hinter sich schloss. Sollten sie sich zoffen – was ging es ihn an? Er zog sich die Turnschuhe aus, ohne sie aufzuschnüren, und warf sich auf das Sofa. Die Jacke streifte er erst im Sitzen ab und schnappte sich die Fernbedienung.

»Wo warst du?«, fragte Andy leise.

»Mensch! Ich habe die Post weggebracht. Wie besprochen. Und falls du mich wieder nerven möchtest: Ja, ich habe Handschuhe getragen, das Kuvert ist sauber.« Zlatko drückte eine Taste, mit leisem Knistern schaltete sich der Fernseher ein.

»Du hast die Post weggebracht«, wiederholte Andy unverändert leise. Zlatko hörte ihm kaum zu, verfolgte eher die Meldungen, die eine hübsche Nachrichtensprecherin vorlas. »Das ist drei Stunden her!«, schrie Andy plötzlich und riss Zlatko die Fernbedienung aus der Hand. »Fast dreieinhalb Stunden! Was hast du in der Zeit gemacht? Hast du den Umschlag gleich persönlich abgeliefert, oder was?«

»Jetzt reg dich nicht so auf, Mann! Man wird ja wohl noch 'ne kleine Runde drehen dürfen.«

»Das ist nicht die Zeit für kleine Runden, Zlat.« Andy schleuderte die Fernbedienung an die Wand. »Du hast hier zu sein! Wir sind ein Team. Und wir können es uns verdammt noch mal nicht leisten, dass jetzt einer von uns auffliegt. Ich glaub, ihr beide habt noch nicht kapiert, um was es geht.« Dabei blickte er auch Sophie an. »Es geht hier um Entführung, ein Kapitalverbrechen!«

»Hey, Andy.« Zlatko versuchte es versöhnlich. »Mich kennt doch kein Schwein. Ich meine: Wenn mich auf der Straße jemand sieht, das macht doch keinen Unterschied. Ich könnte Sophies Vater um Feuer bitten, und er würde nichts merken.«

»Mann!«, schrie Andy und schnellte aus seinem Sessel hoch. »Ich glaub's nicht! So beschränkt kannst doch nicht mal du sein! Denkst du, die sind nicht längst hinter uns her? Mensch, da werden Ermittlungseinheiten gebildet, die durchkämmen die Stadt und die Alster und was weiß ich ...«

»Na, ist doch super, oder? Dann werden sie Sophie hier nicht finden ...«

»Ja, aber die schnüffeln auch in ihrem Privatleben herum. Und da finden sie vielleicht mich. Und wenn sie mich finden, finden sie auch dich. Und wenn sie dich draußen auf der Straße sehen, dann ist das wie 'ne Einladung: Hey, Leute, ich führ euch zu Andy. Da könnt ihr dann gleich Sophie abholen!« Andy ging zum Fenster und schob vorsichtig die Gardinen zur Seite. Niemand zu sehen. »Wie kann man nur so blöd sein.«

»Du hast leicht reden«, sagte Zlatko, der spürte, dass sich das Gewitter legte. Andys Zorn verflog immer, wenn er erst einmal begonnen hatte, seine Belehrungen loszulassen.

Andy stutzte plötzlich. »Sag bloß, du warst bei deiner Tussi!«, brauste er wieder auf.

»Jetzt mach doch keinen Stress ...« Doch weiter kam Zlatko nicht, Andy hing bereits über ihm. »Was hast du ihr gesagt?«, brüllte er und packte ihn mit einer Hand an den Haaren, während er ihm die andere an die Kehle legte. »Was hast du ihr gesagt?«

Polizeioberkommissar Bernheimer kämmte mit Hingabe seinen Schnauzbart, als Christian durch die nur angelehnte Tür in sein Büro trat. »Guten Tag, Herr Bernheimer.«

Wie auf frischer Tat ertappt, steckte der Angesprochene den Kamm und den kleinen Taschenspiegel weg. »Ah, der Herr Graf! Was verschafft mir die Ehre?« Wieder glaubte Christian, eine gewisse Häme im Ton des Polizisten herauszuhören. Offenbar ein Aristokratenhasser, dachte er. »Kann ich eintreten?«

»Ich würde sagen, das haben Sie schon erledigt.« Bernheimer wies auf den Stuhl gegenüber seinem Schreibtisch. »Bitte.«

»Danke. Um gleich zur Sache zu kommen, ich bin wegen der Entführung von Sophie von Biel hier.«

»Na, Sie können es ja wohl gar nicht erwarten, bis wir Sie verhören, was?«, sagte Bernheimer und fixierte Christian mit misstrauischem Blick. »Normalerweise bestimmen wir schon selbst, wann wir wen befragen. Aber natürlich können Sie auch jetzt etwas zu Protokoll geben.«

»Das hatte ich eigentlich gar nicht vor. Wie Sie richtig sagen, müssen Sie selbst wissen, wann Sie wen befragen. Ich komme vielmehr wegen einiger Auskünfte ...«

»Was Sie nicht sagen«, fuhr Bernheimer dazwischen. »Das hätte ich mir eigentlich denken können. Aber ich darf Sie an dieser Stelle, noch ehe wir weiterreden, darauf aufmerksam machen, dass ich Ihnen in dieser Sache keine Auskünfte geben werde. Da Sie nicht zu den nahen Angehörigen zählen, gibt es für uns keinen Grund, Sie anders zu behandeln als jeden sonst Interessierten. Und das heißt: keine Informationen zu laufenden Ermittlungen.«

Christian legte seine Mappe auf Bernheimers Schreibtisch und entnahm ihr ein Dokument, das er dem POK mit einer ebenso gelassenen wie selbstbewussten Geste aushändigte: »Wie Sie diesem Formular entnehmen werden, Herr Bernheimer, hat mich die Familie des Opfers mit ihrer Vertretung betraut. Das bedeutet, Sie sind mir dieselben Auskünfte schuldig wie der Familie, weil ich als deren Stellvertreter hier bin.«

Bernheimer nahm das Dokument nicht zur Hand, sondern betrachtete es von ferne mit erkennbarem Widerwillen. Er legte die Stirn in Falten und schmatzte, als hätte er etwas zwischen den Zähnen, ehe er mit unverhohlener Abneigung antwortete: »Diese Auskünfte werden sich in engen Grenzen halten. Denn, wie sie vielleicht aufgrund Ihrer rechtlichen Kenntnisse wissen, sind wir auch der Familie gegenüber nicht informationspflichtig, sondern in unseren Ermittlungen völlig frei und niemandem gegenüber Rechenschaft schuldig.«

Christian steckte das Dokument wieder weg und faltete die Hände im Schoß. »Sehen Sie, Herr Polizeioberkommissar, ich will Ihre Arbeit doch nicht erschweren. Sie werden in mir einen Partner haben, keinen Gegner. Es gibt keinen Grund, nicht zusammenzuarbeiten, es liegt absolut kein Vorteil darin! Wenn wir aber gegeneinander agieren, dann schadet das Sophie von Biel – und es schadet Ihren Ermittlungen. Das sehen Sie sicher genauso ...«

Bernheimer kopierte Christians Geste mit den

Händen und legte zusätzlich den Kopf etwas schräg, sodass er beinahe lammfromm aussah. Ganz im Gegensatz dazu war seine Stimme, die einen drohenden Unterton hatte: »Das Einzige, was unseren Ermittlungen nicht schadet, Herr Graf, ist, wenn keiner interveniert und wir in Ruhe unsere Arbeit erledigen können. Schlaumeier und Oberschlaumeier bringen selten etwas, aber machen meist viel kaputt. Sie werden deshalb verstehen, dass wir uns jede Einmischung Dritter kategorisch verbitten. Was Sie sagen, klingt fast, als wollten Sie sich in die Recherchen der Polizei einmischen. Ich kann Sie nur warnen, Herr Landsburg! Wenn Sie sich nicht zurückhalten, werden wir schneller aneinander geraten, als Ihnen lieb ist – und heftiger, als Sie sich vorstellen können. Ich bin in dem Punkt allergisch. Machen Sie Ihren Job, und lassen Sie uns unseren Job machen, klar?«

»Sicher, Herr Bernheimer. Sie haben sich unmissverständlich ausgedrückt.« Christian seufzte. »Schade. Ich hätte Ihnen die Arbeit wirklich nicht gerne erschwert. Aber so ...«

Ein kurzes Schweigen hing im Raum, ehe Bernheimer nachfasste: »Was, aber so ...« Er fixierte Christian mit scharfem Blick. »Wollen Sie damit sagen, Sie werden unsere Ermittlungen absichtlich beeinträchtigen? Kann es sein, dass Sie sich wegen Behinderung der Polizeikräfte drankriegen lassen wollen?«

Christian winkte ab. »Aber nein, Herr Polizeioberkommissar. Seien Sie ganz beruhigt. Wir werden es genauso machen, wie Sie gesagt haben: Sie machen Ihren Job, ich mache meinen.« Er legte lässig ein Bein über das andere und verschränkte die Hände hinter dem Kopf, als sei jetzt die richtige Gelegenheit, sich zu entspannen. »Wir *müssen* Ihnen ja auch nicht helfen.«

»Was zum Teufel ...«

»Sie werden sicher alle wichtigen Informationen über Sophie auch über Dritte erfahren können. Es wird eben nur etwas länger dauern.«

»Sie drohen mir ernsthaft damit, dass Sie Ihrer Mandantschaft raten werden, uns Informationen vorzuenthalten?« Bernheimers Schnauzbart bebte, seine dunklen Augen blitzten Christian an.

»Ich würde nie wagen, Ihnen zu drohen, Herr Bernheimer. Es geht nur um den korrekten Umgang miteinander: Informationen sind für uns beide wichtig. Entweder wir sind offen miteinander, oder wir halten uns zurück. Mein Angebot ist, dass Sie sich aussuchen dürfen, was davon gelten soll.«

»Das ist Erpressung!« Bernheimer zischte seine Worte hervor. Doch dann fasste er sich schlagartig und lehnte sich vor, den Adlerblick unablässig auf Christian von Landsburg gerichtet, der mit einer Selbstverständlichkeit auf dem Stuhl saß, die einer Unverschämtheit gleichkam. »Na gut. Information gegen Information. Ich halte Sie auf dem Laufenden. Und Sie berichten mir unverzüglich, wenn Sie neue Erkenntnisse gewonnen haben. Denken Sie nicht, ich erwarte mir von Ihnen wertvolle Beiträge zur Aufklärung dieses Falles ...«

»Herr Bernheimer, auch ein blindes Huhn findet manchmal ein Korn, nicht wahr?«

»Na, wenigstens besitzen Sie Sinn für Selbstironie. Wir haben aber nicht die Zeit, uns lange mit Interna aufzuhalten. Es geht nicht um einen Diebstahl, der vielleicht einen Monat früher oder später aufgeklärt wird – es geht um ein Menschenleben, das in Gefahr ist ...« Er unterbrach sich, um dann nachdenklicher weiterzusprechen: »Das hoffentlich noch in Gefahr ist, so muss man es leider sehen. Und wir müssen alles daransetzen, dieses Menschenleben zu retten und die Entführer dingfest zu machen, damit sie nicht noch andere Menschen in Gefahr bringen.«

»Worin wir uns absolut einig sind«, sagte Christian. Er sah, dass Bernheimers Blick ernst und aufrichtig war, und schöpfte Hoffnung, dass aus der anfänglichen Reiberei zwischen ihm und dem Polizeioberkommissar doch noch eine fruchtbare Zusammenarbeit entstehen könnte.

Christian von Landsburg konnte kaum seine Augen offen halten. Gerade bei den langsamen Sequenzen des Stückes überkam es ihn beinahe zwanghaft, Versunkenheit zu markieren und sich ein klein wenig hinübergleiten zu lassen in die wunderbare Welt des Schlafes. Doch immer wieder wurde er aus dem Dämmerzustand herausgerissen, wenn einmal mehr das Orchester anhob, um in ein wirres Getöse zu verfallen: Er hasste Orff! Sicher, einiges konnte sich hören lassen. Aber mit der Instrumentalschlacht, die er heute Abend seiner Mutter zuliebe ertrug, war seine Toleranz eindeutig überschritten. Für ihn waren diese merkwürdigen Tänze ein Beispiel für unhörbare Musik. Das Orchester mühte sich zweifellos redlich. Doch an den Noten, die der alte Carl einst gesetzt hatte, konnten auch die begnadetsten Musiker nichts ändern. Dissonanzen jagten einander und wühlten Christian in einer Weise auf, die ihm Sodbrennen verursachten.

Seine Mutter dagegen saß neben ihm und genoss den Lärm, schmolz dahin in der vielstimmigen Kakophonie, folgte mit leuchtenden Augen dem ständigen Rauf und Runter von Pauken und Posaunen, dem immer wiederkehrenden und stets vergeblichen Bemühen, einmal so etwas wie eine Melodie zu entwickeln. Orff, das war für Christian ein Komponist, der tausend Bälle in die Luft warf, aber keinen auffangen konnte.

Abgesehen davon stellte er fest, dass der neue Smoking an den Schultern spannte. Maßgeschneidert, aber eben leider nicht perfekt. Er würde ihn morgen beim Schneider vorbeibringen, um ihn noch einmal anpassen zu lassen. Schließlich brauchte er ihn am Freitag, wenn Mamas Geburtstag gefeiert wurde.

Der Beifall war tosend – und dabei war es erst die Pause. Christian warf einen Blick ins Programm. Die *Carmina burana* stand in der zweiten Halbzeit auf dem Zettel. Gott sei Dank. Ein Werk, mit dem auch Christian wenigstens etwas anfangen konnte. Ihm lagen die Klassiker insgesamt mehr, Mozart, aber auch Mendelssohn und Beethoven. Und wenn schon Komponisten des zwanzigsten Jahrhunderts, dann mochte Christian eher Prokofjew, Grieg, Bartók oder Gershwin. Mit Ausnahme des Letzteren war er sich hierbei mit seiner Mutter durchaus einig – nur bei Orff schieden sich ihre Geister. Doch wenn, wie heute, sein Vater ausfiel, weil er seinen Clubabend hatte, war nichts zu wollen, dann musste er antreten und auch einen Orff durchstehen.

Massen von Brokatfummeln und Hochwassersmokings drängten zur Tür, um sich in langen Reihen für einen Bellini oder ein Jever anzustellen. »Möchtest du etwas trinken, Mama?«, fragte auch Christian und hoffte zugleich auf einen abschlägigen Bescheid.

»Ach nein, mein Junge. Das drängt mich dann nur wieder, wohin zu gehen. Und bei den Menschenmengen will ich mir das lieber ersparen.« Gräfin Francesca ließ den Blick schweifen, um vielleicht das eine oder andere bekannte Gesicht zu erspähen. »War es nicht wunderschön? Ach, ich könnte diese Tänze bis zum Jüngsten Tag hören.«

»Mir würde es eigentlich *am* Jüngsten Tag reichen«, sagte Christian trocken.

»Also wirklich!«, empörte sich seine Mutter. »Das äußerst du bitte nicht laut! Man hält dich ja sonst für einen Banausen.«

»Was sollte er besser nicht laut sagen, Gräfin?« Es war die Stimme einer Frau, die sich zu ihnen umgedreht hatte und mit schwungvoller Geste die blonden Haare von einer Seite auf die andere warf.

»Frau Wittmann! Sie sind auch hier. Was für eine nette Überraschung! Mama, du erinnerst dich doch an Frau Wittmann.«

»Bitte, Christian, ich bin doch nicht senil. Wir saßen schließlich erst vor ein paar Tagen gemeinsam an einem Tisch.« Francesca von Landsburg warf ihrem Sohn einen tadelnden Blick zu.

»Und wir haben uns schließlich bestens unterhalten«, ergänzte Constanze Wittmann. »Wie schön, Sie hier zu sehen. Ist es nicht ein wundervolles Konzert?«

»Ja, wirklich«, sagte die alte Gräfin strahlend. »Ich

sagte es eben zu meinem Sohn. Diese Musik könnte ich jeden Tag hören. Und es würde mir dabei nie langweilig werden.«

»Das kann ich gut verstehen, Gräfin. Es ist ein so vielschichtiges Meisterwerk. Es muss ein halbes Leben dauern, bis man wirklich alle Nuancen von Orff erfasst hat. Diese unzähligen Andeutungen, diese Motive, die Rückbezüge und Auflösungen. Einfach genial.«

»Ich wusste gar nicht, dass Sie so viel von Musik verstehen«, sagte Christian.

»Ach, eigentlich tue ich das auch gar nicht. Es geht nur manchmal die Begeisterung mit mir durch.« Constanze Wittmann drehte ein Bündel Haarspitzen um ihren Finger und ließ den Blick suchend durch den Raum schweifen.

Christian sah sich um. »Sie sind alleine hier?«

»Aber nein, mein Begleiter holt uns gerade einen Sekt. Sie trinken nichts?«

Ehe Christian antworten konnte, stand Rechtsanwalt Reginald Martius neben ihr und hielt ihr mit stolzer Miene ein Glas Sekt hin. »Sieh an, der Herr Kollege Landsburg!«

»Was für ein netter Zufall, Sie hier zu treffen, Herr Martius.«

»Ah, Sie kennen sich!«, stellte Constanze Wittmann erfreut fest, um sogleich zu verstummen, als sie die säuerliche Miene von Martius sah.

»Man bleibt in diesem Beruf von wenig verschont«, stichelte denn auch sogleich Reginald Martius und stürzte ganz ungalant sein Glas auf ex.

»Wie wahr, Herr Kollege«, bestätigte Christian. »Mama, darf ich dir ein Mitglied unserer Zunft vorstellen, mit dem ich zurzeit das Vergnügen habe, über einen besonders delikaten Fall zu verhandeln: Herr Rechtsanwalt Reginald Martius.«

Martius räusperte sich, machte einen knappen Diener und schüttelte Gräfin Francesca die Hand. »Sehr angenehm, Frau von Landsburg.«

»Ganz meinerseits«, behauptete Francesca und gab sich wenig Mühe, ihre Neugier zu verbergen, ob hinter dem gemeinsamen Konzertbesuch von Constanze Wittmann und Reginald Martius mehr steckte als ein rein musikalisches Interesse.

»Sie erlauben«, sagte Martius mit eisiger Miene und machte eine Andeutung, dass man sich nun langsam wieder zu den Plätzen begeben wolle. »Man hört voneinander.«

»Oder man liest«, sagte Christian. »Nicht wahr?«

Nun konnte Martius seine Erregung nicht mehr verbergen. Er trat einen Schritt beiseite und griff Christians Arm, um sich mit ihm von den Damen abzuwenden. »Hören Sie, Landsburg. Was Sie da mit dem *Hamburger Abendblatt* veranstaltet haben, ist Schiebung. Und grenzt an Erpressung. Sie wollen mir drohen. Aber für Drohungen habe ich rein gar nichts übrig. Und meine Mandanten noch viel weniger. Wenn Sie so weitermachen, können Sie Ihre Zulassung gleich an den Nagel hängen. Machen Sie sich bloß nichts vor. Meine Mandantschaft hat Einfluss in den höchsten Kreisen. Die werden Sie so was von bloßstellen, dass Sie sich zwischen Spitzbergen und Kapstadt in keinem Gerichtssaal mehr sehen lassen können.«

Christian lächelte besonnen und befreite seinen

Arm mit einer lässigen Bewegung aus Martius' Griff. »Ich hatte ja keine Ahnung, dass Sie sich von meinem kleinen Manöver dermaßen beeindrucken lassen. Immerhin freut es mich, dass Sie sich so ernsthaft mit den Konsequenzen der Sache beschäftigen. Jetzt wäre es nur angezeigt, Ihrer Mandantschaft auch einmal klar zu machen, dass gewisse Dinge auch dann nicht mehr zu reparieren sind, wenn man Rache nimmt. Ihre Drohungen beeindrucken mich nicht besonders. Versuchen Sie den Fall doch einfach als das zu sehen, was er für Ihre Mandantschaft ist: ein lästiges Ereignis im Leben, gegen das man kaum etwas tun kann und ganz sicher nichts tun sollte. Wenn Sie fair spielen, spielen wir fair – wenn Sie's nicht tun, dann können auch wir anders. Aber seien Sie versichert, die Option, die Presse gegen Ihre Mandantschaft einzusetzen, würde ich nur in Erwägung ziehen, wenn sich's gar nicht vermeiden ließe.«

»Ach, und wann denken Sie, wäre das der Fall?«

Christian hob scheinbar hilflos die Arme und lächelte seinen Kollegen fröhlich an: »Tja, wenn wir keine Einigung erzielen. Zu unseren Konditionen.«

Der erste Gong ertönte. Einige Gäste machten sich wieder auf den Weg in den Saal. »Wir vertagen uns«, sagte Martius zischend und drehte sich auf dem Absatz um.

»Ja, wir haben ein Abo«, hörte Christian Constanze Wittmann sagen. »Das heißt, meine Schwester und ich. Aber sie ist heute leider krank. Und so bin ich diesmal in Begleitung von Herrn Martius gekommen.«

Einen Moment standen die beiden Frauen noch schweigend beieinander. Dann entdeckte Francesca von Landsburg eine alte Freundin und wandte sich mit einem knappen »Sie entschuldigen bitte einen Augenblick?« zu ihr hin.

Sophie von Biels Wohnung lag nicht weit entfernt von der Uni. Das Gebäude war vor kurzem luxussaniert worden. An den Klingelschildern überwogen Initialen. Ab einer bestimmten Preisklasse schrieb man nicht mehr den ganzen Namen an die Tür. Der Postbote hatte hier zu wissen, wer sich hinter »D. T.« oder »K. Sch.« verbarg. »Dumme Tussi«, sagte Sven scherzend. »Oder sieh mal hier: »Kein Schotter.«

»Wenn einer Schotter hat, dann wahrscheinlich K. Sch.« Leonie versuchte verzweifelt, mit den Fingern weit genug hinter ein Schild zu kommen, auf dem angezeigt war, dass sich im dritten Stock die »Psychologische Beratungspraxis Irmingard Pöselke« befand. Sie hatte ja nun bei Gott keine Pranken, aber offenbar waren Sophies Hände noch zierlicher. Oder sie fand einfach nicht die richtige Stelle. Bisher hatte Leonie nur immer beiläufig zugesehen, wie ihre Freundin den Schlüssel hinter dem Schild hervorgeholt hatte, wenn sie den eigenen nicht in der Tasche fand. Es war auf kleinen Schaumstoffmuttern auf die Fassade aufgesetzt, wodurch ein schmaler Spalt blieb.

Endlich hatte sie das begehrte Objekt und hielt es triumphierend in die Höhe »Ha! Ich hab's ja gesagt!«

»Kn. Kn.«, sagte Sven nur. »Hat der Mensch eine Vorstellung, was für ein Name sich hinter solchen Initialen verbergen mag?« Während sie die Treppe hinaufgingen, Sven hinter Leonie, wiederholte er es mehrmals wie ein Mantra: »Kn. Kn.« Doch dafür schien selbst ihm keine Verballhornung einzufallen.

Sophies Wohnung lag direkt gegenüber der Psychologischen Beratungspraxis. »Ob wir Frau Pöselke mal fragen, ob ihr etwas Besonderes aufgefallen ist?«

»Klar. Aber zuerst sollten wir sehen, ob wir etwas finden. Dann wissen wir vielleicht besser, welche Fragen uns weiterbringen.«

Leonie nickte nur und sperrte Sophies Wohnungstür auf. Es ging ohne Probleme. Gott sei Dank, dachte sie. Es hätte ja sein können, die Eltern hätten in der Zwischenzeit das Schloss ausgetauscht. Denn es bestand die Wahrscheinlichkeit, dass nun auch die Entführer die Schlüssel hatten.

Die Sonne fiel durch die große, gegenüber der Tür liegende Fensterfront, hinter der sich die Dachterrasse erstreckte. »Wow!«, sagte Sven. »Kein Wunder, dass sie mich nicht hergebeten hat. Ich bin hier ja ein richtiger Stilbruch.«

»Sag mal, hast du ein Egoproblem?« Leonie war genervt von Svens ständigem Klassen- und Standesgerede. Wenn er bei einem »Fräulein von« schon so ein Trara machte, was würde er erst sagen, wenn er erfuhr, dass sie Gräfin war? Ihren Titel hatte sie an der Uni wohlweislich nie benutzt.

Auf einem niedrigen Schränkchen standen einige Fotos. »Ist der Typ da dabei?«, fragte Sophie.

Sven kam näher und sah sich die Aufnahmen an. »Nein. Da ist er garantiert nirgends drauf. Alles feine Pinkel. Ich sag doch, der Kerl war mehr so der Automechanikertyp.«

Als könnten sie jemanden aufwecken, schlichen Leonie und Sven durch Sophies Apartment, zogen mit vorsichtigen Fingern Schubladen auf, öffneten Schränke und blätterten die Unterlagen auf dem Schreibtisch durch, der im Gegensatz zur Gesamtwohnung nicht ordentlich aufgeräumt war, sondern aussah, als wäre es der Ort, an dem alles, was keinen richtigen Platz hatte, aus Verlegenheit hingeworfen wurde. Das Telefon war tatsächlich nicht richtig aufgelegt. Leonie dachte einen kurzen Moment darüber nach, ob sie dies ändern sollte, entschied sich dann aber dagegen.

Sie ging nun Sophies Kleider durch. Es war ihr selbst nicht klar, wonach sie suchte. Sven studierte einen Notizblock, auf den Sophie einiges geschrieben und gemalt hatte. Kritzeleien, wie man sie gedankenlos beim Telefonieren machte. Das erste Blatt war herausgerissen, auf dem zweiten aber hatten sich verschiedene Buchstaben und Zahlen durchgedrückt. Sven hielt den Block schräg gegen das Licht, vielleicht konnte man ja noch etwas davon erkennen. Das könnte ›Rio‹ heißen, dachte er. »Ich glaube«, hörte er Leonie vom Schlafzimmer aus sagen, »es fehlen ein paar Sachen.«

»Schau doch mal im Bad nach. Die könnten ja auch im Wäschekorb liegen.«

»Stimmt.«

Sven beschloss, den Notizblock mitzunehmen. Hier und jetzt war nichts Konkretes auszumachen. Er wollte sich das wilde Geschreibsel einmal in Ruhe zu Hause anschauen. Ob der Computer etwas Interessanteres hergab? Sven schaltete den Rechner ein, der unter dem Schreibtisch stand, und wartete. Auf dem Bildschirm leuchtete ein buntes Fenster auf und verschwand kurz darauf wieder.

»Sven!«, rief Leonie, die sich noch immer im Bad zu schaffen machte. »Schau dir das mal an!«

In dem Augenblick hörte Sven Stimmen vor der Wohnungstür. Geistesgegenwärtig steckte er den Notizblock ein, machte den Bildschirm aus und huschte schnell zu Leonie ins Badezimmer. »Da kommt jemand. Scheißsituation!«, flüsterte er ihr zu. »Komm, wir verstecken uns. Und sei leise.«

Sekunden später ging die Tür auf.

Polizeioberkommissar Bernheimer und zwei seiner Mitarbeiter betraten das Apartment. Einer von ihnen hatte eine Kamera dabei, der andere hielt seine Pistole mit halb gestrecktem Arm schussbereit vor sich hin. Er schwenkte sie unablässig von links nach rechts und von rechts nach links.

Bernheimer sah wesentlich weniger angespannt aus als seine jüngeren Kollegen. Nach einem kurzen »Hallo? Ist hier jemand?«, dem ein tiefes Schweigen folgte, schlenderte er durch den Raum und besah sich die Aussicht, während der Fotograf damit begann, jeden Quadratmeter der Wohnung abzulichten. Bernheimer lauschte dem Geräusch der Kamera, in das sich ein undefinierbares Summen und Klicken mischte. Es klang, als würde irgendeine Maschine laufen. Er blickte zum Schreibtisch. Nein, der Bildschirm war dunkel. Er wollte sich schon auf den Weg zur Küche machen, als er aus dem Augenwinkel sah, dass am Rechner ein kleines, grünes Licht flackerte. Jemand hatte vergessen den PC runterzufahren oder hatte in der Eile nur den Bildschirm ausgeknipst. Bernheimer war sich mit einem Mal ziemlich sicher, dass es nicht Sophie von Biel gewesen war.

Er legte die Hand an die Lippen und machte seinen Kollegen ein Zeichen, dass sie sich umsehen sollten. Während er mit der rechten Hand das Pistolenhalfter öffnete, zog er seinen Fotografen mit der linken beiseite und platzierte ihn in einer Ecke des Zimmers. Wie von ungefähr sagte er: »Ich denke nicht, dass wir hier etwas entdecken.« Nicht zu laut, aber so laut, dass man ihn sicher überall in der Wohnung hören konnte. Er machte seinen Mitarbeitern ein Zeichen, dass sie sich die Küche vornehmen sollten, während er selbst leise zur Badezimmertür ging, die angelehnt war. Durch den Türspalt konnte er erkennen, dass Licht brannte. Mit der linken Hand hielt er sich seitlich an einem Mauervorsprung fest, mit der rechten zielte er auf die Tür, die der Polizeioberkommissar mit einer raschen Bewegung aufstieß, worauf er sofort wieder zur Seite schnellte und – unaufhörlich die Pistole im Anschlag – in die Hocke ging: Das Bad war leer. Vorsichtig setzte Bernheimer einen Fuß hinein und blickte sich um. Der Spiegelschrank war offen, einige Fläschchen und Tuben standen am Waschbeckenrand. Mit einer langsamen Bewegung drehte sich Bernheimer um und zielte mit seiner Waffe auf den Duschvorhang. »Sie machen jetzt ganz langsam den Vorhang auf«, sagte er mit ruhiger, aber kräftiger Stimme. »Meine Waffe ist auf Sie gerichtet. Eine zu rasche Bewegung, und ich werde schießen. Wenn Sie bewaffnet sind, lassen Sie die Waffe fallen, bevor Sie den Vorhang beiseite schieben. Sollten Sie eine Waffe in der Hand halten, werde ich ebenfalls sofort schießen.«

5

Sophies Kopf schmerzte, als sie aufwachte. Das war ihr Problem: Sie konnte nachts nicht schlafen, und tagsüber hing sie müde in den Seilen, bis ihr irgendwann am Nachmittag die Augen zufielen. Dann schlief sie schwer, wurde von Träumen gejagt, bis sie mit einem dröhnenden Kopf erwachte, manchmal schweißgebadet.

Auch jetzt kam ihr das Aufwachen wie eine Erlösung vor. Sie empfand die Schmerzen hinter den Augenhöhlen fast als wohltuend, wenigstens im Vergleich zu den Träumen, in denen Türen zugeschlagen wurden und Fensterscheiben zersprangen, wieder und wieder, bis irgendwann ein blutender Hund in ihrem Bett lag und sie keine Luft mehr bekam.

Sie lauschte auf die Geräusche, die durch das gekippte Fenster in das Zimmer drangen, ein fernes Nebelhorn, die Schreie der Möwen, die über den Kränen kreisten, eine Maschine, die unentwegt in immer gleichen Abläufen Lärm machte. Schließlich hörte sie Stimmen, die von einem der Balkone im Haus kommen mussten. Zunächst achtete Sophie nicht darauf, was gesprochen wurde. Erst als das Wort »Brasilien« fiel, wurde sie aufmerksam und verfolgte das Gespräch. Es waren nur einzelne Bemerkungen zu verstehen, kaum ein zusammenhängender Satz.

Sie rieb sich den Schlaf aus den Augen und schwang sich auf. Durch das Fenster, das nach Westen zeigte, kam eine leichte Brise, die die Worte zu ihr hereintrug. »Und was machst du in Brasilien?«

»... spielt keine Rolle, wenn ich genügend Zaster habe, oder?«

»Aber, ich dachte ...« Immer wieder rissen die Sätze ab. Sophie glaubte, Zlatkos Stimme zu erkennen. Ja, jetzt wehte auch Zigarettenrauch herein. Die beiden waren auf den Balkon im Nebenzimmer gegangen, das um die Ecke lag, um sich eine Marlboro reinzuziehen.

»Scheiß auf Brasilien! ... Sophie ... werden wir schon sehen.«

Sophie hielt die Luft an. Andy war schon seit einiger Zeit gereizt. Ihm ging die ganze Sache nicht schnell genug. Und sie konnte das verstehen, sehr gut sogar: Ihr selbst ging es auch nicht rasch genug. Sie wäre am liebsten gestern schon ins Flugzeug gestiegen. »Das geht dich einen Haufen Scheiße an, Zlat!«, hörte sie in diesem Augenblick ihren Freund poltern. Andy, dachte Sophie, Andy mit den starken Nerven. Letztlich war er doch wie alle Macker – im Innersten ziemlich weich.

Sophie fröstelte. Sie warf sich ihre Jacke über und ging nach nebenan. Die Balkontür war nur angelehnt. Sie klopfte an die Scheibe. Andy sah sich um und kreuzte die Hände. Das sollte heißen: ›Du bleibst drin.‹ Klar, Sophie durfte nicht gesehen werden. Irgendwer konnte sie erkennen, und die ganze Entführung würde auffliegen. Sie lächelte. Ihr Freund machte ihr noch ein weiteres Zeichen. Sie verstand, sie sollte noch einen Moment warten. Eine Bemerkung, die er jetzt leise zu Zlatko machte, konnte sie nur von seinen Lippen ablesen: »Und kein Tor.« Was immer er damit gemeint haben konnte. Wahrscheinlich hatten sie sich wieder über Fußball unterhalten. Ein Länderspiel? Vielleicht Deutschland gegen Brasilien.

»Du bist wach?«, fragte Andy, als er die Glastür aufstieß, um ins Zimmer zu kommen. Die Kippe schnippte er mit einer halben Drehung übers Geländer, ehe er Sophie in den Arm nahm. Es war ein starker Arm. Sophie ging es augenblicklich besser. Wenn Andy bei ihr war, dann fühlte sie sich sicher. Er würde das alles zu einem guten Ende bringen. Er war der Boss.

»Hab nur ein bisschen meditiert«, sagte sie.

»Klar.« Er blickte zur Küche hinüber. »Kannst du uns was zum Essen machen?«

»Mhm. Ist nicht viel da. Aber 'ne Pizza aus dem Eisfach wäre noch zu haben.«

»Perfekt.« Andy lächelte selbstgefällig und legte die freie Hand auf ihren Hintern. »Dann schlage ich vor, meine Kleine macht Pizza, und ich kümmere mich um die Arbeit.« Und mit einem Klaps gab er sie frei, damit sie sich in die Küche verziehen konnte.

Polizeioberkommissar Bernheimer stand mit dem Rücken zu seinem Schreibtisch und hatte die Augen für einen Moment geschlossen. Jetzt blickte er von der aufrecht vor ihm sitzenden Leonie von Landsburg zu ihrem Vater und zu ihr zurück. Beide trugen eine vollkommen ungerührte Miene zur Schau. Durch die Glasscheibe in seiner Bürotür konnte Bernheimer auf dem Flur Sven Löcker sehen, dessen leicht zusammengesunkene Haltung dem Anlass dieses Verhörs ihm angemessener erschien. Immerhin handelte es sich hier um zwei Festnahmen in einer fremden Wohnung. Immerhin hatte das Pärchen einen Polizeibeamten tätlich angegriffen. Und Bernheimer war nicht zimperlich gewesen, als er der kleinen Landsburg und ihrem Freund Handschellen hatte anlegen lassen. Bernheimer musste innerlich grinsen, als er daran dachte. Doch nun hatte die Göre ihren Vater aufgefahren, den feinen Graf Rechtsanwalt. Und der verdarb Bernheimer den Spaß mit seiner arroganten Art. Der Hauptkommissar atmete tief ein, sichtlich um Selbstkontrolle bemüht, ehe er sich an Leonie wandte: »Fassen wir das noch einmal zusammen: Sie waren, Sie sind mit dem Opfer, mit dem mutmaßlichen Opfer, befreundet. Und Sie sind mit dem zweiten Verdächtigen, Herrn Sven Löcker, ebenfalls befreundet. Er aber ist mit dem mutmaßlichen Opfer nicht befreun ...«

»Entschuldigen Sie, wenn ich Sie hier unterbreche, Herr Oberkommissar. Ich finde nicht, dass Sie ihn einen Verdächtigen nennen sollten. Und wenn Sie zudem ›zweiter Verdächtiger‹ sagen, dann unterstellen Sie ja sozusagen, dass es noch einen ersten Verdächtigen gibt. Wer sollte das denn wiederum sein? Außerdem: Was für einen Verdacht wollen Sie denn in seinem Fall überhaupt haben. Und schließlich ...«

»Herr von Landsburg!«, entfuhr es Bernheimer, und

zwar lauter, als er selbst es vermutlich gewollt hatte. Seine tiefrote Krawatte bebte, sein etwas abgeschabter Kragen spannte unter den fleischigen Hautfalten, die daraus hervorquollen. »Könnten Sie Ihrer *Mandantin* bitte sagen« – er betonte das Wort »Mandantin« mit beißendem Spott –, »dass wir hier nicht zu einem Sonntagsschwätzchen zusammensitzen. Sie befindet sich in einer wenig vergnüglichen Situation.«

Christian von Landsburg versuchte ein schwaches Lächeln. »Es spricht doch nur für meine Mandantin, wenn sie nicht einmal nachvollziehen kann, weshalb sie überhaupt verdächtigt wird. Ist das nicht ein deutlicher Hinweis auf ihre Unschuld? Abgesehen davon sollten wir dieses informelle Gespräch nicht zu einem Verhör stilisieren.«

»Oh doch! Das sollten wir sehr wohl!« Bernheimer winkte einen Kollegen herein und drückte auf ein Aufnahmegerät auf seinem Schreibtisch. »Protokoll des Verhörs der Verdächtigen Leonie Landsburg, am 14. September ...«

»Hören Sie, Herr Kommissar«, unterbrach ihn Christian. »Es ist nichts gegen ein Protokoll einzuwenden, wenn Sie im Anschluss an ein erstes Vorgespräch zu dem Ergebnis kommen, dass meine Tochter wirklich tatverdächtig ist. Ich finde jedoch, dass Sie hier mit Kanonen auf Spatzen schießen. Aus dem Stegreif wird von Ihnen eine Straftat daraus gemacht, dass ...«

»*Herr* Landsburg!« Bernheimer drückte auf die Stopptaste. Seine Gesichtsfarbe näherte sich der seines Schlipses an. »Ich habe nicht den geringsten Zweifel, dass hier eine Straftat vorliegt! Ihre Tochter ... Ihre Mandantin ist offensichtlich ohne die Zustimmung der Besitzerin in deren Wohnung in der Moorweidenstraße 38, zweiter Stock links, eingedrungen. Das ist aus meiner Sicht ein klarer Fall von Hausfriedensbruch. Da brauchen wir die anderen Straftaten, deren sie verdächtig sein könnte, gar nicht groß ins Auge zu fassen.«

»Und was wären das für Straftaten, wenn ich fragen darf?« Christian hatte lässig ein Bein über das andere geschwungen, zugleich legte er Leonie, die sich zu Wort melden wollte, beruhigend eine Hand auf den Arm, als wollte er sagen: Lass mich nur machen.

»Ihre Mandantin befand sich nicht nur unautorisiert in der Wohnung der Entführten, sie hat sich dort sogar versteckt gehalten und uns mit einer Waffe bedroht.«

Im Hintergrund grinste Bernheimers Kollege in sich hinein.

»Mit einer Waffe bedroht?«, fragte Christian mit hochgezogenen Augenbrauen. »Das ist mir neu. Du hattest eine Waffe, Leonie?«

»Das ist doch nur ein Missverständnis.« Während Leonie ansetzte, dies weiter zu erklären, gab Bernheimer ihr mit einer herrischen Geste zu verstehen, dass sie schweigen solle. Er machte klar: »Ihre Mandantin hat versucht, uns, besser gesagt, mir eine alkoholische Flüssigkeit in die Augen zu spritzen.«

»Also, Herr Oberpolizist!« Leonie brauste auf, während Bernheimers Kollege sein breites Grinsen kaum mehr unterdrücken konnte. »So'n Quatsch! Sie tun, als hätten wir irgendwelche Giftkanonen mit uns herumgeschleppt. Ich hatte lediglich Rasierwasser in der Hand. Und der Flakon ist zerdeppert, als Sie den Vorhang aufrissen.«

»Ich darf Sie bitten, auf Ihre Wortwahl zu achten, Frau Landsburg, ja? Ausdrücke wie ›Quatsch‹ will ich hier nicht hören. Damit wir uns da verstehen.«

Mit einem Augenzwinkern sagte Christian zu Leonie: »Ich schlage vor, du erzählst uns einmal die ganze Geschichte aus deiner Sicht. Da du nichts zu verbergen hast, musst du auch nichts befürchten.«

Bernheimer verdrehte die Augen und stellte sich wieder vor den Schreibtisch. Durch die Glastür konnte er erkennen, dass Sven auf seinem Stuhl näher herangerückt war. Offenbar hatte ihn der erregte Wortwechsel aufgeschreckt. Er versuchte wohl nun auf diese Weise, etwas von dem zu hören, was in dem Büro gesprochen wurde. Währenddessen begann Leonie mit einem lang gezogenen »Aaalso« ihren Bericht: »Aaalso, erst mal ist es gar nicht richtig, dass ich unautorisiert in Sophies Wohnung war. Ich besitze schließlich einen Schlüssel, den mir meine Freundin einmal gegeben hat. Sven und ich suchten das Apartment auf, weil wir hofften, irgendeine Spur zu finden, einen Hinweis, wo Sophie sein könnte. Wir dachten, vielleicht kannte sie ihre Entführer. So etwas gibt es schließlich. Das kleinste Detail kann in einem solchen Fall entscheidend sein. Wir waren aber noch gar nicht lange in der Wohnung, als wir plötzlich hörten, wie jemand an der Tür war. Da wir ja nicht wissen konnten, wer es ist – es hätten auch die Entführer sein können –, hatten wir Angst, entdeckt zu werden. Und weil wir gerade im Badezimmer waren, war es das Naheliegendste, sich in der Dusche zu verstecken. Ja, und dann standen plötzlich Sie im Bad und haben uns bedroht. Ich bin ausgerutscht und habe dabei das Rasierwasser fallen lassen, das ich in der Hand hielt.«

»Sie haben die Flasche nach mir geschleudert!«, insistierte Bernheimer. Doch Leonie schüttelte den Kopf. »Ganz sicher nicht, Herr Oberpolizeikommissar. Meine Treffsicherheit ist geradezu legendär. Wenn ich gewollt hätte ...« Christian warf seiner Tochter einen scharfen Blick zu, Leonie zögerte kurz. »Nun, ich kann ja nicht ausschließen, dass Sie das so aufgefasst haben. Aber auch als Polizist sollten Sie nicht immer alles nur auf sich beziehen. Das ist psychologisch gesehen ...«

»Ich denke, das reicht! Fräulein Landsburg ...«

»*Frau* Landsburg, wenn es Ihnen nichts ausmacht.«

»*Frau* Landsburg, Sie überzeugen mich nicht. Aber ich will mir, um ganz offen zu sein, Ihre reichlich ungewöhnliche Art, mit einem Kriminalfall umzugehen, nicht länger antun. Und auch nicht Ihre ziemlich fragwürdigen Einlassungen. Wir werden uns jetzt einmal Ihren Komplizen vornehmen ...«

»Sie meinen Sven, meinen Kommilitonen.«

»Ihren Kommilitonen. Und dann vergleichen wir die Aussagen und entscheiden, wie wir in der Sache weiter vorgehen werden. Ich darf Sie bitten, sich zur Verfügung zu halten. Vor allem aber darf ich Sie bitten, sich aus den Ermittlungen rauszuhalten!« Der Ton von Bernheimer wurde mit jedem Wort schärfer. »Es geht nicht an, dass hier Krethi und Plethi an dem Fall herumdoktern ...«, bei diesen Worten blickte er aus den Augenwinkeln zu Christian, »... und unseren gesamten Fahndungserfolg gefährden. Professionelle

Arbeit bedarf optimaler Koordination. Da können wir keine Querschläger brauchen. Ich hoffe, ich habe mich klar genug ausgedrückt, Herr Graf.«

»Absolut, Herr Polizeioberkommissar, absolut«, sagte Christian und stand auf. »Ich bin sicher, meine Mandantin wird Ihre Untersuchungen in keiner Weise behindern und auch sonst nicht für Irritationen sorgen.«

»Ihr Wort in Gottes Ohr, Herr Landsburg. Ihr Wort in Gottes Ohr.«

Christian kannte das *Le Paysan*. Er war hier zwei- oder dreimal zu Geschäftsessen eingeladen worden. Dafür war es auch genau das richtige Restaurant: anspruchsvoll im Preis, repräsentativ und von gediegener Atmosphäre. Die Küche vernachlässigte der Inhaber dagegen etwas, oder vielmehr: Er setzte mehr auf Effekt als auf Qualität.

Das so genannte Marie-Antoinette-Zimmer verwandelte sich am Abend zu einer verschwiegenen Klause für verliebte Pärchen und für Ehepaare, die zum dreißigsten Hochzeitstag noch einmal die große Romantik beschwören wollten. Und ausgerechnet hier hatte man ihnen einen Tisch reserviert.

»Da hast du uns aber ein sehr hübsches Plätzchen ausgesucht, Christian«, sagte Bernice Alper und ließ sich aus dem Mantel helfen. Sie trug ein schulterfreies Kleid, das schlicht war, aber bestechend.

»Um der Wahrheit die Ehre zu geben«, antwortete Christian, »die Wahl des Tisches war eher Sache des

Personals. So gut kenne ich den Laden nicht. Mindestens fünf Jahre her, dass ich zuletzt hier war.«

»Jedenfalls gefällt es mir hier.« Bernice war offenbar wild entschlossen, diesen Abend zu genießen, wie sehr er auch eine Folge unschöner Ereignisse war. Und Christian entschied sich, ihr darin zu folgen.

Der Ober näherte sich dezent und begrüßte die Gäste mit bemüht französischem Akzent: »Bonsoir, die 'errschaften. Wir freuen uns, Sie im *Paysan* begrüßen zu dürfen.« Das hatten Christian und Bernice nun zum dritten Mal gehört. Doch aufmunternd lächelten Sie dem etwas kümmerlichen Mann zu, der eher aussah wie der Außendienstler eines Betreibers von Zigarettenautomaten. »Darf isch Ihnen zunächst eine Aperitif anbieten? Ein Glas Champagne vielleischt oder einen Debussy?«

»Das klingt ja wirklich geheimnisvoll«, meinte Bernice. »Was verbirgt sich denn hinter diesem prätentiösen Namen?«

»Der Débussy ist eine Kreation von Armagnacs in hausgemachter Orangenschalen-Limonade.«

»Was meinst du, Christian? Experimentierfreudig?«

Christian zögerte.

»Bringen Sie uns doch den Champagner, Herr Ober. Gut gekühlt.« Bernice wies den Kellner an, der mit einer angedeuteten Verbeugung nickte und sich zurückzog.

»Danke«, sagte Christian etwas irritiert. »Ich weiß gar nicht, irgendwie fühle ich mich hier nicht sehr wohl. Ziemlich überkandidelt, dieser Laden.« Heimlich musterte er Bernice. Sie sah in ihrem Kleid hinreißend aus. Ihm war nie aufgefallen, wie zierlich sie war – und weiblich dabei. Das dunkle Outfit gab ihrer zarten Haut etwas Durchscheinendes.

Bernice bemerkte seinen Blick und lächelte. »Ich habe mich sehr über deine Einladung gefreut.«

»Ach.« Christian zuckte die Schultern und versuchte, nicht auf ihr Dekolletee zu schauen, was ihm zunehmend schwerer fiel. »Die Idee wäre besser gewesen, wenn wir nicht ausschließlich zu Recherchezwecken hier wären.«

»Du bist zu Recherchezwecken hier, Christian. Ich bin nur da, weil mich ein erfolgreicher und ziemlich gut aussehender Rechtsanwalt in dieses Restaurant eingeladen hat. Aber der Hauptgrund meiner Zusage liegt natürlich einzig darin, dass ich hoffe, etwas Exquisites zu essen zu bekommen und nicht dafür zahlen zu müssen.« Bernice zwinkerte Christian zu.

In diesem Augenblick kam der Ober mit den Speisekarten und reichte Bernice ein aufgeklapptes Exemplar: »Madame.« Die zweite Karte bot er ebenso formvollendet Christian dar.

Über den Rand der Karte beobachtete er Bernice, die amüsiert die Küchenlyrik studierte: eine Mischung aus französischer Geheimsprache und diversen bizarren Wortkombinationen.

»Was würden Sie denn empfehlen?«, fragte Christian den Kellner, der sich nach einiger Zeit wieder diskret dem Tisch genähert hatte.

»Nun, Monsieur, sehr beliebt ist unsere geschäumte Tomatencremesuppe mit Melissencroutons, auch der Sauerkraut-Mango-Strudel. Als Zwischengericht. Als Hauptgang vielleicht die 'asenschnitzel oder die Cabouchons d'Agneau ...«

»Gibt es auch Fisch?«

»Gewiss, Madame.«

Christians Gedanken schweiften ab. Hier wollten also Leonie und ihre Freundin zu Abend essen. Das sah überhaupt nicht nach Leonie aus. Und nach allem, was er von ihr über Sophie gehört hatte, war das auch nicht die Art von Lokal, in der sich eine junge, partylustige Frau herumtrieb. An den Nebentischen saßen überwiegend Herrschaften, die die Vierzig um mindestens zehn Jahre überschritten hatten. Seltsam, dass sich eine Einundzwanzigjährige diesen Ort ausgesucht hatte.

»Monsieur?«

»Bitte?«

»Sie haben auch schon gewählt?«

»Ja, ja«, sagte Christian. »Ich schließe mich an. Dasselbe bitte für mich.«

»Sehr wohl. Vielen Dank.« Mit einer eleganten Verbeugung nahm ihm der Ober die Karte wieder ab und verschwand lautlos.

»Du bist ganz woanders, richtig?«, fragte Bernice. »Du weißt, dass du jetzt einen Loup de Mer essen musst?«

Christian kratzte sich verlegen am Kinn. »Entschuldige. Ich fürchte, ich bin heute ein ziemlich schlechter Gesellschafter.«

»Überhaupt nicht. Du denkst einfach nur nach. Und ich frage mich, worüber du nachdenkst.« Sie nahm die Serviette beiseite, die kunstvoll drapiert vor ihr aufgebaut war. »Hierher wollten sie kommen. Wahrscheinlich möchtest du herausfinden, ob Sophie tatsächlich an diesem Ort war.«

Christian nickte. »Die Frage ist, ob Sophie vielleicht mit anderen hier verabredet war. Das wusste Leonie nämlich nicht.«

»Du meinst, sie hätten hier auch noch jemanden treffen können?«

»Warum nicht? Zwei junge Mädchen am Samstagabend allein in so einem Lokal.« Er sah sich um. »Nein, irgendetwas stimmt hier nicht. Das ist nicht der Ort, an dem Jetset-Kiddys am Wochenende abhängen. Zumindest nicht Leonie. Aber zu ihrer Verteidigung muss ich sagen, dass sie das *Paysan* gar nicht kannte.«

Bernice ließ den Blick durch das Restaurant schweifen. »Du solltest dich mal mit dem Ober unterhalten. Vielleicht war Sophie schon öfter hier.«

»Nach dem Essen. Wenn wir schon hier sind, sollten wir es genießen.« Er hob sein Champagnerglas und prostete ihr zu. Bernice stieß mit ihm an und nahm einen kleinen Schluck, ohne Christian aus den Augen zu lassen. »Du gehst nicht gerne aus«, stellte sie nach einer kleinen Weile fest.

»Entschuldige«, sagte Christian nur. »Meine Gedanken waren wieder woanders.«

»Das ist okay, wenn sie nur nicht zu lange in der Ferne herumschwirren. Was ist eigentlich los?«

Christian seufzte. »Nichts. Nichts ist los. Ich weiß es auch nicht.« Er machte eine ratlose Handbewegung. Natürlich wusste er, was los war. Bernice sah in ihrem Kleid hinreißend aus. Das Kerzenlicht funkelte in ihren Augen, eine Haarsträhne hatte sich aus ihrer Frisur herausgeschmuggelt und umspielte nun reizvoll ihre Stirn. Kurz, er musste sich eingestehen, wie umwerfend attraktiv er sie an diesem Abend fand. Eigentlich war er hierher gekommen, um zu recherchieren, zu ermitteln, aber er musste erfahren, dass Bernices Gegenwart ihn zutiefst verunsicherte. Blickte er in ihre wunderschönen, dunklen Augen, hatte er das Gefühl, in ihnen zu versinken. Er lauschte ihrer Stimme und genoss das Beisammensein mit ihr. Schon lange hatte er nicht mehr so empfunden. All das war ungewohnt für ihn. Christian atmete tief durch. »Erzähl mir etwas aus deinem Leben. Du warst in Amerika. Warum bist du zurückgekommen?«

Bernices Lächeln verflog. »Oh, das ist eine sehr unschöne Geschichte ...«

»Verzeih«, beeilte sich Christian zu sagen. »Ich wollte nicht ...«

»Nein, nein, das ist schon in Ordnung. Warum nicht. Ich bin ...« Mit der Hand fuhr sie über die zur Seite gelegte Serviette und drückte mit dem Fingernagel ein Muster hinein, aus Rauten und kleinen Kreisen. »Ich war nach Los Angeles gegangen, um dort auf der Polizeischule einen Kursus in Profiling zu machen. Die Amerikaner sehen sich auf diesem Gebiet als führend.«

»Sind sie's?«

»Nicht wirklich. Ihre Methoden sind zum Teil sehr fragwürdig. Das hängt damit zusammen, dass in den USA oft der Zweck die Mittel heiligt. Du verstehst? Alles ist erlaubt, wenn es nur zum Ziel führt. Auch in der Polizeipsychologie.« Christian nickte, unterbrach sie aber nicht. »Ich habe«, erzählte Bernice weiter, »zwei Semester absolviert und war eigentlich schon dabei, wieder zurückzukommen. So war es auch von vornherein geplant gewesen. Dann habe ich mich aber von einem der besten Profiler in sein Team nehmen lassen. Ein Serienmörder hatte mindestens drei Frauen umgebracht. Prostituierte, wie man zuerst glaubte. Doch zumindest in einem Fall stimmte das nicht. Die junge Frau war keine Hure gewesen, sondern das Opfer einer mehrfachen Vergewaltigung. Das hat uns schließlich auch zum Täter geführt.«

»Und ihr habt ihn erwischt?«

»Nein, wir waren ganz nah dran. Dann ist etwas gründlich schief gelaufen, und ich wäre fast sein viertes Opfer geworden.«

»Das klingt ja schrecklich.« Christian legte einem Impuls folgend seine Hand auf die ihre.

»Ja, es war knapp, aber das ist Teil meines Jobs. Ich bin nun mal keine Volksschullehrerin.« Bernice sah Christian ernst an. Er bemerkte, dass sich ihre Augen mit Tränen füllten. »Aber meinen Kollegen Jeff hat es erwischt. Er wurde bestialisch ermordet.« Sie hielt kurz inne, als würde alles noch einmal vor ihren Augen ablaufen. »Jeff hatte meinen Posten eingenommen. Wir hatten dem Killer eine Falle gestellt, und ich sollte ihn anlocken.« Wieder zögerte sie einen Moment. »Der Mörder wurde nie gefasst.«

»Und du fühlst dich nun schuldig, dass er deinen Kollegen erwischt hat?«

Bernice nickte. »Ja, es war meine Schuld. Ich war nicht auf meinem Posten.« Sie wischte sich eine Träne aus dem Augenwinkel. »Entschuldige, ich bin immer noch nicht in der Lage, darüber zu sprechen.«

»Deshalb hast du die Arbeit bei der Polizei aufgegeben«, stellte Christian fest. Bernice nickte erneut.

»Ja.« Beide sahen sich einige Sekunden stumm an. Plötzlich nahm Bernice Christians Hand und legte sie an ihre Wange. »Erzähl mir von dir, Christian. Was ist mit Leonies Mutter passiert? Ich wollte dich schon längst gefragt haben. Oder willst du nicht darüber sprechen?«

»Doch«, erwiderte Christian, »nur fällt es mir nicht so leicht – verzeih.«

»Es war ein Unfall, nicht wahr? Und sie hat dir sehr viel bedeutet.«

»Sie war mein Leben«, sagte Christian. »Und es gibt Lücken, die kann man einfach nicht wieder schließen. Zumindest habe ich es bisher nicht geschafft.«

»Das verstehe ich gut. Aber warum kannst du bis heute nicht darüber reden?«

»Spricht da die Psychologin?«

»Nein!« Erstaunt bemerkte Bernice ein abwehrendes Aufflackern in Christians Augen. »Verzeih, es geht mich nichts an. Lass uns über andere, erfreulichere Themen sprechen. Serienkiller und der Tod haben hier heute Abend nichts verloren.« Sie löste seine Hand von ihrer Wange und griff nach ihrem Glas.

»Nein, Bernice, du sollst wissen, was damals passiert ist. Warum ich so schwer damit fertig werde. Marie-Luise könnte heute noch leben ... Aus unerfindlichen Gründen, sagt zumindest die Polizei, geriet ihr Wagen von der Straße ab und überschlug sich.« Christian zögerte ein paar Sekunden. »Ich kam nur wenige Minuten später zufällig an der Unfallstelle vorbei und habe einige Dinge gesehen, die mich bis heute nicht ruhen lassen.«

»Was hast du gesehen?«

»Nichts, was sich beweisen ließe, aber ...«

Das Gespräch wurde von dem herannahenden Kellner unterbrochen. »Hier ein kleiner Gruß aus der Küche.« Er stellte zwei Teller ab, auf denen ein winziges Carpaccio drapiert war. »Dieses Amuse-gueule ist ein bretonisches Rindercarpaccio mit Trüffelöl und zart gerösteten Pinienkernen.« Stolz strahlte der Ober sie an und hatte in diesem Moment seinen französischen Akzent vergessen. »Lassen Sie es sich schmecken. Ihre Vorspeisen kommen in Kürze.«

Die Gegenwart des Kellners hatte den Moment des gegenseitigen Vertrauens gestört. Bernice fühlte, wie sich Christian wieder zurückzog. Und sie wollte ihn auch nicht drängen. »Das sieht aber gut aus.« Sie lächelte Christian an und griff nach ihrer Gabel.

»Und du siehst bezaubernd aus.« Christian räusperte sich, als hätte er schon zu viel gesagt.

»Oh, danke! Das ist lieb von dir.«

Und sie stießen erneut an. Auf Vergangenes und vielleicht Zukünftiges.

Graf Ferdinand fühlte sich nicht wohl in seiner Haut. Er saß auf einem von Francescas gepolsterten Louis-XV.-Stühlchen, bei denen er regelmäßig Sorge hatte, dass sie bei der erstbesten Bewegung auseinander brechen würden. In der Hand hielt er einen Stapel Postkarten, die er gerade durchgezählt hatte. »Mit denen sind es an die zweihundert«, stellte er fest.

»Ferdinand, wie sollen wir die nur alle verköstigen?«

Graf von Landsburg antwortete nicht. Mehr als fünfzig Jahre Ehe mit seiner besseren Hälfte hatten ihn gelehrt, dass es Fragen gab, die seine Frau besser beantworten konnte als jeder andere – und das waren vornehmlich die Fragen, die sie selbst stellte. Stattdessen blätterte er in den schon eingegangenen. Zusagen zur Geburtstagsfeier. »Wenn man einen runden Geburtstag feiert ...«, sagte er. Doch Gräfin Francesca fiel ihm ins Wort: »Fang jetzt nicht mit runden Geburtstagen an. Was sind schon runde Geburtstage!« Sie strich die bestickte Tischdecke glatt und begann die Einladungskarten zu ordnen, und zwar nach Rang und Bedeutung der Gäste. Ein Stapel beinhaltete die Vornehmen, die Fürsten, Herzöge und Grafen. Ein anderer den niederen Adel. Die Familie legte sie etwas abseits – nichts sollte vermischt werden. Schließlich eröffnete sie einen Stapel »Sonstige«, worunter Freunde, Bekannte und Geschäftsleute fielen, vom langjährigen Vermögensverwalter der Landsburgs bis hin zu einigen Freundinnen aus dem Wohltätigkeitsbereich. »Wir werden ein Büfett veranstalten müssen, Ferdinand«, befand Gräfin Francesca und sah zu ihrem Gatten. »Anders bekommen wir das nicht in den Griff. Wo sollen wir zweihundert Gedecke arrangieren? Selbst wenn wir jedes Möbel dafür benutzen, das wir zu unserer Verfügung haben. Und wir können schlecht Biertische mieten!«

Über diesen Gedankengang seiner Frau war Ferdinand von Landsburg ehrlich erstaunt. Dass sie überhaupt auf ein Wort wie »Biertisch« verfiel, war außergewöhnlich. Solche Ausdrücke mied sie in der Regel. Graf Ferdinand beobachtete seine Frau, wie sie die Einladungen sortierte, manchmal überlegte, auf welchen Stapel eine zu legen sei, und wie sie dann wiederum resolut die eine oder andere Karte ganz beiseite legte, der Himmel wusste, warum. Trotz ihrer demnächst siebzig Jahre war Francesca von Landsburg eine attraktive Frau. Ihr weißes Haar hatte sie hochgesteckt, die Wangen ein klein wenig mit Rouge aufgefrischt. Lippenstift trug sie so, dass es beinahe aussah, als würde sie keinen benutzen – Francesca war der Inbegriff des Vornehmen, des Dezenten und des Selbstbewussten. Perlenohrringe, klassische Goldringe und eine sehr edle Uhr von Bucherer, nie zu viel, doch immer der Tageszeit und dem Anlass angemessen. Ferdinand liebte sie sehr, auch heute noch. Er liebte ihren Sinn für Stil, ihre enorme Ausstrahlung und ihre prätenziöse Art, auch im Unrecht immer eine gute Figur zu machen – wobei sie selbstverständlich niemals zugab, im Unrecht zu sein. Höchstens, dass sie gelegentlich Gnade walten und eine Sache auf sich beruhen ließ.

»Ferdinand.« Gräfin Francesca sah ihren Mann mit prüfendem Blick von der Seite an. »Ferdinand, sollten wir diese schrecklichen Obenaus einladen? Sie ist eine furchtbar vulgäre Person, und er ist imstande und kommt in lila Smoking und Cowboystiefeln!«

»Sind das nicht diese Brauereileute?« Francesca nickte nur verachtungsvoll. »Wenn du nicht willst, lade sie eben nicht ein. So einfach ist das.«

»Du bist mir wirklich keine Hilfe. Deine Ratschläge sind geradezu destruktiv. Die Obenaus haben auf meiner letzten Charity-Veranstaltung vierzigtausend Euro gespendet. Wie kann ich sie nicht einladen?« Ferdinand schloss die Augen und schwieg demutsvoll.

»Ich glaube, wir kommen heute hier nicht mehr weiter. Ich werde jetzt noch ein paar Seiten lesen und dann schlafen. Kommst du mit?« Dabei erhob sie sich und packte die Karten zusammen. In Anbetracht ihres bevorstehenden tiefen Atmens sprang Ferdinand hastig auf und sagte kaum verständlich: »Ich muss dringend noch ein paar Akten lesen. Geh du schon mal, meine Liebe. Gute Nacht.«

Misstrauisch sah Francesca ihren Mann an, aber als sie seine Unschuldsmiene sah, hielt sie ihm würdevoll ihre Wange zu einem Gute-Nacht-Kuss hin. »Und schlaf nicht schon wieder im Büro. Du weißt, das ist schlecht für deinen Rücken.«

Als Christian aus dem Lokal kam, stand Bernice schon am Wagen. »Ein schönes Exemplar«, sagte sie.

»Danke. Ich habe ihn aus London überführt. Eine Okkassion, wie man so sagt.« Er fuhr mit der Hand beinahe zärtlich über das dunkelgrüne Dach des alten Jaguar.

»Darf ich mal ...?«, fragte Bernice vorsichtig.

»Aber ja!« Christian gab ihr die Schlüssel, hielt ihr die Fahrertür auf und nahm dann auf dem Beifahrersitz Platz. Bernice ließ den Motor an und spielte ein wenig mit dem Gaspedal, ehe sie vom Hof fuhr.

»Und?«, fragte sie nach einer Weile. »Konntest du etwas herausbekommen?«

»Ich weiß noch nicht, was ich davon halten soll. Auf den Namen Sophie von Biel war kein Tisch reserviert, auf Leonies Namen natürlich auch nicht. Dennoch hätte sie dort gewesen sein können. Also habe ich mir die Garderobiere vorgenommen. Die wusste allerdings nichts von Sophie. Und ich bin sicher, sie hätte sich an sie erinnert. Denn nach zehn Minuten kennt eine solche Frau die Stammbäume, die Schlafgewohnheiten und die Kreditwürdigkeit der besseren Gesellschaft im Umkreis von mehreren hundert Kilometern. Die gute Frau sitzt nur da, wartet auf Nerzstolen und Regenschirme und schätzt anhand der Maniküre und der Ringe ihrer Kundschaft, ob sie ihr ein Trinkgeld geben wird und wie viel.«

»Sollte man sich als Quelle merken, was?«

»Ja, wirklich! Garderobieren sind Gold wert.«

»Und weiter?«

»Nichts weiter. Keine Reservierung. Keine Sophie. Sie war nicht angekündigt, und sie war auch nicht da.«

»Bist du sicher, dass dies das richtige Restaurant ist?« Ohne den Fuß vom Gas zu nehmen, bog Bernice ab und fuhr auf der Landstraße weiter.

»Ganz sicher«, sagte Christian. »Leonie hat mir von dem Koch erzählt, zu dem Sophie mit ihr wollte – ein junger Wilder. Du weißt schon, einer von denen, die das Kochen neu erfinden und die verrücktesten Dinge kombinieren.«

»Sauerkraut-Kiwi-Strudel?«

»Sauerkraut-*Mango*-Strudel.« Christian musste lachen. »Den hatte sich Leonie sogar gemerkt.«

»War sie denn schon mal dort?«

»Sie weiß das aus Sophies Erzählungen, nehme ich an.«

»Dann haben sie sich also vorher näher über dieses

Restaurant unterhalten«, stellte Bernice fest. »Vielleicht solltest du Leonie ein zweites Mal fragen, nun, da du es auch kennst. Könnte doch sein, dass dabei ein interessantes Detail auftaucht.«

»Ich weiß nicht«, meinte Christian und hielt sich intuitiv am Türgriff fest, als Bernice in einer Kurve beschleunigte und die zulässige Höchstgeschwindigkeit einmal mehr überschritt. Als Fahrer liebte er die Geschwindigkeit, als Beifahrer jedoch war er, wie er jetzt bemerkte, erheblich zimperlicher. »Leonie ist ja gar nicht ins *Le Paysan* gekommen, Sophie, wie wir jetzt wissen, auch nicht. Der entscheidende Punkt für unsere Nachforschungen muss woanders liegen ...«

»Aber wo?«, fragte Bernice und steuerte den Wagen durch das Waldstück, in dem Sophie verschwunden war.

Es war längst dunkel geworden, als Otto von Biel nach einem langen Arbeitstag die Galerie verließ. Er blickte aufmerksam nach draußen, ehe er die Glastür aufsperrte, auf die Straße trat und sie dann wieder sorgfältig hinter sich verschloss. Das Geschäft ging besser, als er angenommen hatte. BLÖK war ein Farbkleckser, aber er funktionierte.

Otto von Biel fühlte langsam den ungeheuren Druck, der auf ihm lastete. Die Entführungsgeschichte nahm ihn nun doch in Anspruch. Er hatte aber noch keine Lust, jetzt nach Hause zu gehen und sich mit seiner Frau auseinanderzusetzen. Biel sah auf die Uhr. Kurz nach zehn. Er nahm sein Handy und klickte das Adressbuch durch, bis er gefunden hatte, was er suchte. Es meldete sich eine hauchzarte, wenn auch leicht verrucht klingende Frauenstimme. »Hallo?«, sagte er. »Otto hier. Hast du Zeit? Ein Stündchen wird reichen. Also, bis gleich.« Er zog seinen Schlips aus dem Kragen, löste den obersten Knopf und stieg in seinen Wagen.

Christian war müde und wollte schnell nach Hause. Der Abend hatte viele vergessene und unausgesprochene Dinge wieder in Erinnerung gebracht. Es war ein schöner Abend gewesen, schöner, als er es zu hoffen gewagt hätte. Der Hauptgrund für den Besuch des *Paysan* war eigentlich der Entführungsfall Biel gewesen. Und doch hatte Bernices Gegenwart Christian verzaubert. Bei dem Gedanken musste er lächeln. Du benimmst dich wie ein Primaner, dachte er und summte leise eine Melodie mit, die aus dem Radio kam.

Bernice fuhr den Jaguar bis zu ihrer Wohnung und fragte Christian, ob er noch in der Lage sei, bis nach Wensin zu fahren. Die Frage hatte Christian zutiefst verunsichert. Hatte Bernice damit andeuten wollen, er könne bei ihr übernachten? Plötzlich fehlte ihm der Mut, diese faszinierende Frau einfach in den Arm zu nehmen und zu küssen, wie er es eigentlich vorgehabt hatte. Er wollte diesen schönen Abend nicht enden lassen, wollte ihre Nähe nicht verlieren. Und da saß er nun, mutlos wie ein Teenager. »Ich ... ich kann noch sehr gut fahren«, stotterte er, stieg aus dem Wagen und begleitete sie zu ihrer Haustür. Man verabschiedete sich mit einem Kuss auf die Wange und verabredete sich für den nächsten Tag auf ein Telefonat.

Als Christian durch die nächtliche Stadt fuhr, stieg der Wunsch in ihm auf, den Wagen zu wenden und zurück zur Wohnung von Bernice zu fahren. »Das ist doch idiotisch«, sagte Christian leise vor sich hin. »Und was willst du dann sagen? Bernice, lass mich rein, und zeig mir deine Briefmarkensammlung?« Er zog eine Grimasse und fuhr weiter auf der Straße, die zum Landsitz Landsburg führte. Es hatte zu regnen begonnen, und die Lichter seines Wagens spiegelten sich auf dem Asphalt. Irgendetwas war heute Abend geschehen. Christian spürte, dass zwischen ihm und Bernice ein unsichtbares Band entstanden war. Seit Marie-Luise verunglückt war, hatte Christian keine feste Beziehung mehr gehabt. Sicher, einige Flirts oder auch mehr, aber dabei war es immer geblieben. Christian hatte sich bis zu diesem Abend immer ein wenig wie auf der Flucht gefühlt. Auf der Flucht vor sich, seinen Gefühlen und einer Beziehung. Bei Bernice schien alles anders zu sein. Ihre Gegenwart berührte ihn in einer Art und Weise, wie er es schon seit Jahren nicht mehr empfunden hatte. Er nahm sich vor, Bernice von zu Hause anzurufen und ihr eine gute Nacht zu wünschen. Christian war so in Gedanken verloren, dass er fast die Abzweigung verpasste, die zum Gut führte.

Es brannte noch Licht in der Bibliothek. Sicher Papa, dachte Christian. Er wird wohl wieder auf der Flucht vor Mamas Schnarchen sein.

Leise stieg Christian die lange Treppe in den ersten Stock hinauf, in dem seine Räume lagen. Als er den

Gang entlangging, knarzte das jahrhundertealte Parkett unter seinen Füßen. Er begann in Schlangenlinien über den Korridor zu schleichen. Schon als kleiner Junge hatte er gelernt, wo die geräuschintensiven Stellen des Parketts lagen und wie man sie vermied. Ganz wie damals, dachte er und musste in Erinnerung vergangener Zeiten grinsen.

Als er an dem ehemaligen Schlafzimmer von Marie-Louise und ihm vorbeikam, hielt er inne. Er zögerte einige Sekunden, dann holte er seinen Schlüsselbund aus der Tasche, öffnete die Tür und ging hinein. Das Zimmer war unverändert geblieben, so, als würden er und Marie-Louise immer noch dort leben. Christian wusste, dass das der falsche Weg war, den Verlust seiner über alles geliebten Frau zu verarbeiten, aber es war eben sein Weg.

Er schaltete das Licht ein. Wie viele Stunden hatte er seit ihrem Tod in diesem Raum verbracht? Er wusste es nicht, und es spielte auch keine Rolle. Die Zeit mit Marie-Louise war ein wesentlicher Bestandteil seiner Vergangenheit, und er wollte sie für immer bewahren, so skurril es auch auf andere Menschen wirken mochte. In diesem Raum lebte seine Frau noch, zumindest für Christian. Hier würde sie immer leben. Zwischen diesen Wänden schien die Zeit stehengeblieben zu sein.

Christian setzte sich auf das Bett. War heute etwas anders geworden? Durch die Fenster konnte man in den Park sehen. Die großen, alten Eichen wurden von Scheinwerfern angestrahlt. Zu hören war nur der Regen, der gegen die Scheiben prasselte.

Auf dem kleinen Barocksekretär standen silberne

Rahmen, auf denen Bilder von Marie-Louise und Christian aus vergangenen Tagen zu sehen waren. Liebevoll betrachtete Christian eine alte Spieluhr, die auf einem Tisch unter dem Fenster stand. Er konnte sich noch gut erinnern, Marie-Louise hatte sie ihm geschenkt, als sie ihm strahlend verkündete, dass sie schwanger war. Fast dreiundzwanzig Jahre war das nun her. Vorsichtig drückte Christian einen kleinen Knopf an der Uhr, und eine Melodie ertönte. Er betrachtete die Gravur an der Unterseite: *London 17. Mai 1981. Die glücklichsten Tage meines Lebens. In Liebe für immer, deine M.-L.*

Christian war tief in Gedanken versunken, als es leise an der Tür klopfte. Er wollte nicht gestört werden. Unwirsch rief er: »Ja, was ist denn?« Die Tür wurde langsam geöffnet, und Leonie kam herein. Offensichtlich fühlte sie sich nicht wohl. Sie kannte ihren Vater, wusste, wie viele Stunden er hier verbrachte und dass er dabei nicht gestört werden wollte.

»Paps, soll ich wieder gehen?« Christian antwortete nicht und sah wieder zum Fenster hinaus. Langsam ging Leonie zu ihrem Vater und legte zärtlich ihren Arm um ihn, ohne ein weiteres Wort zu sagen. Schweigend verharrten Vater und Tochter einige Zeit nebeneinander und blickten in den Park.

»Papa, ist es nicht an der Zeit, mit der Vergangenheit abzuschließen? Mutter hätte sicher nicht gewollt, dass du so leidest. Sie hätte sich sicher gewünscht, dass du dein Leben neu beginnst ...«

»Leichter gesagt als getan.« Mit dem Zeigefinger strich Christian seiner Tochter eine blonde Strähne aus dem Gesicht, die ihr in die Stirn gefallen war. Er sah sie ernst an. »Du bist deiner Mutter so ähnlich – es ist unglaublich.«

Leonie blickte auf die Spieluhr, die ihr Vater in den Händen hielt. Die Melodie wurde immer langsamer, schließlich verstummte sie. »Deine Mutter schenkte sie mir, als sie erfuhr, dass sie mit dir schwanger war.« Christian zögerte einige Sekunden und hielt dann Leonie die Spieluhr hin. »Seit dem Tod deiner Mutter war diese Uhr gleichsam ein Bindeglied zwischen uns ... Aber das ist natürlich Unsinn. Deine Mutter ist tot, und die wahre Verbindung zu ihr bist du. Ich möchte, dass du sie behältst.« Danach nahm er seine Tochter an der Hand und ging mit ihr zur Tür. Als die beiden den Raum verließen, sah Christian sich noch einmal um. Ein wenig war ihm, als würde er Abschied nehmen. Sanft schloss er die Tür.

»Paps, Großvater kann anscheinend wieder nicht schlafen. Wollen wir noch zu ihm gehen und etwas trinken? Ich seh dich eh so selten.«

»Das liegt wohl eher an deinem übervollen Terminkalender! Aber lass uns nach dem alten Herrn sehen. Nicht, dass er vor dem Fernseher eingenickt ist.«

Er würde Bernice morgen anrufen und sie nach Landsburg einladen. Hier war der rechte Ort, um seiner Zukunft eine mögliche neue Chance zu geben.

6

Seit geraumer Zeit hatte Christian aus dem Fenster gestarrt, eine Akte in Händen, ohne sie aber näher zu beachten.

»Christian?« Ferdinand von Landsburg kannte seinen Sohn – etwas machte ihm zu schaffen.

»Hm?«

»Alles in Ordnung?«

»Gewiss, Papa, gewiss.«

Der alte Herr klappte seinen Schriftsatz zusammen und ging zum Barschrank, dem er zwei kleine, hochstielige Gläser sowie eine Flasche alten Sherrys entnahm. Er schenkte sich selbst ein volles Glas ein, seinem Sohn deutlich weniger, und schlenderte wie beiläufig zu ihm hinüber. »Hier, für dich.«

»Danke, Papa.« Immer noch in Gedanken versunken, nahm Christian den Sherry und nippte daran.

»Was ist los, Christian?« Graf Ferdinand legte ihm die Hand auf die Schulter und folgte seinem Blick nach draußen, wo sich ein Schwarm Krähen auf den Bäumen eingefunden hatte. »Geht es um die Adoptionsgeschichte? Platzt der Fall?«

»Aber nein. Das haben wir alles im Griff, sei unbesorgt. Nein, nein, es ist diese ominöse Entführungsgeschichte.«

»Die Freundin von Leonie!«

»Ja. Ich werde aus dem Fall nicht schlau.«

»Was wissen wir denn bislang?«

Christian seufzte, stürzte den Sherry hinunter und legte den Kopf in den Nacken. »Eigentlich nichts. Wir wissen nicht einmal, ob es wirklich eine Entführung ist.«

»Ich denke, es gab einen Anruf der Entführer?«

»Sagt Biel.«

»Dann sollten wir es doch wohl glauben dürfen.«

»Du hast Recht, Papa. Ich zweifle auch nicht daran, dass es einen Anruf gab, einen Erpressungsversuch ...«

Ferdinand nickte. »Ich verstehe. Du denkst, das Mädchen könnte tatsächlich einem Mörder in die Hände gefallen sein, und jetzt schiebt er eine Erpressung hinterher?«

»Das können wir kaum ausschließen. Eine junge Frau wird bei strömendem Regen von Unbekannten verschleppt, von einem oder mehreren Tätern, keiner weiß es genau. Vielleicht findet die Polizei ihre Leiche demnächst im Wald vergraben. Außerdem könnte mit dem Anruf natürlich auch irgendein Trittbrettfahrer sein Glück versuchen wollen ...«

»Das ist denkbar. Aber solange wir das nicht genau wissen, sollten wir doch eher davon ausgehen, dass sie lebt und dass man sie retten kann.«

»Aber wovor? Vor einer Entführung? Vielleicht ist sie auch bloß ausgerissen.«

»Hätte sie dann Leonie allein auf der Straße zurückgelassen?«

»Wohl nicht.«

»Ich würde sogar sagen, sie hätte sie in einem solchen Fall sogar eher noch ins Vertrauen gezogen!« Graf Ferdinand schlurfte wieder zum Barschränkchen und goss sich nach. »Du auch?« Christian schüttelte den Kopf.

»Was wir wissen, ist, dass der Vater sich zunächst nicht die Mühe machen wollte, sich für Sophies Verschwinden zu interessieren. Das ist doch nicht normal«, konstatierte Christian. Draußen fuhr ein Traktor vorbei, und einige der Krähen, vom Lärm aufgeschreckt, suchten sich einen anderen Baum. »Jeder normale Vater würde sich eher früher als später Sorgen machen.«

»Wer sagt, dass von Biel normal ist?«

»Gut. Aber wenn er sich nicht einmal für die mögliche Lebensgefahr interessiert, in der sich seine Tochter befinden könnte, dann ist das schon sehr eigentümlich.«

»Und weiter?«

»Die Mädchen wollten zu einem Restaurant, bei dem sie aber nicht reserviert hatten. Leonie dagegen behauptet, Sophie hätte ausdrücklich gesagt, dass sie eben doch reserviert hätte. Im *Le Paysan* ist das auch gar nicht anders möglich.«

»Vielleicht wusste diese Sophie das nicht, oder es gab ein Missverständnis.«

»Das wissen wir auch nicht. Auf jeden Fall war sie schon einmal dort.«

»Sagt wer?«

»Sagt Leonie. Und die weiß es von Sophie.«

»Gut.« Ferdinand von Landsburg setzte sich wieder und legte in seinem Computer eine Liste an. »Ich schreibe das alles mal auf. Wir ergänzen es später um die Fakten, die noch auftauchen werden, und streichen, was nichts zur Sache tut. Wir wissen Ort und Zeit und Tag. Wir wissen Ungenaues zum Tathergang, aber immerhin wissen wir etwas. Wir kennen die Reaktion des Vaters und der Polizei ...«

»Erinnere mich nicht daran, Papa.«

»Und wir wissen, dass Sophie ein Ziel hatte, das sie nicht erreichte.«

Eine Weile blickte der Graf auf seine Liste, und Christian konnte das Licht des Bildschirms sich in seinen Augen spiegeln sehen. »Christian?«

»Ja?«

»Was wir wissen, ist so gut wie nichts.«

Zweimal war Sven an der Einfahrt vorbeigefahren, weil er ein an die Straße reichendes Haus erwartet hatte. Erst beim dritten Anlauf probierte er die schmale Zufahrt aus, die ihn nach Gut Landsburg brachte. Es war ein ziemlich heißer Tag in diesem Spätsommer, und die Allee mit den hohen, alten Bäumen brachte eine angenehme Abkühlung. Eine Klimaanlage wäre ein hübscher Luxus gewesen. Aber daran war bei Svens derzeitiger Finanzlage beim besten Willen nicht zu denken.

Nach etwa zweihundert Metern hörten die Bäume auf, und auf der linken Seite wurde ein schönes, schlossähnliches Gebäude sichtbar, während sich nicht weit davon entfernt auf der rechten Seite ein kleiner See erstreckte. Sven pfiff durch die Zähne. Offensichtlich hatte er sich verfahren und war, statt bei Leonie, auf irgendeinem herrschaftlichen Landsitz angekommen, wie es davon um Hamburg herum einige gab. Er würde auf dem gekiesten Platz vor dem Haus wenden und sich bei den Herrschaften nach dem Weg zu den Landsburgs erkundigen. Er griff an die Tasche seines Hemds, in der er den Zettel mit der Adresse aufbewahrte. Ja, er war noch da.

Ein Pferd wurde gerade über den Vorplatz geführt. Sven würde die Frau in dem Reitoutfit fragen, die zumindest von hinten gar nicht übel aussah! Er fuhr langsam mit seinem alten Peugeot heran, um das Pferd nicht zu erschrecken. »Entschuldigung!«, rief er durch das geöffnete Wagenfenster und beugte sich ein klein wenig hinaus.

Die junge Frau drehte sich um. »Sven!«

»Leonie?« Sven trat ruckartig auf die Bremse, sodass der Hengst doch ein wenig erschrak und nervös zur Seite tänzelte.

»Ruuuhig«, sagte Leonie und zog ihn zu sich heran, um ihm auf den Hals zu klopfen.

»Mensch, Leonie! Ich hätte dich fast nicht erkannt! Du im Reitanzug – sieht übrigens klasse aus!«

»Ach!«, sagte Leonie und blickte ihn spöttisch von der Seite an. »Deshalb hättest du mich auch fast nicht erkannt, was?«

»Nein, nein. Das war nur wegen ...«

»Ich habe übrigens auch ein Pferd für dich.«

Sven hatte inzwischen angehalten und war aus seinem Wagen ausgestiegen.

»Wie?«

»Du reitest doch?«

»Na ja, normalerweise reite ich bloß meinen Peugeot.« Sven klopfte dem alten Gefährt liebevoll aufs Dach.

»Wenn du mit dem Ding klarkommst, dann wirst du's beim Pferd auch schaffen.« Leonie lachte vergnügt und machte sich wieder auf den Weg zum Stall. »Pass mal auf den hier auf!«, rief sie noch über die Schulter. »Kannst dich ja schon mal mit ihm anfreunden. Ich werd mir ein anderes Pferd satteln.«

Leonie hatte »ihm« gesagt. Sprich: Das war ein Hengst. Vorsichtig äugte Sven dem Gaul zwischen die Beine. Ja, ein bisschen was war da dran. Er tätschelte mit schlapper Hand den Hals des Tieres, wobei er darauf achtete, nicht zu nah an dessen Hufen zu stehen. Er stellte es sich ziemlich ungemütlich vor, wenn sein Fuß plötzlich darunterstünde.

»Na, junger Mann? Kann ich Ihnen irgendwie weiterhelfen?« Ohne dass Sven es gemerkt hätte, war ein älterer Herr neben ihn getreten und blickte nun, die Hände hinter dem Rücken gefaltet, in dieselbe Richtung wie Sven, nämlich zu dem beeindruckenden gelben Haus mit den grünen Fensterläden und den hohen Sprossenfenstern, das sicher über zweihundert Jahre auf dem Buckel hatte. Das Dach war mit unterschiedlichen Kaminen bestückt, das Anwesen selbst erstreckte sich hufeisenförmig nach hinten, das hieß, es würde sich auf der anderen Seite des Gebäudes eine Art Hof befinden. Klein-Versailles, dachte Sven, der in den letzten Semesterferien in Paris gewesen war.

»Ich warte hier auf Leonie«, sagte Sven. »Ein Mädchen aus der Nachbarschaft.«

»Ah«, erwiderte der alte Herr nur. Sven musterte ihn verstohlen und fragte sich, ob das Haus älter war oder das Jackett, das der Mann trug. »Arbeiten Sie hier?«, fragte er.

»Ich? O ja, ja.« Der ältere Herr klopfte dem Pferd nun auch auf den Hals. Instinktiv drängte sich Sven ein wenig dazwischen. Schließlich hatte Leonie ihm das Tier anvertraut. Und man konnte ja nie wissen.

»Und kennen Sie Leonie?«

»Sicher. Natürlich.« Der alte Herr zuckte mit dem schlohweißen Schnurrbart und blickte Sven aus schlau blitzenden Augen an. »Sie schaut gelegentlich hier vorbei. Ein nettes Mädchen. Und Sie sind noch mal ...?«

»Sven. Einfach Sven. Ein guter Freund von Leonie.«

»Ah ja. Ein guter Freund.« Sven schien es, als dehnte der ältere Herr das Wort »guter« mehr als nötig. »Und Sie?«, fragte er.

»Ich arbeite hier manchmal im Garten und erledige auch sonst so dies und das«, sagte der alte Mann knapp. »Ich bin im Haus sozusagen das Faktotum.«

Eine Weile blieben die beiden nebeneinander stehen und schwiegen. »Sagen Sie«, fing Sven wieder an, »wären Sie bereit, mir gegen ein kleines Trinkgeld eine diskrete Auskunft zu geben?«

»Kommt drauf an ...« Der alte Mann ließ offen, ob er damit meinte, dass es auf die Höhe des Trinkgelds oder auf die Art der Auskunft ankäme. Vermutlich auf beides, dachte Sven und blickte hinüber zu den Stallungen. Doch Leonie war noch nicht zu sehen. »Leonie, das Mädchen«, sagte er dann, »hat sie einen Freund?«

Sein Gegenüber hob die Augenbrauen und musterte ihn ein wenig zu frech, wie Sven fand, der schon bereute, dass er die Frage gestellt hatte. »Sie meinen einen festen Freund? So von der Sorte: was Ernsteres?«

»Daran dachte ich.«

»Hm.« Der Mann schob bedächtig die Unterlippe vor. »Nicht, dass ich wüsste.« Er schüttelte langsam den Kopf. »Nein. Mir ist nichts bekannt.«

»Okay«, sagte Sven und beeilte sich, sein Portemonnaie aus der Hosentasche zu angeln, ehe Leonie wieder da war. »Danke, Herr ... Herr ...« Er nahm zwei Euro aus der Geldbörse und drückte sie dem alten Herrn in die Hand.

Ohne zu zögern, ließ dieser die Münze in der Hosentasche verschwinden. »Sagen Sie einfach Ferdinand.«

In diesem Augenblick kam Leonie mit einem weiteren Pferd über den Platz. »Hallo, Großpapa!«, rief sie und drückte ihm einen Kuss auf die Wange, als sie bei ihnen war. »Habt ihr euch schon bekanntgemacht?«

»Das haben wir, Leonie«, sagte Ferdinand und schaute amüsiert von einem zum anderen. »Aber jetzt überlasse ich dich deinem guten Freund.« Wieder dehnte er das Wort »guter« und zwinkerte Sven zu. »Ich habe noch einiges zu tun.« Der alte Herr schlenderte nun hinüber zum Haus, während Leonie Sven ein Zeichen zum Aufsitzen gab. Sie zog noch einmal den Riemen ihres Sattels fest, an dem sie einen Picknickkoffer befestigt hatte.

»Das ist natürlich klasse«, sagte Sven und schwang sich mühsam in den Sattel. »Tja, Beziehungen muss man haben. Wegen der Pferde, meine ich.«

»Wieso?«

»Na, dass du hier reiten kannst, das hängt doch wohl damit zusammen, dass dein Opa hier Gärtner ist. Das ›Faktotum‹, wie er sagt.«

Einen Moment brauchte Leonie, ehe sie fröhlich antwortete: »Klar. Das bringt schon was.«

Sie waren schon ein Stück am See entlanggeritten, als Sven plötzlich einfiel: »Hör mal, macht es nichts, dass ich mein Auto so vor dem Gut abgestellt habe?«

»Ach nein, lass nur. Das geht in Ordnung.«

»Aber die Eigentümer könnten sich gestört fühlen. Man weiß doch, wie solche Leute sind.«

Leonie lachte, trieb ihr Pferd an und rief ihm zu: »Beziehungen! Du weißt schon!«

»Inzwischen wird er die CD-Rom haben«, sagte Andy. »Es wird Zeit, dass wir ihm sagen, was er zu tun hat. Immerhin ist es schon Donnerstag.« Er schwang sich von dem Sofa auf.

»Gehst *du*?« Zlatko war irritiert.

»Wir gehen beide. Alleine kann ich dich nicht mehr losschicken. Aber sprechen musst du mit Biel.«

»Wieso?«, wollte Zlatko wissen und schnippte etwas in Richtung Küche, was er sich aus der Nase geholt hatte. »Du weißt doch sowieso alles besser. Und aufs Maul gefallen bist du ja wohl nicht.«

»Zlat, mach einfach, was ich dir sage. Es lohnt sich. Klar? Vor allem: Mach nichts, was ich dir nicht sage! Kapiert?«

Zlatko nickte und raffte sich auf. »Alles ist besser, als hier blöde rumzusitzen.«

»Da hast du verdammt Recht, Zlatko«, sagte Sophie, die sich, einen Fuß auf der Tischkante, mit unendlicher Geduld und Präzision die Zehennägel lackierte.

Wenig später waren die beiden Männer verschwunden. Sophie war in der Wohnung zurückgeblieben und ging mit aufgestellten Zehen langsam auf und ab, wie ein Tiger im *Käfig. Alles ist besser, als hier blöde rumzusitzen.* Die Worte gingen ihr im Kopf um. Fast fünf Tage saß sie nun schon in dieser Wohnung fest. Gut, Andy war zwar die meiste Zeit bei ihr gewesen, war nur mal kurz zum Zigarettenholen runtergegangen. Oder wie eben mit Zlatko, um von irgendeiner Telefonzelle ihren Vater anzurufen. Aber sie war die Einzige, die hier total angebunden war. »Scheiß Entführung!«, fluchte sie und trat gegen die Fernbedienung, die seit Andys gestrigem Ausbruch kaputt in der Ecke lag.

Sophie wusste nicht einmal, zu welcher Telefonzelle sie eigentlich wollten. Waren die beiden nur um die Ecke gegangen oder auf die Reeperbahn oder nach Blankenese oder nach Norderstedt gefahren? Andy hielt sie kurz mit Informationen. Er sagte auch Zlatko fast nichts. Dabei hatten sie alles gemeinsam geplant. Und diese Scheiß-Entführung war schließlich ihr gemeinsames Ding. Außerdem war es genau genommen ihr Geld, das sie sich teilen würden: eineinhalb Millionen. Jeder ein Drittel. Als einziges Kind der Biels hätte sie es sowieso irgendwann einmal geerbt. Allein dafür hätte Andy wirklich mehr Anerkennung zeigen können. Sie hätte ihn in diesem Augenblick auf den Mond schießen können – wäre er nicht der coolste und cleverste Typ, den sie je kennen gelernt hatte. Bisher war sie immer nur von Schickimicki-Typen umlagert gewesen. Und alle, die sich bislang in sie verliebt hatten, waren ihr unterlegen gewesen. Endlich mal einer, der nicht wie ein dressiertes Hundchen alles tat, was sie wollte. Andy war ein richtiger Mann, sie liebte ihn für seine animalische und rohe Art. Er hatte einen geilen Körper. Sophie genoss es, seine nackte Brust zu sehen, seine Muskeln, seine gebräunte Haut.

Sie stand am Fenster und blickte zum Hafen hinunter, wo sich zwei Ozeanriesen auf die Reise machten. Vielleicht fuhren sie nach Südamerika, vielleicht nach Brasilien. Vielleicht würde sie selbst in ein paar Tagen auf einem solchen Dampfer unterwegs sein? Doch nein, Andy hatte Flugtickets gebucht. Von Amsterdam sollte es nach Rio gehen. Am Samstag. Nur noch zwei Tage.

Sophie stellte sich vor, wie gut er in Brasilien aussehen würde, in Shorts am Strand, in einem weißen Anzug ohne Hemd in einer Bar. Ob sie ihn anrufen sollte, wie's stand? Ob sie ihren Job schon erledigt hatten? Aber nein, sein Handy lag ja noch auf dem Couchtisch. Er hatte es vergessen.

Sie würde ihm auf seinem eigenen Mobiltelefon eine SMS schreiben, ein hübsches Foto anhängen und es ihm schicken. Das würde ihm gefallen. Zum Glück hatte er es angelassen, Sophie hätte seine PIN-Nummer nicht gekannt.

Sie zog nun die Bluse aus, nahm den BH ab und stellte sich vor das Fenster, um wenigstens einen der Dampfer, der noch relativ nah war, mit aufs Bild zu bringen. Dann klappte sie das Fotodisplay auf und knipste sich im Gegenlicht. Sah gut aus, fand sie. Man konnte nicht alles erkennen, aber genug. »So, mein Lieber. Als kleiner Vorgeschmack auf Brasilien. Und was schreibe ich dir jetzt Hübsches dazu?«, überlegte sie und ging im Menü auf SMS-Nachrichten. »Rio lässt grüßen« gab sie ein und hängte das Foto an. In einer Minute würde sie auf Andys Mailbox checken, ob es geklappt hatte.

Christian von Landsburg sah auf die Uhr. Kurz nach zwölf. Bernice war noch nicht da. Nur einige geschäftsmäßige Herren saßen in der Lobby des Hotels *Vier Jahreszeiten* und unterhielten sich oder lasen Zeitung.

In einem Schaufenster des Eingangsbereichs sah er den Schal, den Leonie vermutlich als Geburtstagsgeschenk für ihre Großmutter ins Auge gefasst hatte. Er musste zugeben, dass sie genau ihren Geschmack treffen würde – etwas, das ihm selbst nur selten gelang.

Draußen regnete es wieder, und Christian bedauerte, dass er keinen Regenschirm bei sich hatte. Ob er einen kaufen sollte? Andererseits: Er hatte den Wagen in die Tiefgarage des Hotels gestellt. Mit etwas Glück würde er einigermaßen trockenen Fußes seine weiteren Termine wahrnehmen können.

Endlich kam Bernice durch die Drehtür. Sie fuhr sich mit der Hand durch das nasse Haar. Auch sie hatte versäumt, sich gegen den Regen zu wappnen. »Christian! Entschuldige, dass ich spät dran bin.«

»Kein Problem, ich bin auch gerade erst gekommen.« Christian half ihr aus dem durchnässten Mantel. »Wollen wir uns in die Halle setzen und einen Kaffee bestellen?«

»Gerne.«

Sie suchten sich einen ruhigen Tisch am knisternden Kamin. »Erzähl!«, forderte Bernice Christian auf, als sie sich gesetzt hatten.

»Nun, meine Erkenntnisse sind sehr mager. Irgendwie kommen wir bei diesem Fall nicht recht voran. Dass von Biel eine CD mit einem grausigen Foto von Sophie zugeschickt bekommen hat, weißt du ja.«

Bernice nickte. »Das hat mir ihre Mutter erzählt.«

»Sophies Vater müssen sie ziemlich geschockt haben. Jedenfalls wartet er jetzt geradezu darauf, sein Geld loszuwerden, um die Tochter freizubekommen. Bernheimer sagte mir, es können jetzt für Biel gar nicht genug Polizisten mit der Sache befasst sein.«

»Gibt es denn schon eine Forderung?«

Christian nickte, schwieg aber einen Augenblick, weil die herbeigetretene Bedienung fragte: »Darf ich den Herrschaften etwas bringen?«

»Einen Darjeeling«, sagte Bernice und fügte hinzu: »Ohne irgendetwas.«

»Für mich ein Kännchen Kaffee, bitte.«

»Gerne«, sagte die Bedienung und verschwand über den weichen Teppich.

»Zwei Millionen«, raunte Christian leise. Bernice ließ sich nicht anmerken, ob sie das für viel oder für wenig hielt. »Und?«, fragte sie nur. »Wird er die aufbringen können?«

»Er nicht, aber vermutlich seine Frau.«

»Ach.«

»Sie besitzt das Vermögen. Biel selbst hat mehr als einen Offenbarungseid hinter sich und steht finanziell außerordentlich klamm da.«

»Also gehört das Haus, die Galerie und all das seiner Frau?«

»Ja, sie ist diejenige, die das Geld in die Familie eingebracht hat.«

»Verstehe.« Bernice erinnerte sich: »Ich habe Fotos von ihrer Familie gesehen. Sie stammt offensichtlich aus begütertem Hause. Weißt du etwas über ihn?«

»Über seine Herkunft eigentlich nichts«, sagte Christian. »Was erstaunlich ist, wenn man bedenkt, wie sehr der Adel aneinander klebt.«

Eine Weile nippten sie schweigend in der Halle des *Vier Jahreszeiten* an ihren Tassen und ließen den Blick über die dicken Teppiche schweifen. Sie lauschten den leisen Gesprächen, die ringsum geführt wurden. Es war nichts zu verstehen, aber der Klang einer Hotellobby hatte immer etwas Zauberhaftes. Ja, diese Geräusche, sie waren fern und doch zugleich auch vertraut. Im Hintergrund war Klavierspiel zu hören, das von einem Band kommen musste, denn der Flügel, der in ihrer Sichtweite stand, war nicht besetzt.

Bernice Alper wusste, dass Christian nun erwartete, dass auch sie ihm das Neueste berichten würde. »Christian«, sagte sie nach einer Weile. »Ich habe ein Problem. Du musst mir einen Rat geben. Ich befinde mich in einer Art Interessenskonflikt, ja, Gewissenskonflikt.«

Ein Lächeln huschte über Christians Gesicht, doch er sagte nichts.

»Vielleicht tut das ja alles nichts zur Sache. Aber wir wissen beide, dass in Ermittlungen oft die nebensächlichsten Details größte Bedeutung erlangen können. Seit mich Margareta von Biel ständig konsultiert, erfahre ich allerlei ...«

»Und nun ringst du mit dir, ob du deine Schweigepflicht verletzen sollst oder nicht«, beendete Christian den Gedankengang. »Ein Problem, das ich aus meiner anwaltlichen Praxis nur zu gut kenne. Da habe ich einen Ganoven, der richtig was auf dem Kerbholz hat und eigentlich jede Strafe verdient hätte. Und wenn ich auspacken würde, was er mir alles erzählt hat, könnte die Justiz einen ganzen Ring hochgehen lassen. Aber der Kerl hat mich bei der Schweigepflicht gepackt. Und so bekommt er eine Bewährungsstrafe, und von den Hintermännern erfährt keiner was.«

»Na ja, ich weiß nicht, ob man den Vergleich so ziehen kann«, erwiderte Bernice. »Ich weiß etwas und darf es nicht sagen, weil ich sonst meine Schweigepflicht verletze. Sage ich es aber nicht, könnte Sophie noch Schlimmeres zustoßen.«

Christian hob in einer hilflosen Geste die Hände. »Da wirst du wohl um eine Güterabwägung nicht herumkommen. Die Frage ist, welcher Schaden der größere ist – der, dass du deine Pflicht verletzt hast, oder der, dass du Hilfe nicht geleistet hast, wo du sie hättest erbringen können.«

»Wenn Sie Ihre Tochter lebend wiedersehen wollen, gehen Sie nicht mehr ohne Ihr Handy aus dem Haus. Schlafen Sie damit, nehmen Sie es mit aufs Klo«, sagte Zlatko mit monotoner Stimme. »Und dann beschaffen Sie bis morgen Nachmittag vierzehn Uhr die geforderte Summe in Hundertern. Keine Tricks. Das Geld kommt in einen Koffer. Wir sagen Ihnen, wohin Sie es bringen sollen.«

Andy drückte auf die Gabel, und die Leitung wurde unterbrochen. »Gut«, sagte er nur. »Jetzt nichts wie weg.« Beide Männer streiften ihre Latexhandschuhe ab, steckten sie ein und verließen die Telefonzelle.

Als Christian von Landsburg vor Biels Haus vorfuhr, konnte er die Polizeiwagen schon von weitem sehen, Zivilfahrzeuge, um nicht die Aufmerksamkeit der anderen Anwohner zu wecken, und vor allem, um die Täter, falls sie die Villa beobachteten, in falscher Sicherheit zu wiegen. Aber wie man Zivilbeamte oft genug an den Schuhen erkannte, so erkannte man zivile Polizeifahrzeuge an ihrem Wagentyp. Christian lächelte, während er hinter einem Opel-Kombi parkte.

Im Haus wimmelte es von Menschen. Polizeitechniker verlegten Kabel, in einem Nebenraum von Biels Büro wurde ein provisorisches Einsatzzentrum eingerichtet, und Christian fragte sich, weshalb das eigentlich erst jetzt geschah? Man hätte doch schon zuvor mit Erpresseranrufen rechnen müssen.

»Graf Landsburg!« Otto von Biels Begrüßung war überschwänglich. »Wie gut, dass Sie hier sind! Die Polizei wird ab jetzt von hier aus agieren, und das wird unsere Reaktionszeit bei einem eventuellen Anruf der Erpresser erheblich verkürzen. Jetzt entschuldigen Sie mich bitte – ich muss mich um meine Frau kümmern, es geht ihr nicht gut.« Mit diesen Worten verließ von Biel den Raum und ließ Christian mit den Beamten allein.

Polizeioberkommissar Bernheimer richtete sich hinter einem Bildschirm auf, warf Christian einen skeptischen Blick zu und runzelte die Stirn.

»Herr Bernheimer, guten Tag!«, sagte Christian mit jovialer Miene. »Ihre Ermittlungsarbeiten greifen? Wenn das keine gute Nachricht ist!« Immer noch arbeitete er daran, Bernheimers Zurückhaltung aufzuweichen und mit ihm zu einem intensiveren Austausch zu kommen.

»Ja«, erwiderte Bernheimer gedehnt und vergrub das fleischige Kinn im Hemdkragen, als müsse er sich vor dem Kontakt mit dem smarten Anwalt schützen.

»Immerhin haben wir herausgefunden«, fuhr Bernheimer schließlich fort, »von wem die Fingerabdrücke auf dem Umschlag sind, in dem die CD-Rom mit dem Foto war.«

»Das ist ja interessant! Hat die Post etwa mitgespielt, und Sie konnten von den Briefträgern und Logistikmitarbeitern Abdrücke nehmen?«

»In der Tat«, sagte Bernheimer und erhob seinen mächtigen Leib von einem viel zu kleinen Louis-XVI.-Sessel, den man offensichtlich aus irgendeinem anderen Raum der Villa herbeigeschafft und nun als Bürostuhl zweckentfremdet hatte. »Die Post hat uns unterstützt, und die betroffenen Mitarbeiter waren bereit, ihre Fingerabdrücke abnehmen zu lassen, sodass wir deren Spuren ausschließen und uns auf etwaige sonstige Fingerabdrücke konzentrieren konnten. Nun wissen Sie ja, dass wir leider nur in sehr geringem Umfang personenbezogene Daten aufnehmen dürfen. Es ging also zunächst ausschließlich um die Frage, ob sich einer der Fingerabdrücke auf dem Umschlag mit einem Abdruck in unseren Datenbanken deckt.«

»Und das war offensichtlich der Fall!«, unterbrach ihn Christian von Landsburg.

»Ja, wir konnten den Fingerabdruck einer vierundzwanzigjährigen Prostituierten herausfiltern«, bestätigte Bernheimer.

»Vermutlich wegen Drogenmissbrauchs vorbestraft?«

»Sie sagen es, Herr Rechtsanwalt. Wie so viele Nutten. Verurteilt zu sechs Monaten auf Bewährung, mit Meldeauflage. Ist noch gar nicht allzu lange her, die Bewährungsfrist ist gerade erst abgelaufen.«

»Denken Sie, dass diese Frau den Umschlag beschriftet hat?«, fragte Christian.

»Nein«, erwiderte Bernheimer. »Wir vermuten, dass die Entführer Sophie von Biel gezwungen haben, die Adresse selbst zu schreiben. Unsere Graphologen sind sich da zu neunzig Prozent sicher.«

»Haben Sie die besagte Prostituierte schon verhört?«

»Leider nein.«

Christian setzte sich auf eine Ecke des Schreibtischs, was Bernheimer sichtlich irritierte. »Das heißt?«

»Das heißt ...« Bernheimer machte aus den Papieren vor sich einen sauberen Stapel und fuhr sich dabei unwillkürlich mit der Hand über die Lippen. »Das heißt, dass wir zwar wissen, wer sie ist und wo sie wohnt, dass sie aber derzeit nicht aufzufinden ist.«

»Sonst noch irgendwelche nicht identifizierten Fingerabdrücke?«

»Keine«, antwortete Bernheimer knapp. »Profis.«

Christian versuchte es mit einer Schmeichelei: »Also, dann muss ich Ihnen wirklich gratulieren, Herr Polizeioberkommissar. Es sieht ja fast so aus, als hätten Sie schon nach vier Tagen eine heiße Spur. Kompliment!«

Bernheimer nickte nur und berichtigte: »Nach fünf Tagen.«

»Sie vergessen, dass der erste Tag ja durch mein Versäumnis verlorengegangen ist, Sie unverzüglich zu unterrichten.«

Bernheimer seufzte tief. »Also, wenn wir ganz ehrlich sind, dann müssen wir wohl zugeben, dass die Sache von uns allen anfänglich nicht ganz ernst genommen wurde. Selbst wir haben uns ja erst mit Verzögerung darum gekümmert.«

»Ich schätze«, sagte Christian, »es wird uns keinen Schritt weiterbringen, wenn wir jetzt unisono unsere Schuld bekennen. Fakt ist, die Polizei hat einen Erfolg nachzuweisen. Und darüber können wir froh sein, daran können wir anknüpfen.« Nach einer Pause fügte er hinzu: »Und um wen handelt es sich bei der Verdachtigen?«

Bernheimer zuckte merklich zusammen, als ihm aufging, dass er mit der Information nicht hinter dem Berg halten konnte. Einmal mehr fuhr er sich mit der Hand über die Lippen, ehe er sagte: »Maria Watznik, nennt sich Swetlana. Sie lebt und arbeitet auf Sankt Pauli.«

»Was sagt denn Herr von Biel zu Ihren neuen Erkenntnissen? Immerhin könnte diese Frau in irgendeiner direkten Verbindung zu den Tätern stehen …«

»… wir wissen noch nicht, ob es eine solche gibt«, unterbrach ihn Bernheimer. Es war mehr als offensichtlich, dass der Kommissar nicht die geringste Lust hatte, Christian zu viele Informationen zu überlassen. »Und aus diesem Grund wissen Herr und Frau von Biel noch nichts davon. Ich wollte ihnen keine falschen Hoffnungen machen.«

»Christian!«, sagte plötzlich eine weibliche Stimme.

»Bernice! Wie schön, dich zu sehen.« Die Psychologin war die Treppe vom ersten Stock heruntergekommen und auf der letzten Stufe stehengeblieben. Sie trug einen dunkelgrauen Hosenanzug und eine apricotfarbene Bluse, die einen wunderbaren Kontrast zu ihrem dunklen Haar bildete. Auf Schmuck hatte sie verzichtet.

»Wie kommst du denn hierher?«, fragte Bernice.

»Ermittlungen«, rutschte es Christian heraus. Doch Bernheimers finsterer Blick hellte sich sogleich wieder auf, als er hinzufügte: »Die Polizei hat erste Erfolge zu verzeichnen.«

»Gott sei Dank. Dann haben wir wohl alle Anlass zur Hoffnung, dass sich diese schlimme Sache zum Guten wendet …«

Bernheimer machte eine unwirsche Handbewegung. »Ich möchte Sie nicht bei Ihrer Unterhaltung stören. Wenn Sie mich dann jetzt entschuldigen …« Mit mehr Aufhebens als nötig setzte er sich erneut in seinen zierlichen Sessel und brachte damit auch ohne Worte deutlich zum Ausdruck, dass er dieses Schwätzchen für beendet hielt. Er wollte in Ruhe seiner Arbeit nachgehen.

Über Gut Landsburg hatte sich die Stille der Nacht gebreitet. Christian hatte sich früh zurückgezogen und im Bett noch einige Akten studiert. Nach und nach wurde es im Haus leiser. Zuerst waren noch allerlei Stimmen und Schritte zu hören gewesen, dann noch das unvermeidliche Radio, das Leonie im Bad zu hören pflegte, die elektrischen Zahnbürsten, das Geräusper seines Vaters und seine schlurfenden Schritte beim letzten Gang zur Toilette, schließlich noch ein Murmeln hier und ein Surren da, ehe schließlich der letzte Ton verstummte und das letzte Licht erlosch.

Inzwischen war es weit nach elf, und Christian von Landsburg stand zum wiederholten Male am Fenster seines Schlafzimmers und blickte hinüber zum See. Eine dunkle Fläche breitete sich dort drüben aus, gesäumt von schwarzen Bäumen, die sich von einem etwas helleren Himmel abhoben. Die Akten hatte er längst wieder ins Büro getragen, der Roman, den er zurzeit las, lag aufgeklappt auf dem Bett. Unablässig drehten sich Christians Gedanken um den Fall Sophie. Er fragte sich gerade, ob er eine Schlaftablette nehmen sollte, als das Telefon klingelte.

»Christian?«

»Bernice!«

»Entschuldige, dass ich so spät anrufe. Ich hoffe, ich habe niemanden geweckt.«

»Kein Problem. Die werden schon wieder einschlafen, sollte überhaupt jemand wach geworden sein.«

Bernice schwieg einen Augenblick, und Christian ahnte, dass sie ihm etwas sagen wollte, es aber nicht über sich brachte. Die Schweigepflicht, dachte er. Und mit einem Mal war ihm klar, was er tun musste, um sie aus diesem Dilemma zu erlösen. »Es geht um Frau von Biel«, sagte er. Und als er keine Antwort bekam, begann er sich weiter voranzutasten. »Du warst bei ihr?« Wieder schwieg Bernice. »Ihr habt über Sophie gesprochen.«

»Nein, Christian. Da irrst du dich.«

»Ihr habt über sie selbst gesprochen? Oder über ihren Mann? Otto von Biel?« Schweigen am anderen Ende der Leitung. »Ihr habt über beide gesprochen. Über ihre Ehe!« Langsam wanderte Christian mit dem Telefon wieder zum Fenster, das offen stand und durch das eine angenehme Brise hereinwehte. »Es steht vermutlich nicht zum Besten mit der Ehe. Wenn man Biel kennt, kann man sich auch kaum vorstellen, dass er eine glückliche Ehe führt. Vermutlich hat sie dir ihr Herz ausgeschüttet, weil er eine andere hat.«

»Nicht immer geht es in gescheiterten Beziehungen um ein Verhältnis«, warf Bernice ein.

»Ah, ja.« Christians Augen wanderten über das Dunkel des Sees. Irgendwo dort draußen flatterte ein Vogel auf. »Er betrügt sie nicht. Das Problem liegt also woanders.« Christian stocherte weiter im Ungewissen. »Aber Margareta von Biel leidet in dieser Beziehung. Was könnte es sein? Er kümmert sich nicht um sie? Er vernachlässigt sie? Vielleicht geht es auch um Geld?«

»Christian«, sagte Bernice, und sie klang so nah, als sei sie neben ihm im Zimmer. »Nicht immer sind die Leiden eines Menschen seelischer Natur.« Dann, nach einer kleinen Pause, sagte sie: »Gute Nacht. Schlaf gut.«

»Du auch.«

Christian blieb noch eine Weile am Fenster stehen. *Nicht immer sind die Leiden eines Menschen seelischer Natur.* Bernice hatte aufgelegt, nachdem sie das gesagt hatte. Das heißt, er wusste nun, was sie ihm mitteilen wollte.

7

Ferdinand von Landsburg saß schon am Schreibtisch, als Christian das Büro betrat. Im Frühstücksraum waren sie einander an diesem Tag nicht begegnet.

»Guten Morgen, Papa.«

Ohne den Gruß zu erwidern, hielt ihm der alte Graf ein Schriftstück hin. »Hier – ich habe mich ein wenig im Stammbaum der Biels umgesehen.«

Belustigt schüttelte Christian den Kopf und nahm die Computerausdrucke in die Hand. »Seit es das Internet gibt, schlägst du kein Buch mehr auf, was, Papa?«

»Unsinn. Aber man muss mit der Zeit gehen. Wer sein Leben heute verschwendet, indem er zuerst in Büchern nach gezielten Informationen sucht, gehört ins letzte Jahrhundert.«

»Und was hast du mit deinen Suchmaschinen gefunden?«

»Höchst Interessantes, mein Sohn! Übrigens war es nicht in erster Linie die Suchmaschine, sondern dein fragwürdiger Adoptionsfall, der mich darauf gebracht hat. Du erinnerst dich vielleicht, dass ich in diesem Zusammenhang den Fall d'Assiri erwähnt hatte?«

»Wenn du es sagst, Papa ...«

Graf Ferdinand verdrehte die Augen. »Wozu mache ich mir eigentlich die Mühe? Ich sollte die Kanzlei verkaufen, statt sie dir zu übergeben.« Graf Ferdinand täuschte Entrüstung vor.

»Du vergisst, dass wir längst Partner sind.« Christian lächelte seinen Vater an. »Für einen Verkauf bräuchtest du meine Zustimmung.«

»Papperlapapp! Wenn mir danach ist, ziehe ich meine Mandanten ab, und dann kannst du sehen, wie es ist, in einer Wald-und-Wiesen-Kanzlei zu arbeiten.«

Christian von Landsburg nahm den Briefbeschwerer, ein altes Zinnsiegel mit dem Familienwappen, vom Schreibtisch seines Vaters und wog es in der Hand. »Das würdest du nie über dich bringen, Papa.«

Graf Ferdinand lachte. »Vielleicht hast du Recht. Aber zu sicher sollte man sich in solchen Dingen nie sein!«

Christian überflog das Dokument, aus dem die genealogischen Verflechtungen der Familie d'Assiri, später in ihrem bürgerlichen Zweig auch nur Assiri genannt, hervorgingen – alles auf Italienisch. »Mama ist auch noch drauf!«, bemerkte er und blickte kurz zu seinem Vater auf, der die Arme verschränkt hielt. Tatsächlich hatte Christian seine Mutter, eine geborene Prinzessin de Benatto, am äußeren Ende eines Seitenstrangs entdeckt, einen Otto von Biel aber nicht. »Papa, das ist ein bemerkenswerter Stammbaum der Herzöge von d'Assiri, aber keiner der Biels. Abgesehen davon, dass ich das auch nicht erwartet hätte. Biel klingt ja nun nicht sehr italienisch.«

»Ich vermute, mein Lieber, das ist der Anfang des Stammbaums der von Biels«, sagte Graf Ferdinand und nahm seine Uhr aus der Tasche, um sie vergnügt aufzuziehen.

»Paps schlägt sich ziemlich mit diesem Polizeifuzzi herum«, stellte Leonie fest, während sie mit ihrem Rougepinsel Zigarettenasche von Sophies Notizblock streifte. Sven nickte zustimmend zwischen zwei Hustenanfällen. »Das ist eben die Machtpolitik der kleinen Rädchen im Getriebe.«

Mit angewiderter Miene klopfte Sven einmal mehr die Asche von einer Zigarette in einen Aschenbecher. »Ich versteh nicht, wie ein Mensch freiwillig dieses Kraut rauchen kann?«

»Du hättest vielleicht ein bisschen Hanf reinmischen sollen?«, sagte Leonie und beobachtete Sven dabei aufmerksam. Was würde er antworten? Zuzutrauen war ihm ein kleiner Hang zum Haschisch durchaus. Doch Sven war davon weit entfernt: »Da wäre mir wahrscheinlich nicht nur schlecht, ich wäre tot. Mir reicht's übrigens. Das muss genügen, okay?«

»Klar. Wenn's jetzt nicht hinhaut, ist es sowieso sinnlos.« Leonie kippte noch einmal den Inhalt des Aschenbechers in ein Küchensieb und bestäubte dann vorsichtig die zweite Seite aus Sophies Notizblock, den Sven aus ihrer Wohnung mitgenommen hatte. Sie kam sich dabei vor wie eine Ketzerin bei einem alchimistischen Experiment. Nachdem alles von Asche schwarz war, kam erneut der Pinsel zum Einsatz. Doch auch diesmal war nichts Vernünftiges zu erkennen. Alles, was sie bisher hatten analysieren können, waren eine Uhrzeit gewesen, nämlich »19.00« (und Leonie ließ das Gefühl nicht los, dass ihre Freundin damit das Treffen mit ihr gemeint hatte), ein Wort, das »RIO« heißen konnte, aber auch »K10« oder »KAO«, sowie eine Zeichnung, die entweder einen fliegenden Vogel darstellte oder einen Phallus – Leonie tippte auf Letzteres.

Sven blickte skeptisch auf Leonies Bemühungen. Der Versuch war eindeutig negativ verlaufen. »Nichts zu machen«, seufzte er. »Da wird auf keinen Fall eine heiße Spur draus.«

»Sieht so aus«, bestätigte Leonie zerknirscht. Eine Weile saßen sie schweigend nebeneinander. Dann stand Sven auf und ging ins Bad, wo er sich lautstark übergab.

Christian fand seine Mutter im Wintergarten. Sie pflückte gerade einige verwelkte Blüten von den Pflanzen und schnitt den einen oder anderen Zweig ab. »Ach, Christian, du kommst gerade recht!« Mit dem Handrücken fuhr sie sich über das erhitzte Gesicht. »Sei so lieb und bringe mir aus dem Gartenhaus ein Stück Bast. Ich muss diese Clematis hier ein wenig zurückbinden. Sie wuchert sonst noch in die Rosenstöcke hinein.«

»Gerne, Mama. Aber vorher musst du mir eine Frage beantworten. Du kennst doch die Familie Assiri oder d'Assiri?«

»Natürlich«, sagte die alte Dame. »Wer kennt die nicht.«

»Ich, zum Beispiel.«

»Das ist leider mal wieder typisch für dich, mein Sohn. Das solltest du aber. Die wichtigen Familien sind letztlich alle miteinander verwandt und in ihrem Schicksal auf die eine oder andere Weise miteinander verbunden. Also, was möchtest du denn gerne wissen?«

»Der sizilianische Zweig der Familie ...«

»Oje, erinnere mich nicht daran.« Die alte Gräfin legte ihre kleine Gartenschere beiseite, streifte die Gummihandschuhe ab und setzte sich an den Tisch, auf den Marianne ihr einen Krug mit frisch gemachter Limonade gestellt hatte. Sie schenkte sich ein Glas ein und begann zu erzählen: »Die d'Assiris sind ein ziemlich altes Geschlecht. Meines Wissens stammen sie ursprünglich aus der Lombardei. Die ersten Lehensherren haben an Barbarossas Kreuzzug teilgenommen. Oder war es ein anderer Kaiser gewesen? Jedenfalls ist die Familie zu einigem Reichtum gekommen, und man sagt, nicht immer auf dem feinsten Wege. Aber du weißt ja: Früher waren die Sitten rauer, zumal in Italien ...«

Christian musste lächeln. Er fragte sich, wie die Sitten nördlich der Alpen zu dieser Zeit gewesen sein mochten, und konnte sich kaum vorstellen, dass sie wesentlich vornehmer gewesen waren. Er betrachtete seine Mutter, die – selbst Italienerin von Geburt – mit ihren Ausführungen sicher noch einige Zeit in der

Renaissance hängen bleiben würde, dann vielleicht auch noch etliches aus dem 18. und 19. Jahrhundert sagen und schließlich weiträumig die Zeit des Faschismus auslassen würde, für die sie nur Verachtung übrig hatte, um schließlich in der Mitte des 20. Jahrhunderts anzugelangen, wo es für ihn endlich spannend wurde.

Tatsächlich ließ Francesca von Landsburg weder die Verquickungen der Päpste Leo X und Leo Y aus noch die Verstrickungen, Intrigen und Komplotte, aus denen manche Zweige der Familie d'Assiri gestärkt hervorgegangen und in denen andere wiederum untergegangen waren. »Was die Sizilianer betrifft«, kam Francesca schließlich zu dem für Christian interessanten Teil der Geschichte, »so haben die sich eigentlich wenig zuschulden kommen lassen, aber es hat ihnen an Söhnen gefehlt. Es gab da nur noch Felipe, den Chef des Hauses, Alexandra, seine Ehefrau, und deren Tochter ...« Francesca überlegte. »Mir fällt der Name jetzt nicht ein. Auf jeden Fall bedeutete das, dass der Name der Fürsten von d'Assiri zum Aussterben verdammt war. Aber nicht genug. Die Familie wurde, soweit ich mich noch erinnern kann, von einem Skandal erschüttert.« Francesca blickte nun nachdenklich aus dem Fenster. Es schien Christian, als liefe vor ihren Augen das längst vergangene Drama der Familie d'Assiri ab.

»Die einzige Tochter hatte sich in einen mittellosen Hochstapler verliebt. Kurz darauf muss sie mit ihm durchgebrannt sein. Soviel ich weiß, haben ihre Eltern nie mehr etwas von ihr gehört. Alexandra hat diesen Schmerz nicht überwunden. Kurz nach dem Verschwinden ihrer Tochter wurde sie krank und verließ seitdem das Bett nicht mehr. Tja, ein weiteres Familienschicksal ...«

Plötzlich verstummte Francesca von Landsburg und fasste sich an die Stirn. »Mein Gott, Junge, was war denn noch gleich deine Frage?«

»Hast du längst beantwortet, liebe Mama, hast du längst beantwortet.«

Gräfin Francesca trank ihr Glas Limonade leer und stellte es schwungvoll auf den Tisch. »Gut!«, sagte sie. »Dann kannst du mir ja jetzt meinen Bast bringen.« Als Christian sich erhob, um im Gartenhaus nach dem Gewünschten zu suchen, rief Francesca ihn noch einmal zurück. »Ach, Christian! Jetzt ist mir der Name der Tochter wieder eingefallen. Sie hieß Margareta.«

Die farbigen und blinkenden Leuchtreklamen spiegelten sich auf dem nassen Asphalt der Straßen wider. Es begann dunkel zu werden, und St. Pauli erwachte. In einigen Stunden würde dieses Viertel das pulsierende Herz einer nie schlafenden Stadt sein.

Die leichten Damen waren um diese Uhrzeit nur vereinzelt anzutreffen. Ab und an stand eine junge Frau, zumeist in hochhackigen Stilettos und einem bunten Fummel, vor einem Hauseingang und wartete auf Kunden. Wer hier mit drängendem Blick entlangschlenderte, hatte entweder einschlägige Interessen oder wollte quasi als Unterhaltungsprogramm käufliche Frauen anstarren. Oder derjenige suchte die

Halbwelt. Und genau das bewegte Christian an diesem frühen Abend.

Entschlossen schritt er die Erichstraße hinunter, sodass er von den eindeutigen Angeboten der Damen beinahe unbehelligt blieb. Bernheimer hatte ihm nach längerer Diskussion die genaue Adresse der jungen Prostituierten gegeben, deren Fingerabdrücke man auf der CD-Rom mit Sophies Foto ausgemacht hatte. Offensichtlich hatte sie sich praktischerweise gleich ihre Wohnung im Rotlichtviertel genommen – so hatte sie es nicht weit zur Arbeit.

Trotz begründeten Anfangsverdachts auf Beteiligung an einer Straftat war die Staatsanwaltschaft mit ihrem Antrag auf vorläufige Haft im Falle von Maria Watznik nicht weitergekommen. Für die Polizei war das ein Rückschlag, für Christian immerhin die Chance, selbst ein Gespräch mit ihr zu führen.

Es hatte wieder zu regnen begonnen, leicht nur, aber doch durchdringend genug, dass Christian den Kragen seines Trenchcoats hochklappte und bedauerte, wieder einmal keinen Schirm mitgenommen zu haben. Ein Mann sprach ihn an: »Na, wie wär's mit ein bisschen Entspannung?« Und während er mit einer Hand an Christians Ärmel zog, wies er mit der anderen auf zwei junge Mädchen, die aus dem Dunkel einer Hauseinfahrt auftauchten und kaum achtzehn sein mochten.

»Danke. Ich bin verabredet«, erwiderte Christian schnell und riss sich los, um die letzten Meter zu Maria Watzniks Wohnung schnell hinter sich zu bringen.

Das Haus war morsch und strahlte Hoffnungslosigkeit aus. Wer sich darauf einstellte, hier den Rest seines Lebens zu verbringen, hatte es schon hinter sich. Hinter den Fensterscheiben im Erdgeschoss hingen biedere Vorhänge. Christian musste lächeln, als er daran dachte, wie bürgerlich doch die Bedürfnisse und Hoffnungen der Menschen auch am Rande der Gesellschaft waren. »Na, Süßer!«, hörte er plötzlich neben sich eine rauchige Frauenstimme. »Du hast doch sicher ein bisschen Zeit für ein nettes Gespräch.«

Christian versuchte es höflich: »Sehr freundlich von Ihnen. Aber ich bin auf der Suche nach jemandem.«

»Ach«, sagte die Frau, die bei ihren vorangegangenen Worten den Mantel lässig mit einer Hand zur Seite geschoben und damit einen roten Kunststoff-Body enthüllt hatte. »Und wer soll das sein?« Sie klang nicht sehr überzeugt.

»Maria. Maria Watznik. Sie muss hier wohnen.«

Die Hure schüttelte die lange, rotblonde Mähne und grinste ihn an, als habe sie ihn der Lüge überführt. »Tut mir Leid, Süßer. Die wohnt hier nicht. Und du kannst mir glauben, ich kenne sie alle. Aber damit du nicht umsonst gekommen bist ...«

Christian ließ die Frau nicht ausreden, sondern griff nach seiner Brieftasche. »Vielleicht könnte es ja sein, dass Sie sich erinnern, wenn Sie ganz genau nachdenken.« Mit diesen Worten zückte er einen Geldschein und hielt ihn ihr hin.

»Hm. Sie haben es ja ziemlich wichtig mit der Kollegin, was?« Die Prostituierte steckte sich eine Zigarette an und sah ihn nachdenklich an. »Wie sieht sie denn aus, Ihre Kleine?«

»Wenn ich das wüsste.« Christian dachte es eigentlich mehr laut, als dass er es sagte. Doch die Wirkung überraschte ihn völlig. Mit empörter Miene warf die Hure ihre Zigarette, kaum dass sie einen ersten Zug getan hatte, auf die Straße und stampfte auf: »Ihr Scheißbullen solltet euch um euren eigenen Dreck kümmern und uns nicht vom Arbeiten abhalten! Sieh zu, dass du Leine ziehst. Ich habe keine Lust, dass mir die Kunden abspenstig werden, klar?« Sie stöckelte einige Schritte davon und sah dann demonstrativ von ihm weg.

Christian betrat das Haus und wandte sich zuerst den verbeulten Briefkästen zu, die in einer Nische angebracht waren. In diesem Augenblick ging ihm auf, wie Bernheimer ihn ins Messer hatte laufen lassen. Denn was er las, waren Initialen. Initialen und »Künstlernamen«. Imelda stand da auf einem zerkratzten Briefschlitz, und daneben Jeannette, Lola. Brigitte, Mi. Aber auch: A. C., G. G., A. Sch. und so weiter. Klar, die Prostituierten arbeiteten nicht unter ihrem wirklichen Namen, und ihre Zuhälter hatten auch kein Interesse, diesen an jedem Klingelschild anzubringen. Also gab es für die Post Initialen, wie es auch in der so genannten feinen Gesellschaft üblich war. Bei Maria lauteten sie, wie Christian dann doch nach wenigen Augenblicken herausgefunden hatte, M. W.: Maria Watznik. Und daneben: Swetlana.

»Warte mal«, sagte Andy und zeigte zur anderen Straßenseite hinüber: »Da ist ein Drive-in. Wir nehmen uns was mit.«

Zlatko blinkte, ließ einige entgegenkommende Fahrzeuge vorbei und bog dann in die Einfahrt ein, neben der auf einer hohen Säule das goldene »M« von McDonald's prangte. Im Restaurant war wenig los. »Wir könnten reingehen ...«, fing Zlatko an, doch er unterbrach sich selbst. »Klar. Ist besser, wir bleiben im Auto.« Er steuerte den Wagen zum Lautsprecher. »Was nimmst du?«

»Nimm für Sophie zwei Cheeseburger und eine Apfeltasche. Für mich einen Big Mac und eine große Portion Pommes. Für alle eine Coke, würde ich sagen.«

»Okay.« Zlatko ließ die Fensterscheibe runter und bestellte, was Andy gesagt hatte, und für sich noch mal etwa dasselbe dazu.

»Ziemlichen Hunger, was?«, fragte Andy, als sie wieder auf der Straße fuhren.

»Mann, der Stress verbrennt einfach. Ich könnte die ganze Zeit futtern.«

»Wird schon. Spätestens am Wochenende kannst du dir den Bauch voll schlagen.«

»Und zwar drei-Sterne-mäßig«, grinste Zlatko.

»Das wirst du nicht, ist das klar?« Andys Plauderlaune war blitzartig vorbei. »Du gehst nicht in Nobelschuppen. Und du lässt auch nicht im Puff ein paar Tausender springen. Du kaufst kein neues Auto, und ins Casino rennst du auch nicht. Hast du verstanden?«

»O Mann«, sagte Zlatko. »Deine Nerven sind verdammt schwach, oder? Man kann ja kein Wort mehr sagen, ohne dass du total ausflippst. Ich hab schon kapiert, dass ich die Sau nicht rauslassen darf.«

»Verdammt richtig, Zlat. Und das hat nichts mit Nerven zu tun, sondern mit Intelligenz.« Andy tippte sich mit dem Finger an die Stirn. »Wenn du in den nächsten Monaten Schotter hast und es zeigst, bist du am Arsch. Darauf warten die doch nur! Zieh bloß keine Geldbündel vor deiner Tussi raus.«

»Hey, hey, mach mal halblang. Deine Freundin ist hier Hauptdarstellerin, aber bei meiner glaubst du, sie verpfeift uns gleich bei den Bullen.«

»Wir machen uns nur erpressbar, Zlatko«, versuchte Andy ihm klar zu machen. »Je mehr Leute von der Geschichte wissen, umso mehr Leute werden ihren Anteil haben wollen. So ist das nun mal.«

»Und Sophie? Wer sagt dir, dass sie dichthält?«

Andy schwieg. Sie fuhren durch die Dämmerung zurück zur Wohnung. Auch Zlatko sagte nichts. Sollte Andy ruhig brüten. In ein paar Tagen war die Sache hier durch. Dann war er ein freier Mann und würde sich weder von Andy noch von sonst irgendeinem Besserwisser irgendetwas sagen lassen. Auch nicht, wann und wie er sein Geld ausgeben würde. Wer am Ende der Schlauere war, das würde sich schon zeigen.

»Bieg ab«, sagte Andy plötzlich und zeigte nach rechts in eine Industriestraße, die zu einem der Docks führte.

»Wir sind doch schon fast da.«

»Bleib hier stehen, zwischen den Containern.«

»Was ist los?«

Andy holte seine Zigaretten aus der Jacke und zündete sich eine an. Dann hielt er das Päckchen Zlatko hin, der aber nur den Kopf schüttelte. Ihm stand mehr der Sinn nach dem Fastfood, das auf der Rückbank lag und fett und herrlich ungesund duftete.

»*Ich* sage es dir«, antwortete Andy und stieß einen Schwall Rauch aus der Lunge, der sich unter der Windschutzscheibe sammelte.

Zlatko verstand nichts. »Was sagst du mir?«

»*Ich* sage dir, dass Sophie dichthält.«

»Schon klar, Mann. Komm, jetzt lass uns weiterfahren.«

»Wie dicht sie hält, hängt allerdings von dir ab.«

»Ich versteh nur Bahnhof, Andy, echt. Was geht hier ab?«

»Wahrscheinlich sagt sie nichts«, hörte Zlatko Andy laut denken. »Aber wirklich sicher sein kann man nicht. Das heißt, hundertprozentig sicher sein, dass sie nichts sagt, können wir eigentlich nur ...« Er zögerte kurz, und Zlatko sah ihn mit großen Augen an. Andy schnallte sich ab und stieg aus dem Auto aus. Zlatko folgte ihm an den Kai, wo sie sich, Rücken an Rücken, auf einen riesigen Poller setzten.

»Du meinst«, fing Zlatko nach einer Weile an, um Andys Gedanken weiterzuführen, »wir sollten sie beseitigen?«

»Ich meine nur, es könnte ihr bei dieser Entführungsgeschichte doch etwas zustoßen, oder? Das passiert ja leider öfter.«

»Mensch, Andy! Und wenn jemand draufkommt?«

»Wenn uns zu diesem Zeitpunkt jemand draufkommt, sind wir am Arsch. Und Sophie wird behaupten ...« Wieder führte er den Gedanken nicht aus.

»Du hast Recht!«, sagte Zlatko nach einer Weile. »Klar, Sophie wird behaupten, wir hätten sie tatsächlich entführt! Und dann buchten sie uns ein, und Sophie ist fein raus. Scheiße!«, stellte Zlatko fest. »Mensch, das ist ja eine Riesenscheiße!«

Andy nickte viel sagend und drehte sich zu ihm um. »Und was denkst du, von wem die Idee mit der Entführung war?«, sagte er leise und schnippte die Zigarette ins Wasser, wo sie mit einem Zischen erlosch.

»Sophie«, flüsterte Zlatko und schüttelte den Kopf. »Das hätte ich nie gedacht.« Er stand auf und stellte sich an den Rand des Kais. »Weißt du, Andy, wo wir doch so nah am Wasser sind, da ließe sich doch was machen, oder?«

»Das überlegen wir uns noch«, sagte Andy, stand auf, klopfte Zlatko auf die Schulter und ging wieder zum Wagen. »Komm. Unser Abendessen wird kalt.«

Den Rest der Fahrt über war es Zlatko, der schweigsam dasaß, während Andy noch einmal rekapitulierte, was bisher alles gelaufen war und wie sie die Übergabe inszenieren würden. Aus den Augenwinkeln aber beobachtete er Zlatko sorgfältig. Und was er sah, gefiel ihm. Denn es war offensichtlich, dass ein Plan in ihm reifte. Als sie hielten, legte Zlatko eine Hand auf Andys Arm. »Wenn wir Sophie ausschalten, was bedeutet das für ihren Anteil?«

»Na ja«, sagte Andy und grinste. »Den würden wir brüderlich teilen, denke ich.«

Zlatko nickte langsam. »Das wäre eine saubere Sache.«

»Wäre es«, bestätigte Andy und stieg aus. »Du nimmst die Sachen vom Rücksitz mit!«

Im Mietshaus war alles ruhig. Es lebten viele Ausländer hier, die tagsüber arbeiteten und nachts in Kneipen saßen. Dadurch wurde eine gewisse Anonymität garantiert. Ein ideales Versteck.

Andy fuhr mit dem Aufzug in den vierten Stock, in dem die Wohnung lag. Auch hier war alles ruhig. Nicht einmal durch den Spion war ein Pünktchen Licht zu sehen. Sophie lag wahrscheinlich wieder in der Falle. Schlaf du nur, dachte Andy, ist das Beste für uns alle. Er suchte nach dem Schlüssel, erstarrte aber, als er ihn ins Schloss stecken wollte. Die Tür war nur angelehnt. Unten konnte er Zlatko hören, der wie üblich zu Fuß die Treppen hochkam.

Vorsichtig und ganz langsam drückte Andy die Tür auf. Konnte es sein, dass er sie beim Weggehen nicht richtig hinter sich zugemacht hatte? Oder Sophie nicht gemerkt hatte, dass die Tür offen stand? Nein, er erinnerte sich sogar, dass er überlegt hatte, ob er zusperren sollte. Und er hatte es nur nicht getan, damit Sophie nicht misstrauisch wurde.

Sophie war nicht im Wohnzimmer. Andy schritt jetzt sehr schnell durch den Raum, um in die Küche und ins Schlafzimmer zu sehen. Doch augenblicklich ahnte er, was ihn dort erwarten würde, oder besser, was ihn dort nicht erwarten würde: Sophie.

Und tatsächlich – Sophie war weg. Das Licht ging in diesem Moment an, Zlatko war hinter Andy in die Wohnung getreten. »Soll das hier eine Mondlichtparty werden? Ist ’n bisschen zu dunkel zum Essen, oder?« Er ließ die Tüten ziemlich unsanft auf den Sofatisch fallen und drehte sich um, um die Tür zu schließen. »Ist was?«, fragte er, als er Andy mitten im Zimmer stehen und die Hände an die Schläfen pressen sah.

»Sie ist weg.«

Zlatko starrte auf das Sofa, auf dem Sophie immer herumgehangen hatte. Das Fläschchen mit Nagellack stand noch auf dem Tisch. »Scheiße«, zischte er. »Wieso?«

»Woher soll ich das wissen.« Andy drehte sich um

sich selbst. »Das ist jetzt auch völlig egal. Wir müssen sie finden.«

»Meinst du, sie hat Schiss bekommen und ist nach Hause?«

»Das ist die Frage: Wohin ist sie gegangen?«

Beide standen eine Weile ratlos im Raum, erfüllt von hilfloser Wut. »Nein«, murmelte Andy dann. »Nach Hause ist sie nicht gegangen. Dann wären die Bullen längst hier. Jetzt zu ihrem Alten zu gehen wäre gefährlich. Nein, es muss etwas anderes sein.«

Es war fast zwei Uhr morgens, als Christian von Landsburg den Rechner herunterfuhr und den Bildschirm ausschaltete. Erschöpft rieb er sich die Augen. Acht, vielleicht zehn Stunden intensiver Recherche lagen hinter ihm, unterbrochen nur von einigen Telefonaten, mit denen er Informationen verifiziert hatte und die ihm helfen sollten, eins und eins zusammenzuzählen.

So wie es aussah, stand es um Otto von Biels Finanzen schlecht. Da die Firma Landsburg & Landsburg bei allen wichtigen Kreditinstituten der Hansestadt ein Konto unterhielt, war es ein Leichtes gewesen, eine allgemeine Bankauskunft über Biel und seine Geschäfte zu bekommen. Das Bild, das sich so ergab, war bescheiden. Abgerundet wurde es durch eine Einschätzung seitens einer führenden Wirtschaftsauskunftei und die Information, dass Otto von Biel in der Vergangenheit bereits zweimal einen Offenbarungseid hatte leisten müssen und dass eine Vorgängerfirma der heutigen Galerie in den Achtzigerjahren ein Insolvenzverfahren durchlaufen musste. Eigentlich schied damit die Familie Biel als bevorzugt geeignetes Entführungsobjekt aus. Damit war klar, dass die Täter jedenfalls keine Profis waren. Profis hätten sich zuerst über die wirtschaftlichen Verhältnisse des ins Auge gefassten Opfers ein sorgfältiges Bild gemacht.

Möglicherweise also eine Laienspieltruppe, dachte Christian und stand auf. Das Problem bei solchen Gelegenheitskriminellen war, dass sie wesentlich schwerer einschätzbar waren als Profis. Von den schwächeren Nerven ganz abgesehen. Wie auch immer, Sophie war in großer Gefahr.

Christian jagte ein Schauer über den Rücken. Er nahm seine leere Teekanne, die Tasse und ging hinunter zur Küche. Was mochte Sophie in diesen Minuten durchmachen? Würde sie weiter gequält werden? Würden ihre Entführer ein neues Foto von ihr machen? Hoffentlich, dachte Christian, hoffentlich fügen sie ihr kein neues Leid zu.

Zu seiner Überraschung traf er auf dem Weg in die Küche Marianne an, die sich eben eine warme Milch zubereitete. »Herr Graf! Verzeihen Sie bitte, dass ich hier so im Morgenmantel ...«

»Kein Problem, Marianne. Sie konnten ja nicht wissen, dass sich so spät noch finstere Gesellen im Haus herumtreiben.«

»Ich wollte mir nur noch eine Milch machen«, stammelte die Haushälterin. »Das hilft gegen Schlaflosigkeit.«

»Bitte, lassen Sie sich nicht stören. Ich bringe nur mein Teegeschirr zurück und bin schon wieder weg.«

»Danke, Herr Graf, ich werde mich auch gleich wieder zurückziehen.«

»Dann, gute Nacht.«

»Ihnen auch eine gute Nacht.«

Ohne sich noch einmal umzusehen, verschwand Christian in Richtung seiner Zimmer im ersten Stock. Er dachte an seinen Studienfreund aus Mailänder Tagen, Bernardo d'Ignenza, den Fürsten aus der Lombardei, der seinen Titel abgelegt hatte und Journalist geworden war, und zwar so links und kommunistisch, wie es nur in Italien möglich war. Nachdem er sich mit der Regierung massiv angelegt und den Premierminister mit allerlei – absolut zutreffenden – Beleidigungen belegt hatte, war er von der Zeitung, für die er jahrelang gearbeitet hatte, gefeuert worden und arbeitete nun als freier Autor.

»Bernardo«, hatte sich Christian am frühen Abend bei ihm gemeldet. »Wie geht's dir?«

»Danke, mein Lieber. Wunderbar. Ich bin ein freier Mann. Was will man mehr? Und du? Was machst du? Immer noch bei den Eltern?«

»Mehr denn je, Berny.«

»Caro mio. Du solltest eine eigene Kanzlei gründen.«

»Aber was würde mein Vater ohne mich machen?«

»Sicher. Du hast Recht.« Und dann hatte Bernardo geschwiegen, weil er wusste, dass Christian ein Anliegen hatte.

»Kennst du eigentlich die Familie d'Assiri?«, fragte Christian schließlich.

»Natürlich. Jeder kennt sie – oder vielmehr: kannte sie. Es hat dort tragische Vorfälle gegeben.«

»Das musst du mir erklären.«

»Eine lange Geschichte mit einem kurzen Ende. Sie sind ausgestorben, oder besser, der Name ist ausgestorben.«

Christian lachte. »Das wird ja wohl nicht in den letzten zwei Jahren geschehen sein.«

»Das nicht, aber in den letzten zwanzig Jahren, wenigstens, was den sizilianischen Zweig betrifft. Vor zwei Jahren ist die alte Duchessa gestorben, eine Thrombose raffte sie dahin. Manche behaupteten, es sei das gebrochene Herz gewesen. Und Felipe, ihr Mann, hat sich kurz darauf zu Tode gesoffen.«

»Und gibt es keine Erben?«

»Nein«, stellte Bernardo lakonisch fest. »Es gab da eine Tochter.«

»Und was ist mit der?«

»Die ist schon lange von Sizilien fort – wer weiß, wohin. Wahrscheinlich hat sie geheiratet und heißt heute Bernini oder Fazotti. Nein, Christiano, die d'Assiris gibt es nicht mehr. Und das Vermögen ist auch weg.«

Während er sich auszog, ließ sich Christian das Gespräch mit seinem alten Freund wieder durch den Kopf gehen. Seltsam, dachte er. Auch der Name Landsburg würde irgendwann verloren sein. Ob es noch einmal einen männlichen Erben geben würde, war doch sehr fraglich. Noch einmal Vater zu werden, das konnte er sich nach so langer Zeit kaum vorstellen. Leonie würde zwar mit Sicherheit ihren Namen behalten und an ihre Kinder weitergeben, das war zwar rechtlich durchaus möglich, aber nach den Regeln des Adels eigentlich absolut undenkbar.

8

Die Schatten, die die aufgehende Sonne im Zimmer warf, wurden kürzer. Christian schlief gern bei zurückgezogenen Vorhängen und ließ sich vom Morgenlicht wecken, auch wenn das bedeutete, dass er oft unnötig früh wach war. Sofort beschäftigte ihn der Fall Sophie von Biel. Unablässig drehten sich seine Gedanken um diese seltsame Entführung. Manche Umstände leuchteten ein, andere wollten sich nicht dazufügen. Und wie auch immer er die Abläufe durchspielte, am Ende landete er doch wieder am Ausgangspunkt: die Nacht, in der er Leonie von der einsamen Landstraße abgeholt hatte.

So viele Menschen versuchten mittlerweile der Sache auf den Grund zu kommen. Und doch waren die Ergebnisse mager. Er musste noch einmal mit Leonie sprechen. Was hatte sie wirklich in Sophies Wohnung gewollt? Was hatte es zum Beispiel mit dem Rasierwasser auf sich, das Bernheimer kurioserweise als Waffe betrachtet und von dem er sich gefährdet gefühlt hatte? Hatten Leonie und ihr Freund nach etwas Bestimmtem gesucht? Christian wurde das Gefühl nicht los, dass sich seine Tochter eine eigene Version zusammengebastelt hatte, die ihm in seinen Überlegungen vielleicht weiterhelfen konnte.

Er schwang sich aus dem Bett und zog einen Morgenmantel über. Die Hausschuhe waren wieder einmal irgendwo, egal. Es war kurz nach sieben, Leonie konnte demnach schon wach sein.

Auf dem Flur war es noch still. Mit leisen Schritten ging Christian hinüber zu Leonies Zimmer. Vielleicht schlief sie ja doch noch, und er würde sie mit einem Kuss auf die Wange wecken können, wie er es früher jeden Tag getan hatte. Kinder, so fand er, sehen im Schlaf immer wie Babys aus. Es ist diese Unschuld, die den entspannten Gesichtszügen innewohnt. Früher hatte er manchmal für Stunden an Leonies Bett gesessen und sie einfach nur im Schlaf betrachtet. Ein zärtliches Lächeln umspielte seine Lippen, als er die Hand hob, um sacht an ihr Zimmer zu klopfen.

In diesem Augenblick öffnete sich jedoch die Tür, und ein junger Mann von beachtlicher Körpergröße stand plötzlich vor ihm, das Haar in wirren Büscheln vom Kopf abstehend. Er kratzte sich die Bartstoppeln, während er herzhaft gähnte und »M-o-o-o-j-e-n« sagte, um sogleich an Christian vorbei ins nebenan gelegene Bad zu gehen. Nackt. Er war nackt. Und er war fremd im Haus.

Erst nach einiger Zeit fiel Christian auf, dass sein Mund offen stand und er die Badezimmertür fixierte.

»Morgen, Paps«, hörte er Leonies Stimme. »Irgendwas Besonderes?«

Christian drehte sich zu seiner Tochter, die mit kaum weniger wirrem Haar im Bett lag und gähnte.

»Entschuldige«, sagte Christian nur. »Ich wollte nicht stören.« Hinter sich hörte er die Toilettenspülung. Und dann schnell, viel zu schnell, tauchte der junge Mann wieder auf und tappte, immer noch schlaftrunken, an ihm vorbei, um auf direktem Wege unter Leonies Bettdecke zu verschwinden.

Christian zog die Tür zu und schloss für einen Moment die Augen. Und während er hinter der Tür Leonies Kichern hörte, versuchte er sich klar zu machen, dass dieser Tag einer der Tage war, die im Leben unvermeidlich waren. Nicht, dass ihm nicht klar gewesen wäre, dass Leonie erwachsen war, dass sie mit ihren Freunden nicht nur Mau-Mau spielte und dass sie längst ihr eigenes Leben mit ihren eigenen Ideen, Zielen und ihrem eigenen Bekanntenkreis führte. Aber musste es hier sein? Musste es so sein? Musste es dieser Kerl sein, der nackt durch fremde Zimmer lief und sich nicht mal die Hände wusch, wenn er von der Toilette kam?

Charly hatte vor dem Gut einen Catering-Mitarbeiter für die große Geburtstagsfeier der Gräfin in die Enge getrieben. In der Regel war der Golden Retriever ein gutmütiger Kerl, der niemandem etwas tat. Graf Ferdinand hatte ihn aber bisher völlig erfolglos darauf trainiert, zielgerichtet auf unwillkommene Eindringlinge zu achten. Charly entschied sich, seine Wachsamkeit je nach Tagesform unter Beweis zu stellen. Anscheinend war er nun fest davon überzeugt, dass der Mann vom Catering ein ungebetener Gast sei. Graf Ferdinand hatte alle Hände voll zu tun und sein Möglichstes an Überzeugungskraft zu leisten, um den Golden Retriever wieder in den Engel zu verwandeln, der er eigentlich war.

»Was ist denn da unten los?«, rief Gräfin Francesca, die inzwischen oben am Fenster ihres Schlafzimmers erschienen war.

»Charly hat es gerade heute auf Besucher abgesehen«, rief Ferdinand hoch, während er den Hund am Genick festhielt, um ihn zugleich von dem Mann wegzuziehen, dem er bedenklich auf den Leib gerückt war. »Ruhig, Charly. Der Herr ist kein Einbrecher. Er darf hier sein.«

»Besucher? Um diese Zeit?«

»Ein Mann vom Catering-Service. Er wollte sich das Gelände mal anschauen. Wegen der Logistik und so.«

»Na, das wurde auch Zeit«, stellte die Gräfin trocken fest und schloss das Fenster wieder. Als habe er auf diese Worte gewartet, beruhigte sich Charly augenblicklich. »Aha«, sagte Ferdinand. »Mir machst du die Mühe, und auf Francesca hörst du. Typisch.«

»Also, ich seh mich dann mal um«, beeilte sich der Catering-Mann zu sagen.

»Tun Sie das.«

Angezogen konnte Leonies Freund einigermaßen sympathisch wirken. »Sven Löker«, hatte er sich vorstellt. »Nennen Sie mich einfach Sven.«

Sven saß auf einem von Leonies afrikanischen

Sitzmöbeln, die sie in letzter Zeit angeschleppt hatte. Die zylinderförmigen Gebilde, auf denen es sich ungefähr so bequem saß wie auf der Motorhaube eines Traktors, fügten sich mit den anderen Neuanschaffungen seiner Tochter zu einem Panoptikum des schlechten Geschmacks. Christian fragte sich, ob das Svens Einfluss war oder bloß eine Phase der jugendlichen Selbstfindung, die Leonie durchlebte. Er konnte seinen Blick nicht von dem überdimensionierten Einmachglas in der Mitte des Tisches lassen, um den herum sie zu dritt saßen: Eine gelblich-grüne Eidechse mit heraushängender Zunge und – schlimmer noch – heraushängenden Augen war darin eingelegt und schien ihn zu beobachten. Christian wusste nicht, was ihn mehr Kraft kostete: den Blick davon abzuwenden oder hinzusehen. Immer, wenn er das tote Tier anblickte, schauderte ihn. Und doch konnte er es nicht lassen. Es war wie verhext. »Die hat mir Sven gestern Abend mitgebracht«, sagte Leonie mit einem nicht zu überhörenden schwärmerischen Unterton. »Ich habe sie Hiltprand getauft. Weiß auch nicht, wieso. Ich finde, die Echse sieht irgendwie aus, als müsste sie Hiltprand heißen.«

Christian versuchte, nicht am Verstand seiner Tochter zu zweifeln. Und auch was den jungen Mann betraf, wollte er fair bleiben. Sven konnte schließlich kaum verrückter sein als Leonie. »Hör mal«, sagte er zu seiner Tochter, bemüht, sich wieder auf die Sache zu konzentrieren, derentwegen er gekommen war. »Ich möchte die Entführung noch mal mit dir durchsprechen, insbesondere deinen Besuch in Sophies Wohnung. Es ist ganz gut, Sven, dass auch Sie dabei sind.

Sie waren schließlich ebenfalls an den, nun ja, Ermittlungen beteiligt.«

»Klar«, sagte Sven nur.

»Ihr wart in Sophies Apartment«, stellte Christian fest. »Und dann kam plötzlich die Polizei.«

»Leo war im Bad«, erzählte Sven. »Sie hatte mich gerade gerufen. Ich stand noch am PC. Da hörte ich Stimmen vor der Tür.«

»Und was haben Sie dann gemacht, Sven?«

»Ich habe den Bildschirm ausgeschaltet und bin schnell zu Leo ins Bad gegangen.«

»Als wir hörten, wie die Tür geöffnet wurde, haben wir uns hinter dem Duschvorhang versteckt«, ergänzte Leonie.

»Du hast Sven gerufen. Warum?«

»Ich wollte ihm etwas zeigen.« Leonie musste einen Augenblick nachdenken. »Ich hatte nämlich im Badezimmer ein Aftershave entdeckt. So ein billiges Zeug. Das passte eigentlich gar nicht ...«

»Wir wollten nämlich herausfinden, ob Sophie gerade einen Freund hat«, fiel Sven Leonie ins Wort. »Ich hatte sie ja schon mit einem Typen gesehen, so'n klassischer Muskelprotz.«

»Der rennt bestimmt mit einem solchen Aftershave herum.«

Christian dachte eine kleine Weile nach. »Sonst irgendwelche Entdeckungen gemacht? Im PC was Interessantes gefunden?«

»So weit habe ich es gar nicht geschafft. Da müssten Sie die Polizei fragen.«

»Das Telefon war nicht aufgelegt«, sagte Leonie langsam.

»Ja?« Sven war überrascht. »Das hast du mir gar nicht gesagt.«

»Ein Foto vom Freund?«, setzte Christian rasch nach, um erst gar keine Missstimmung aufkommen zu lassen. »Irgendwelche Kleidungsstücke von ihm?«

»Nein«, sagte Leonie.

»Ist euch sonst noch etwas aufgefallen?«, bohrte Christian nach.

»Ich kann mich nicht mehr erinnern, Paps. Ständig denkt man über die ganze Sache nach und gelangt zu den merkwürdigsten Überlegungen. Überall sieht man Gespenster.«

»Leo, das ist doch in so einem Fall ganz normal«, sagte Sven.

Sie schwiegen eine Weile.

»Aber was denn für Gespenster?«, fragte Christian vorsichtig.

»Als wir plötzlich die Geräusche vor Sophies Wohnungstür hörten, dachte ich, die Entführer hätten uns verfolgt, und sie würden nun kommen. Ich konnte ja nicht ahnen, dass es nur die Bullen sind.«

»Wie kommst du darauf, dass man dich verfolgen könnte?«

Leonie lachte. »Das hat nichts mit der Entführung zu tun! Das war lange vorher. Da sind irgendwelche schrägen Typen hinter uns hergefahren.«

»Hinter dir und Sven?«

»Nein, hinter mir und Soph ...« Mit einem Mal sah Christian, wie seine Tochter bleich wurde. »*Die* haben Sophie.«

Die Hektik im Haus machte Graf Ferdinand nervös. Er konnte sich nicht auf die Akte Meier & Meyer konzentrieren. Dabei ging es um so wichtige Dinge wie die Modalitäten für die Eröffnungsbilanz, um Einlagen, Vollmachten, Fragen des Gesellschaftsvertrags und der Nebenabsprachen. Vielleicht hätte ihn ein Glas Sherry etwas beruhigt. Doch angesichts des bevorstehenden langen Abends und der Verpflichtung, mit vielen Gästen anzustoßen, verzichtete er lieber auf Alkohol so kurz nach der Mittagszeit. Graf Ferdinand legte die Unterlagen beiseite, stand auf, öffnete das Fenster und sah eine Weile dem regen Treiben auf dem Hof zu, wo der Catering-Service unablässig Geschirr und Platten auf das Gut trug. Erstaunlich, was in diesen Kleintransporter alles hineinpasste.

Er blickte auf die Uhr. Viertel nach zwei. Christian sollte längst wieder da sein. So lange konnte der Notartermin kaum dauern. Der war immerhin für elf angesetzt gewesen.

Ein lautes Scheppern riss ihn aus seinen Überlegungen. Auf der Treppe zum Salon hatte ein junger Hilfskellner ein Tablett mit Kanapees fallen lassen. »Du Idiot!«, fuhr ihn die Inhaberin der Firma an, die plötzlich wie aus dem Boden gewachsen vor ihm stand und sich das Malheur ansah. »Das ziehe ich dir vom Lohn ab.«

Wie viel würde da noch übrig bleiben?, fragte sich Ferdinand, angesichts der Dumpinglöhne, die diese Mitarbeiter wahrscheinlich bekamen, und angesichts der horrenden Preise, die die Landsburgs für die Häppchen bezahlen sollten.

Das Telefon klingelte. »Papa?« Es war Christian.

»Mein Lieber, du bist ziemlich spät dran!«

»Tut mir Leid. Aber es hat sich gelohnt. Die Peekenbrinks sind zu einem Vergleich bereit. Die Schwester verzichtet auf die Adoption, die Brüder zahlen den Adoptionsbetrag aus ihrer Tasche. So hat Adelheid Peekenbrink das Geld, und ihre Brüder sehen den Familiennamen nicht entehrt.«

»Das kann aber auch nach hinten losgehen«, sagte Graf Ferdinand. »Was, wenn Adelheid von Peekenbrink daran Gefallen findet? Dann fängt der ganze Zirkus von vorn an.«

»Keine Sorge, Papa. Wir haben die Ausgangssumme um fünfzig Prozent erhöht, und Adelheid Peekenbrink verzichtet bei Vertragsstrafe darauf, zukünftig Adoptionen anzustreben.«

Ferdinand von Landsburg musste lächeln. Es war ein typisches Christian-Geschäft, immer auf alle Eventualitäten gefasst und dabei erfrischend ungewöhnlich. »Na, dann kann ich dir wohl gratulieren!«

»Danke, Papa. Außerdem könntest du mir noch einen Gefallen tun und mir den Termin für morgen um zehn Uhr eintragen. Du weißt, es gibt Dinge, die sollten unverzüglich erledigt werden ...«

»Ehe es sich der Gegner anders überlegt«, vollendete Ferdinand den Gedanken und zog den Kalender zu sich, um für den Samstag die »10.00« einzukreisen und »Termin Peekenbrink« danebenzuschreiben. »Und du kommst jetzt?«

»Geht leider nicht, Papa«, sagte Christian. Die Verbindung wurde plötzlich für einen Moment von einem Funkloch unterbrochen. »Es gibt noch etwas Wichtiges zu erledigen.«

»Was kann denn wichtiger sein als der Geburtstag deiner Mutter!«

»Nichts, Papa. Unter normalen Umständen nichts. Aber es sieht so aus, als ob ...« In diesem Augenblick riss die Verbindung endgültig ab, und Ferdinand von Landsburg blieb mit sorgenvollem Blick und ohne Antwort zurück. Er entschied, Christian nicht zurückzurufen. Er würde wissen, was zu tun war. Und Ferdinand hegte den Verdacht, es könnte dabei um die Entführungssache Biel gehen.

Der alte Graf beschloss, für heute die Arbeit zur Seite zu legen und dem Chaos des Hauses zu entfliehen, bis ihn die Pflicht zur Repräsentation wieder rufen würde. Er öffnete die Tür einen Spaltbreit, pfiff kurz und wartete, bis Charly um die Ecke gelaufen kam. »Guter Hund«, sagte er. »Komm, wir gehen ein wenig im Park spazieren.«

Gräfin Francesca flatterte aufgeregt durch ihr Anwesen. Sie war ihrer Meinung nach unentbehrlich, kein Handgriff, den sie nicht korrigieren, keine Entscheidung, die sie nicht selbst treffen musste. Sollten die Blumengestecke jeweils zwischen zwei gegenüberliegenden Gedecken angeordnet sein oder diagonal? Und die Sitzordnung? Wie immer stand sie noch nicht fest. Einige der ihr wichtigen Gäste hatten noch nicht definitiv zugesagt. Würde jetzt ihr Tischherr Hans-Adam von Liechtenstein oder Fürst Scherbatoff werden? Der Ranghöhere war Hans-Adam, aber noch war es unklar, ob er es zeitig zum Diner schaffen würde. Sie hätte doch beim Büfett bleiben sollen. Warum hatte sie sich nur dazu verstiegen, für alle ihre Gäste Tische eindecken zu lassen! Ihr wurde fast schwindelig, wenn sie daran dachte.

Von Ferdinand war natürlich nichts zu sehen, wie immer, wenn er am dringendsten gebraucht wurde. Würde die Abendsonne die Gäste blenden, wenn sie vom Osten her ins Haus traten und das Licht geradewegs durch die Halle fiel? Konnte sie wirklich den Seidenschal tragen, den ihr Ferdinand letztes Jahr geschenkt hatte? Zu diesem Kleid? Natürlich stimmte auch die Frisur nicht. Am wichtigsten Tag hatte Leonardo gepatzt. Das würde sie ihm nie verzeihen. Sie wusste überhaupt nicht, ob sie nach diesem Desaster noch einmal zu ihrem Friseur gehen würde. Aber sie kannte sich: Man wechselt seinen Friseur nicht nach fünfunddreißig Jahren. Wenn man bedachte, was er alles von einem wusste ... Und wenn man bedachte, was er von anderen wusste!

»Nun nehmen Sie doch die Vase hier weg!«, herrschte sie ein Aushilfsdienstmädchen an, das etwas unschlüssig neben dem Eingang stand. Innerlich rügte sich Gräfin Francesca selbst. So sprach man nicht mit Dienstboten. Da sah man mal wieder, wie hoffnungslos überfordert sie war! Seufzend sank sie auf einen der Chippendalestühle, die in der Eingangshalle zu beiden Seiten der Konsolen standen.

»Alles in Ordnung, Omachen?«

»Alles bestens, Leonie«, beeilte sich Francesca von Landsburg zu sagen. »Außer, dass du mich Omachen nennst. Das klingt, als würden wir heute meinen Hundertsten feiern.«

»Entschuldige. So war es natürlich nicht gemeint. Starkes Kleid übrigens«, stellte Leonie fest, indem sie die Garderobe ihrer Großmutter unverhohlen musterte. »Wenn du damit zusammen mit mir um die Häuser ziehst, hält man uns glatt für Schwestern.«

So erschöpft sich Gräfin Francesca auch fühlte, nun musste sie doch lachen. »Ach, Kind, du bist schon herzerfrischend. Sag, möchtest du mir nicht ein wenig helfen? Es wäre ja auch für dich nicht schlecht, mehr über die repräsentativen Pflichten Bescheid zu wissen.«

»Da hast du Recht, liebe Großmama. Aber ich muss unbedingt noch etwas erledigen.« Mit diesen Worten schwirrte Leonie auch schon davon. »Vielleicht später, ja? Gibt ja noch genug zu tun«, hörte Francesca von Landsburg ihre Enkeltochter noch im Hinausgehen sagen. Dann war sie nicht mehr zu sehen.

Die Gräfin blickte auf die Uhr. Kurz nach vier. Und Christian war immer noch nicht da. Wie konnte er nur! Sie hatte ja vollstes Verständnis, dass er bis mittags am Gericht festgehalten wurde. Aber man wusste doch, dass die Herren Richter am Freitag keinesfalls länger als bis halb eins ihren Dienst taten. Da hätte er doch schon längst zu Hause sein und ihr zur Hand gehen können.

Das Aushilfsdienstmädchen machte sich nun an einer Statuette zu schaffen, die in einer Ecke stand. »Mein Gott, was machen Sie denn da?«

»Ich versuche, dass ich das Denkmal bringe draußen«, stotterte das Mädchen in verzweifeltem Deutsch.

Gräfin Francesca schlug die Hände über dem Kopf

zusammen. »Aber doch nicht die Bronzestatuette! Das Kunstwerk wird durch die Gäste gewiss keinen Schaden nehmen. Wenn Sie die nach draußen bringen wollen, dann können Sie gleich einen Möbelwagen kommen lassen.« Kopfschüttelnd entschloss sich die Gräfin, weiterzuziehen und sich auch der anderen Krisenherde des bevorstehenden Ereignisses anzunehmen. Es war eigentlich unmöglich, dass man an seinem Ehrentag vom frühen Morgen bis zur letzten Minute vor dem Eintreffen der Gäste auf den Beinen war, damit nur ja nichts schiefging. Aber wenn sie ehrlich war – sie hätte es auch niemand anderes erledigen lassen wollen. »Marianne, haben Sie darauf geachtet, dass für die Diabetiker unter unseren Gästen die passenden Getränke und Speisen gereicht werden?«

»Gewiss, Frau Gräfin. Die Köche haben genaue Anweisungen.«

»Und die Ober wissen auch, wem sie was servieren dürfen?«

»Selbstverständlich, Frau Gräfin.«

»Sind die Wagenmeister schon da?«

»Einer, gnädige Frau. Der zweite ist noch nicht aufgetaucht. Aber die ersten Gäste werden ja sicher erst in zweieinhalb Stunden eintreffen, nicht wahr?«

»Hauptsache, der Wagenmeister trifft nicht nach ihnen ein. Außerdem sollte er schon genügend Zeit haben, sich mit den Örtlichkeiten bekannt zu machen.«

»Gnädige Frau, der zweite ist doch der Alfred Grüner aus dem Ort. Der kennt sich hier aus wie in seinem eigenen Kräutergarten. Mir hat er einmal erzählt, dass er schon als Kind auf dem Gut ...«

»Marianne, verbringen Sie Ihre Zeit nicht mit Geschwätz. Es gibt genug zu tun.«

»Natürlich, Frau Gräfin.« Schon war sie fort. Francesca von Landsburg ärgerte sich, sie wollte Marianne nicht so angefahren haben. Seit mehr als fünfzehn Jahren tat die Haushälterin hier auf dem Landgut ihren Dienst. Sie war der Inbegriff von Loyalität und Korrektheit.

Plötzlich sah sie ihren Mann vor der Terrassentür vorbeigehen. »Ferdinand!«

Der so Gerufene blickte scheinbar überrascht drein.

»Ferdinand, bleib stehen! Wo willst du hin?« Mit wenigen schnellen Schritten war sie an der Tür und bedeutete ihm, hereinzukommen.

»Ich wollte nur noch mal kurz in den Stall ...«

»Denkst du nicht, dass der Stall heute Abend am wenigsten beachtenswert ist?«

»Gewiss. Heute Abend ...«

»Der Abend fängt jetzt an! Wie siehst du überhaupt aus? Du willst doch wohl nicht so vor unsere Gäste treten?« Sie sah an ihrem Mann herab. Sie sah das Tweedjackett, das er schon seit zehn Jahren trug und von dem sie manches Mal dachte, es müsse an ihm festgenäht sein, die Cordhose und das karierte Hemd, das am obersten Knopf geöffnet war. Gräfin Francesca hakte sich bei ihm unter. Auch um ihren Mann musste sie sich kümmern, es half ja nichts. »Nun komm mal, mein Lieber. Wir gehen jetzt nach oben und suchen dir etwas Passendes aus. Du wirst doch nicht an meinem Geburtstag wie ein Dahergelaufener in Erscheinung treten.«

»Im Internat nannten sie mich immer den Ritter von der traurigen Gestalt«, scherzte Graf Ferdinand.

»Aber das war vor sechzig Jahren ...«

»Fünfundsechzig.«

»Vor fünfundsechzig Jahren also – und da warst du ein schmaler Jüngling mit großen Ohren und ungelenken Extremitäten, der wahrscheinlich schon damals dieses Tweedjackett trug.«

»Woher weißt du das?«

Männer. Wer konnte schon sagen, weshalb man sie trotzdem liebte? Gutmütig schob Gräfin Francesca ihren Gatten durch die Schlafzimmertür und von dort aus weiter zum Ankleideraum. »So, nun sehen wir uns mal an, welcher Smoking dir am besten steht.«

»Bitte, keinen Smoking.«

»Ich finde einen Frack nicht wirklich passend. Aber wenn du lieber einen Frack ...«

»Nun gut, dann doch lieber einen Smoking.«

»Siehst du, manchmal bist du auch vernünftig. Der Gieves & Hawkes sitzt hervorragend.« Francesca nahm einen tiefschwarzen Smoking aus dem Kleiderschrank, dessen Revers leicht glänzten und der ein wenig auf Taille geschnitten war, was Ferdinand perfekt stand und außerdem à la mode war. »Und dazu bindest du dir bitte eine Schleife. Eine Fertigschleife lehne ich ab.«

»Francesca, das war Weihnachten vor zwei Jahren, als ich einen solchen Binder anlegte, und seither trägst du mir das nach.«

»Man kann es nicht oft genug sagen«, beschied Gräfin Francesca knapp. »Für schlechten Stil gibt es keine Entschuldigung.«

Seit Stunden war er jetzt unterwegs. Überall hatte Andy gesucht, halb Hamburg abgefahren, einmal sogar mit dem Gedanken gespielt, bei Sophies feiner Freundin vorbeizufahren, der Gräfin von irgendwas. Doch dahin würde sie nicht gegangen sein. Dazu kannte er Sophie zu gut. Vielleicht hatte Zlat etwas gehört. Andy nahm sein Handy, um ihn anzurufen. Das Display zeigte an, dass er eine SMS bekommen hatte.

»Rio lässt grüßen« las er. Dazu ein ziemlich reizvolles Bild von Sophie. Keine weiteren Nachrichten. Von welchem Ort hatte sie das geschickt? Klar, das war in der Wohnung aufgenommen worden. Jetzt war es deutlich erkennbar. Ein eigenes Handy hatte sie nicht, das hatte Sophie weggeworfen, damit man sie nicht orten und damit keiner ihre Gespräche zurückverfolgen konnte. Hatte sie die SMS etwa von seinem Handy aus verschickt? Möglich war es, denn er hatte es vorhin, als Zlatko und er zur Telefonzelle fuhren, vergessen.

Andy klickte die Anrufe durch, die zuletzt rausgegangen waren. Sophie hatte nicht telefoniert. Das war gut. Und dann fiel ihm etwas ein. Ja, es könnte sein, dass sie seine SMS durchgesehen hatte. *Rio lässt grüßen* schoss es ihm wieder durch den Kopf, und ihm wurde plötzlich einiges klar. »Für so eine scharfe Braut ziemlich clever«, sagte er vor sich hin und musste lächeln. »Aber nicht clever genug. Und vor allem: zu sentimental.«

Er wusste jetzt, wo er Sophie finden würde. Schnell wählte er Zlatkos Nummer. »Zlat?«

»Ja.«

»Nichts gehört?«

»Nichts gehört.«

»Kein Problem. Wir werden das hinkriegen. Pass auf: Du musst jetzt raus. Schwing dich auf deine Maschine und besorge uns schnellstens ein kräftiges Seil. Oder gibt es da eine Wäscheleine?«

»Keine Ahnung. Moment. Ich schau mal nach.«

Wenig später kam Zlatko zurück. »Keine Wäscheleine, Andy. Aber wir haben Packband da. So ein breites Klebeband. Was wir für das Foto genommen haben.«

»Schlaues Kerlchen! Dann kannst du's dir mit dem Klebeband und mit einem Küchentuch im Schlafzimmer gemütlich machen. Ich hab da so ein Gefühl, als wären wir schon bald wieder zu Hause. Ich schicke dir Sophie dann hoch, und du kümmerst dich um sie, ja? Aber schön vorsichtig. Solange die Knete nicht da ist, könnten wir sie noch brauchen. Am besten ist, du bindest sie ans Bett.«

»Klar«, sagte Zlatko, und Andy konnte sich vorstellen, wie er dabei grinste.

»Hey! Du machst nichts, außer sie zu fesseln und zu knebeln. Ist das deutlich?«

»Klar.«

»Und lass dich nicht von ihr zulabern. Am besten, du hältst selbst die Klappe und stopfst ihr möglichst schnell das Küchentuch ins Maul.« Ohne eine Antwort abzuwarten, drückte Andy das Gespräch weg und gab Gas. Nun musste er sie nur noch finden. Wenn er Sophie richtig einschätzte, konnte es eigentlich nur zwei Orte geben, an denen sie wahrscheinlich zu finden war: ein kleines Lokal in der Waitzstraße und ein Fleckchen am Elbufer unterhalb des Jenischparks, wo es jetzt ziemlich dunkel sein dürfte. Trotzdem: Er glaubte nicht, dass Sophie angesichts der Situation ausgerechnet unter Menschen gehen würde. Nein, sie würde dort an der Elbe auf einer Bank sitzen und auf den Fluss schauen, dieses sentimentale Flittchen, und von Brasilien träumen.

Andy musste aufpassen. Er durfte nicht zu schnell fahren. Was er jetzt am wenigsten brauchen konnte, war eine Polizeikontrolle. Dennoch ging es rasch – auf der Strecke waren um diese Zeit kaum Autos unterwegs.

Er hielt oberhalb des Parks an und lief einen schmalen Weg hinunter zum Elbufer. »Sophie.«

Sie saß da auf einer Bank, sagte aber nichts. Sie starrte nur, wie er es erwartet hatte, auf das Wasser und hielt ihre Beine umklammert. »Ich hab mir solche Sorgen gemacht, Sophie! Was tust du hier? Komm ...« Andy setzte sich neben sie, noch ganz außer Atem, und legte ihr seine Jacke um die Schultern. Doch sie rührte sich weiterhin nicht.

»Was ist los, Schatz?«, versuchte er es wieder. »Ist irgendwas passiert? Jetzt sag doch was.«

Langsam wandte sie ihm ihr Gesicht zu und blickte ihn mit traurigen Augen an. Mit leiser Stimme sagte sie: »Das ist alles eine große Lüge.«

Andy schwieg. Er wusste, was jetzt kommen würde. Aber er würde nicht den Fehler begehen, es ihr mit den richtigen Fragen leicht zu machen. Stattdessen legte er ihr nur die Hand auf den Arm.

»Du hast mich nur benutzt«, fuhr Sophie fort. »Dieser Plan ist dein Plan, und ich bin nur dabei, weil meine Eltern die nötige Kohle haben.« Sie schluckte. »Du hattest nie vor, mit mir nach Brasilien zu gehen.«

»Brasilien, Sophie ...«

»Oder irgendwohin!«, unterbrach sie ihn. »*Ein* Ticket hast du gebucht, *eines*. Nach Kairo. Die Bestätigung hast du per SMS bekommen. Ich habe sie gelesen, nachdem ich ... Du wolltest mich nicht mitnehmen. Was hattest du vor? Wolltest du mich hier lassen? Sollte ich auffliegen? Oder hast du eine andere?«

Andy legte seine Hand an ihre Schläfe. »Sophie, wie kommst du auf diesen ganzen Unsinn! Wann hast du dir das alles ausgedacht? Das Ticket ist für Zlat.«

»Aber Zlatko will zu seinen Verwandten nach Serbien.«

»Wenn er da hingeht, fliegt er doch nur auf. Er muss erst mal von der Bildfläche verschwinden. Nach Serbien kann er dann immer noch. Und das ist von Ägypten aus auch viel unauffälliger.«

»Und was ist mit unseren Tickets? Du hast zu Zlatko gesagt, dass dir Brasilien egal ist. Du hast dich doch nicht mal dafür interessiert, dass man da Portugiesisch spricht und ...«

Andy legte ihr die andere Hand sanft auf den Mund. »Aber wie kommst du bloß auf diesen ganzen Mist? Ja, ich habe mit Zlatko gesprochen und ihm gesagt, dass mir Brasilien egal ist. Du kennst doch Zlat. Er hat mich die ganze Zeit genervt, von wegen hübsche Mädchen und Copacabana und dem ganzen Scheiß. Er sollte endlich mit seinem Karnevalsgequatsche aufhören. Ich geh deinetwegen weg. Von mir aus kann es auch Grönland sein.«

»Und die Tickets?«

»Die Tickets sind längst gebucht!«

»Bestimmt?«

»Ganz sicher.«

»Zeig sie mir.«

Einen Augenblick zögerte Andy. »Aber dann musst du mitkommen«, sagte er. »Unsere Tickets hab ich nicht mit dem Handy gebucht, sondern im Internet. Und den Computer hab ich gerade nicht dabei, okay?«

Sophie sah ihn fragend an und zögerte einige Sekunden. »Okay«, sagte sie dann, schniefte, lächelte tapfer und rappelte sich auf. Andy legte zärtlich seinen Arm um sie, langsam gingen sie zurück zum Wagen.

Es war kurz vor fünfzehn Uhr, als Christian schweißgebadet vor der Villa der Biels ankam. Genau genommen zwei Minuten davor. Freitagnachmittag in Hamburg, das hieß Verkehr, Stau, verstopfte Straßen. Unter normalen Umständen hätte er die Strecke vom Gericht bis hierhin in weniger als einer halben Stunde zurückgelegt. Aber ausgerechnet heute, wo ihm nur eine Stunde blieb, eine einzige Stunde, hatte es ewig gedauert.

Eine Stunde hatten ihm die Entführer bis zur nächsten Nachricht gegeben. Christian hatte sich den Kopf zermartert, aber er war aus dieser Anweisung einfach nicht schlau geworden.

Kurz nach vierzehn Uhr war es gewesen, als ihn Otto von Biel angerufen und gebeten hatte, sich als Mittelsmann zur Verfügung zu stellen: »Die Entführer erwarten, dass ich eine unbeteiligte Person schicke und nicht selbst gehe. Auch keine Polizei. Meine Frau kann das nicht, verstehen Sie? Und es wäre auch zu gefährlich für sie. Ich weiß nicht, wen ich sonst bitten kann. Das ist doch nichts, was man seine Sekretärin erledigen lässt. Kurz, ich möchte Sie inständig bitten, Graf Landsburg, dass Sie sich bereit erklären, das Geld zu übergeben. Bis drei soll ich den Koffer mit dem Lösegeld einer Vertrauensperson übergeben. Dann gibt es neue Anweisungen.«

»Haben sie sich schon wieder gemeldet?«, fragte Christian, als er Biels Arbeitszimmer betrat. Er begrüßte zuerst Sophies Vater, dann den Einsatzleiter, Polizeioberkommissar Bernheimer. »Nein. Nichts«, sagte Biel.

»Tut mir Leid, dass ich so knapp komme ...«

Biel winkte ab. »Ich muss Ihnen dankbar sein, dass Sie überhaupt diese Sache auf sich genommen haben. Ich stehe in Ihrer Schuld. Und ich weiß, dass ich nicht sehr höflich zu Ihnen war ...«

Nun war es Christian, der abwinkte. »Was spielt das jetzt für eine Rolle!«

Auf Biels Schreibtisch lag ein schwarzer Attaché-Koffer, so wie ihn die Entführer gefordert hatten.

»Das Lösegeld?«, fragte Christian.

Biel nickte. »Zwei Millionen. Es war nicht leicht, diese Summe aufzutreiben.«

Die drei Männer schwiegen.

Es war nur eine kleine Einsatztruppe unter dem Kommando von Bernheimer im Haus, insgesamt sieben Leute, der Rest der Fahndungseinheit war per Telefon und Computer mit den Technikern im Nebenraum und den Einsatzbeamten ständig verbunden oder hielt Stellung im Präsidium. Außerdem waren über die ganze Stadt Spezialkommandos verteilt, die von bestimmten Verkehrsknotenpunkten innerhalb von Minuten jeden Ort der Stadt erreichen und den Verkehr gezielt unterbrechen konnten. Christian schätzte, dass in diesem Augenblick vier- bis fünfhundert Einsatzkräfte darauf warteten, die Entführer zu schnappen. Das Maximum dessen, was in einer Stadt von der Größe Hamburgs noch absolut unauffällig und dabei mit optimaler Effizienz aufzustellen war.

Es war ein sonniger Tag. Viel zu schön, angesichts eines solchen Vorfalls, dachte Christian. Für seine Mutter konnte es an ihrem Ehrentag nicht besser sein. Die Strahlen fielen schräg durch die Fenster in Biels Arbeitszimmer und blendeten. Christian sah sich die Grafiken an, die ihm irgendwie seltsam vorkamen.

»Die sind nicht echt«, erklärte Otto von Biel, der sich neben ihn gestellt hatte. »Alles Kopien. Bis auf den Kujau.«

»Der ist echt?«

»Na ja. Sagen wir so, es ist keine Kopie.« Biel schmunzelte. »Aber es ist auch kein Kujau.«

»Er ist nur mit Kujau signiert? Also doch eine Fälschung!«

»Aber es ist das bevorzugteste Bild hier in diesem Raum. Ausgerechnet diese Zeichnung wird von allen geliebt«, sagte Biel.

In diesem Augenblick klingelte Christians Handy. Biel wollte zu seinem Telefon stürzen, merkte aber sogleich, dass es ein anderer Klingelton war.

»Entschuldigung«, sagte Christian leise. »Aber unter diesen Umständen will ich erreichbar bleiben.« Er nahm den Anruf an. Es war Leonie. »Paps, du hast doch gesagt, wenn mir noch etwas einfällt ...«

»Schatz, ich kann jetzt nicht ... Entschuldige, du hast Recht. Was ist es denn?«

»Vielleicht ist es ganz unbedeutend. Aber möglicherweise ist es doch wichtig.«

»Egal. Schieß los.«

»Sophie hatte den Tisch in dem Restaurant auf den Namen der Galerie reserviert.«

»Verstehe. Alles klar. Danke.«

»Da ist noch was, Paps. Als ich in Sophies Wohnung war, fehlten einige Sachen.«

»Was meinst du damit?«

»Nun, es fehlten ihre Lieblingsklamotten, also Dinge, ohne die sie nicht verreisen würde, wenn du weißt, was ich meine. Und es fehlte die Packung mit den Antibabypillen.«

Christian war zunächst sprachlos über diese Informationen.

»Danke, Leo«, sagte er. »Das muss ich erst mal verdauen. Ich muss jetzt aufhören, ja?«

Wieder hieß es warten. Die Entführer ließen sich Zeit mit ihren weiteren Anweisungen. Biel, Bernheimer und der Graf gingen im Raum auf und ab, jeder in einer anderen Richtung. Christian, der über das soeben Gehörte nachdachte, schritt die Bilder ab. Kopien, Duplikate, Repliken – und eine Fälschung. Ausgerechnet der Kujau war falsch. Die Fälschung eines Fälschers. Mit schmalen Augen folgte er dem Strich. Ein Porträt von Biel. Von irgendeinem Künstler als vermeintliche Fälschung deklariert und dabei doch echt falsch. Plötzlich schlich sich ein Gedanke in Christians Überlegungen, der ihm eine Gänsehaut verursachte. »Aber es ist ein wirklich gutes Bild, Herr von Biel«, sagte er. »Und Sie sind darauf außerordentlich gut getroffen.«

Um vier Uhr nachmittags war das Kaufhaus Karstadt in der Mönckebergstraße brechend voll. In dem Gedränge war man besser geschützt als hinter jeder noch so diskreten Mauer. Andy und Zlatko fielen in der Menschenmenge nicht auf, während sie nach einem passenden Opfer Ausschau hielten.

Nach einiger Zeit klopfte Zlatko Andy auf die Schulter und nickte in Richtung zweier Schülerinnen, die sich am Eingang herumtrieben und offensichtlich ihren Spaß mit dem Versenden von SMS-Nachrichten und den eingehenden Antworten hatten.

Doch Andy verzog nur den Mund und raunte seinem Partner zu: »Nicht am Eingang, Mann. Da treiben sich die ganzen Hausdetektive herum – und nirgends sonst gibt's so viele Kameras.«

Er sah auf die Uhr. Nach drei. Verdammt spät. Sie konnten nicht riskieren, dass sie jetzt ewig viel Zeit verloren. Alles war arrangiert. Und alles konnte noch schiefgehen.

Andy entdeckte an der Bushaltestelle vor dem Kaufhaus eine junge Türkin, die mit der einen Hand ihr Mobiltelefon ans Ohr hielt und mit der anderen einen Kinderwagen hin und her schob. Einen Zwillingswagen! Andy jubelte innerlich. Perfekt. Das würde funktionieren. Er gab Zlatko ein Zeichen, dass er sich in Bewegung setzen solle.

Zlatko zwängte sich zwischen beleibten Parfümeriekundinnen hindurch, arbeitete sich nach draußen vor, bis er knapp hinter der Frau stand, deren Zwillinge gerade im Duo schrien. Er setzte eine Leidensmiene auf und wartete ab, bis die Mutter mit ihrem Telefonat zu Ende war, ehe er auf sie zutrat und in schlechtem Deutsch sagte: »Entschuldige, also, kann ich mal deine Telefon nehmen, nur ganz kurz, weil ich meine kleine Schwester verloren hab. Die hat mein Handy, und wenn ich sie anrufe, kann ich sie wiederfinden.«

Zlatko merkte, dass die junge Frau ihm das Handy nur ungern gab. Mit leicht gequältem Lächeln reichte sie ihm das Gerät.

»Danke, echt, tausendmal danke«, sagte er und tippte auch gleich eine Nummer ein. Anschließend wandte er sich ein wenig von ihr ab und sprach auf Serbisch aufgeregt ins Telefon. Nervös blickte die junge Mutter die Straße hinunter auf den Bus, der sich langsam der Haltestelle näherte. »Okay«, hörte sie Zlatko schließlich auf Deutsch sagen. »Dann bleib, wo du bist, ja? Du gehst nicht weg! Nicht weggehen.«

Endlich nahm er das Handy vom Ohr und seufzte. »Wirklich, nochmals tausend Dank«, sagte er und gab der Türkin ihr Mobiltelefon zurück. »Das war meine Rettung. Also, ich kann mir gar nicht vorstellen, was mein Vater gemacht hätte, also mit mir, wenn ich ohne Schwester heimgekommen wäre.«

Inzwischen stand der Bus vor ihnen, und die Türen

hatten sich geöffnet. »Schon okay«, sagte die Frau, steckte das Gerät in ihre Tasche und beeilte sich, den Kinderwagen auf die Treppe zu bugsieren. »Moment!«, rief Zlatko. »Da helfe ich!« Er packte aber so umständlich an, dass die zweifache Mutter beinahe von ihm zur Seite gestoßen worden wäre. Gerade noch fing ein anderer Passagier sie auf. Zlatko sprang, nachdem der Kinderwagen endlich im Bus war, aus der Tür, bevor sie vom Fahrer geschlossen wurde. Durch das Fenster konnte er sehen, wie die Mutter ihr verrutschtes Kopftuch ordnete.

Zlatko zwinkerte Andy zu, der grinsend das Handy in seine Hosentasche gleiten ließ.

9

Es war schon siebzehn Uhr vorbei, als endlich Otto von Biels Telefon läutete. Zwei Stunden hatten sie alle auf den Anruf gewartet, zwei Stunden, die an ihren Nerven zehrten. Wie bei Leonies Geburt – mehr als einmal hatte Christian daran gedacht und sich an die bangen Stunden erinnert, die seine Frau damals im OP verbrachte, bis endlich die erlösende Nachricht gekommen war: Kaiserschnitt gelungen, Mutter und Kind wohlauf, ich gratuliere zu einer gesunden Tochter.

Christian hatte die meiste Zeit tatenlos im Arbeitszimmer von Biel herumgestanden. Angesichts der zunehmenden Unruhe fiel es ihm schwer, sich zu setzen. Ich gratuliere zu einer gesunden Tochter, das wollte er auch Biel am Ende dieses Tages sagen können. Doch nichts hatte sich getan, seit er hier eingetroffen war. Zwei Stunden lang hatten er und Biel sich hauptsächlich angeschwiegen, hatte die Galerie der Fälschungen sie angestarrt, hatte Bernheimer mit umwölkter Stirn die Anlage und den an Christian angebrachten Sender wieder und wieder getestet. Und als alle in ein Loch der Hoffnungslosigkeit zu sinken drohten, klingelte endlich Otto von Biels Telefon. Bernheimer stand plötzlich in der Tür, die Hand erhoben, was bedeutete, dass man noch etwas warten sollte. Nach dem zweiten Läuten zeigte er dann auf das Telefon und machte Biel ein Zeichen, den Anruf anzunehmen.

Im Nebenzimmer sprangen die Rechner an, die die Einsatztruppe mitgebracht hatte.

»Hallo?«

»Biel?«

»Ja.«

»Ist Ihr Kontaktmann da?«

»Steht neben mir.«

Ein Rauschen in der Leitung, eine kurze Unterbrechung. Der Anruf kam von einem Mobiltelefon. »Hat er ein Handy?«

»Ja, sicher ...«

»Wie lautet die Nummer?«

Biel machte eine hilflose Geste zu Christian hin: »Sie wollen Ihre Mobilnummer.«

Christian nannte sie ihm, und Biel wiederholte sie in den Hörer.

»Okay. Und das Geld?«

»Ist auch hier.«

»Schicken Sie Ihren Kontaktmann zu *Charly's Tante*, ein Lokal in der Paul-Roosen-Straße. Weitere Anweisungen dort.«

Schlagartig war die Leitung unterbrochen. Christian hörte, wie Bernheimer aus dem Nebenzimmer Fragen stellte und Anordnungen gab: »Habt ihr die Nummer? Gut. Du, Stefan, kümmerst dich um den Besitzer, die Mobilfunkfirma. Frank gibt die Koordinaten an die Meldebehörde durch, Bernhard Arbeitsplatz und Sonstiges, Silke, Kfz-Kennzeichen abfragen. Inge, du gibst bitte alle Anweisungen nach draußen. War die Stimme simuliert, Uli?« – »Nein. Klarstimme. Leichter Akzent, eventuell osteuropäischer Herkunft, würde sagen, zwischen zwanzig und dreißig, hat wahrscheinlich vom Blatt gelesen.« Und dann gingen plötzlich wie in einem Feuerwerk alle Stimmen und Informationen durcheinander: »Yasemin Özül, Bickbargen 18a, das ist in ...« – »Halstenbek, kenn ich.« – »Zwei Kollegen in Pinneberg, die's in zehn Minuten schaffen könnten.« – »Okay. Schick sie hin.« – »Ich hab hier *Charly's Tante*. Hamburger Berg.« – »Ungefähr achtzehn Kollegen dort.«

Bernheimer kam in Biels Arbeitszimmer. »Herr Landsburg, Sie sollten sich auf den Weg machen. Das betreffende Lokal liegt mitten in St. Pauli. Sie kennen sich aus?«

»Navigationssystem.«

»Gut.« Bernheimer überprüfte noch einmal Christians Jacke, um sicherzustellen, dass der Sender richtig fixiert war. »Knopf im Ohr okay?« Christian nickte. »Machen Sie sich darauf gefasst, dass das eine längere Reise wird. Wahrscheinlich haben die Herrschaften dort eine Nachricht für Sie hinterlegt, oder sie rufen Sie dort an. Wir haben unsere Leute vor Ort. Die sind weit vor Ihnen da. Aber Sie sollten sich ranhalten. Viel Verkehr um diese Zeit. Wahrscheinlich werden die Entführer Sie beobachten. Wir halten uns so weit es geht zurück, um das Leben der Geisel nicht zu gefährden. Deswegen haben wir nur Funkkontakt. Melden Sie uns sofort jede Änderung, damit wir wissen, was läuft.«

»Danke«, sagte Christian nur und sah Biel kurz an.

»Alles Gute, Graf Landsburg. Und bitte bringen Sie uns Sophie gesund wieder zurück.« Christian nickte Biel ernst zu und wandte sich zum Gehen. Im Flur hörte er die letzten Bruchstücke eines irrwitzigen Sprachgewirrs aus dem provisorischen Einsatzzentrum: »Grundschullehrerin in Othmarschen. Einsatzteam in Flottbek.« – »Okay. Sollen hinfahren.« – »Kann doch nicht die Lehrerin gewesen sein. Der Anrufer war eindeutig ein Mann.« – »Ihr Freund vielleicht?« – »Vielleicht, aber möglicherweise laufen wir hier auch einem geklauten Handy hinterher.« – »Kein Kfz.« – »Wir haben's geortet!« – »Okay. Wo?« – »Altona oder Eimsbüttel.« – »Straßensperre?« – »Sinnlos. Sollen wir jeden Mann, der mit einem Handy telefoniert, vorläufig festnehmen?« – »Scheiße!«

BLÖK fuhr mit einem weinroten Rolls-Royce vor, und er war sichtlich enttäuscht, dass offenbar alle Gäste längst eingetroffen waren. Niemand war also da, um seine Ankunft zu bewundern. Einzig die Gräfin und der Graf und ein paar Bedienstete. Die potenziellen Kunden hielten sich in den Räumen des Anwesens auf. Eigentlich klar. Dennoch war er leicht verärgert.

»Ah, unser Künstler!«, begrüßte ihn Francesca von Landsburg mit großer Geste und hielt ihm ihre rechte Hand hin, der er, entgegen jeder Etikette, mit feuchten Lippen einen Kuss aufdrückte.

»Willkommen auf Landsburg«, schloss sich Graf

Ferdinand an. »Was für eine schöne Idee, sich für diesen Abend ein besonderes Automobil zu besorgen.«

Zumindest einer hatte also Notiz von den Anstrengungen genommen, deren es bedurfte, sich ein solches Gefährt zu mieten, dachte BLÖK, nicht wissend, dass er mit diesem Auftritt bei der Gräfin erheblich verloren hatte. Man ging nun zusammen ins Haus.

»Meine Damen und Herren«, sagte Gräfin Francesca mit ihrer hellen Stimme. »Unser Künstler ist eingetroffen. Begrüßen Sie mit mir BLÖK, dessen wundervolle Werke sie heute Abend hier sehen.«

Der freundliche Applaus schmeichelte BLÖK zutiefst. Die Gastgeberin beugte sich zu ihm und fügte mit einem charmanten Lächeln leise hinzu: »Jetzt müssen Sie mich ein Weilchen entschuldigen, mein Lieber, aber ich habe so viele Gäste noch nicht willkommen geheißen. Sehen Sie sich doch inzwischen um. Ich hoffe, Ihnen gefällt, wie wir Ihre bezaubernden Werke präsentiert haben.« Und mit einer eleganten Drehung war sie verschwunden, Ferdinand im Schlepptau. »Was für ein grässlicher Kerl«, zischte sie ihm zu. »Warum hast du mir nicht gesagt, dass er überhaupt keine Manieren hat.«

»Ich kannte ihn nicht ...«

»Er hat mir beim Handkuss fast die Finger abgeleckt! Ekelig! Ich muss mir jetzt zuallererst die Hände waschen.«

»Aber, Schatz, das hat er doch nur aus Höflichkeit getan«, versuchte Ferdinand sie zu beruhigen.

»Aus Höflichkeit hätte er sich informieren können, wie man einer Dame die Hand küsst! Und dann diese peinlich Angeberei mit dem Bentley.«

»Es war ein Rolls-Royce, Francesca.«

»Egal.«

»Könnte es nicht eine Ehrenbezeugung sein, dass er sich deinetwegen solche Mühe macht?«

»Meinetwegen? Ha! Meinetwegen hätte er früher kommen können. Er wollte natürlich für sich einen großen Auftritt. Wie alle kleinen Männer.«

»Du bist äußerst ungerecht, Francesca.«

Die Gräfin manövrierte ihren Gatten durch eine kleine Seitentür und stellte ihn zur Rede: »Ferdinand. Ich will wissen, wo Christian ist. Wir haben zweihundert Gäste im Haus, aber mein Sohn treibt sich Gott weiß wo herum. Da ist doch etwas nicht in Ordnung. Und du weißt, was gespielt wird. Oder sollte ich mich da täuschen?«

Charly's Tante war eine kleine Bierwirtschaft, in der um diese Uhrzeit nur notorische Säufer verkehrten. Christian war froh, dass er sich vorher noch umgezogen hatte. Seine graue Flanellhose und seine Tweedjacke hatte er gegen einen alten Adidas-Trainingsanzug getauscht, darunter trug er ein verwaschenes T-Shirt. Er musste beim Wechsel seiner Kleidung ein wenig die Nase rümpfen – sie hatte seit mehreren Wochen im Kofferraum seines Wagens gelegen. Da Christian nicht wusste, wohin ihn die Entführer hetzen würden, hatte er sich für diese eher unauffällige Kleidung entschieden. Als er sich seine schlammverschmierten Turnschuhe zuschnürte, huschte ein Lächeln über sein Gesicht. Würde ihn jetzt seine Mutter so sehen, sie hätte wahrscheinlich an den endgültigen Untergang des Abendlandes geglaubt.

Niemand blickte auf, als Christian die Spelunke betrat. Der schwarze Attaché-Koffer passte so gar nicht zu seiner sportlichen Kleidung und schrie in einer solchen Umgebung geradezu nach Aufmerksamkeit. Wer mit einem derartigen Behältnis unterwegs war, riskierte automatisch, darum erleichtert zu werden.

Er sah sich um. Einige alte Fischernetze, in denen Plastikfische hingen, eine aufblasbare Puppe, die eine Meerjungfrau darstellen sollte, Plastikblumen in Kornflaschen. An den Wänden klebte der Rauch von hunderttausenden von Lungenkranken, am Tresen stierten zwei zwielichtige Gestalten müde vor sich hin. Der Wirt, der sich vor ihm aufstellte, trug ein löchriges Unterhemd – es war wie in einem billigen Fernsehfilm.

»Was darf's denn sein?«

»Ist hier eine Nachricht für Biel hinterlegt worden?«

»Mir nicht bekannt. Aber ich stehe auch erst seit fünfzehn Jahren hier hinter der Theke.« Der Mann unternahm gar nicht erst den Versuch, seinen eigenen Scherz komisch zu finden, sondern blickte Christian dumpf ins Gesicht. »Sonst vielleicht noch einen Wunsch?«

»Ein Bier, bitte.«

Wortlos drehte sich der Wirt um und schnappte sich ein Glas, um ein Pils zu zapfen. »Nicht so ganz Ihre Gegend hier, was? Hab'n sich wohl beim Joggen verirrt?«, fragte er nach einer Weile und musterte Christian von Landsburg unverhohlen.

Das Pils stand noch nicht auf dem Tresen, als ein Telefon klingelte. Mit schweren Schritten ging der Wirt zum Apparat und nahm den Anruf entgegen. Christian konnte nicht hören, was er sagte, weil er sich von ihm abgewandt hatte. Doch wenige Augenblicke später kam er zurück. »Biel?«, fragte er.

»Meine Nachricht?«

»Sieht so aus.«

»Darf ich ...?«, fragte Christian und zeigte in Richtung Telefon.

»Hat schon aufgelegt.«

»Oh. Und?«

»Immer langsam. Ich weiß nicht, was hier gespielt wird. Aber erst zahlst du mir mein Bier, und dann sage ich dir, was ich mitteilen soll.«

»Klar.« Christian fingerte nach seiner Geldbörse. »Was macht das?«

»Zwanzig Euro«, sagte der Wirt und grinste schräg. Christian atmete tief durch. »Okay. Zwanzig Euro.« Er kramte in seinem Portemonnaie nach restlichen Münzen, da er nur fünfzehn Euro in Scheinen bei sich hatte. Absurd, dachte er, einen Koffer mit zwei Millionen Euro in der Hand zu halten und an zwanzig Euro für einen kleinen Bier-Erpresser zu scheitern. Achtzehn Euro. Christian knallte auf den Tisch, was er zusammengekratzt hatte. Bei dem vielen Kleingeld würde der stiernackige Kerl das vielleicht gar nicht merken. Doch für Geld hatte der offenbar einen Blick. »Das sind keine zwanzig.«

»Hören Sie, es ist alles, was ich habe. Nehmen Sie's. Bitte.«

»Na gut«, sagte der Wirt und wischte das Geld vom Tresen, um es sich umständlich in die Hosentasche zu stopfen. »Du sollst ins Allgemeine Krankenhaus Altona fahren. Die in der Notaufnahme wüssten, wo die Kleine liegt.« Wieder ein schräges Grinsen. »Viel Spaß mit der Kleinen!«, rief der Mann Christian noch hinterher und griff sich sein Bier, um es in einem Zug hinunterzustürzen.

Die Hände ineinander verkrallt, saß Margareta von Biel in ihrem Sessel und starrte auf die Fotografien ihrer Familie, auf die Porträts ihrer Eltern, des Vaters, den sie zutiefst enttäuscht und dessen Vermögen sie am Ende doch geerbt hatte. Die Mutter, die an gebrochenem Herzen gestorben war; die Großeltern, streng und stolz, Menschen, die für ihre Güter, ihre Traditionen und ihren Stand gelebt hatten. All das war Vergangenheit. Und nun musste Margareta von Biel befürchten, auch noch das Letzte zu verlieren, wofür es sich zu leben gelohnt hatte – ihre Tochter, ihr einziges Kind, die Erbin, wenn auch nicht des Namens, so doch des Überkommenen und des restlichen Vermögens der Familie d'Assiri.

Fröstelnd stand sie auf, zog ihren Schal enger um die Schultern und ging fast geräuschlos durch die einzelnen Räume der Villa. Im Erdgeschoss summte es wie in einem Bienenstock und wenn man näher kam, wurde aus dem Bienenstock eine Markthalle. Es wurde geschrien, Befehle wurden erteilt, Informationen in den Raum geworfen. Das war nicht das wirkliche Leben, dachte Margareta von Biel. Sophie war das Leben. Alles andere bedeutete den Tod.

Sie drückte die Tür zu dem früheren Kinderzimmer ihrer Tochter auf, das sie vor fast zwei Jahren verlassen hatte, um in ihre eigene kleine Wohnung zu ziehen. Margareta von Biel hatte alles in dem »Prinzessinnen-Zimmer«, wie sie es genannt hatte, unverändert gelassen. Sie ließ ihre blasse Hand über die Möbel gleiten, über die Stofftiere, die Sophie zuletzt peinlich gewesen waren, über die Pferdeposter an den Wänden. Schließlich setzte sie sich auf das Bett, das jetzt mit einem Plaid bedeckt war. Hier war Sophie glücklich gewesen. Hier hatten sie alle den ganz normalen Ärger durchgestanden, den Eltern mit ihren Kindern und Kinder mit ihren Eltern haben. Hier hatte Sophie ihre Schulaufgaben erledigt, ihre erste heimliche Zigarette geraucht und ihren ersten Freund angeschleppt. Dies war der Raum, in dem die Biels als Familie auftraten. Dies war aber auch der Raum, in dem Otto von Biel die Hand gegen seine Tochter erhoben hatte.

Das Allgemeine Krankenhaus Altona lag in der Nähe einer viel befahrenen Straße. Christian war in weniger als einer Viertelstunde dort. Er blieb in der Auffahrt zur Notaufnahme stehen, ließ den Motor laufen und riskierte, dass er Ärger mit den Fahrern eintreffender Notarztwagen bekam.

»Landsburg, mein Name!«, keuchte er, als er am Aufnahmeschalter angekommen war. Die Dienst habende Schwester sah ihn nur unverwandt an. »Und was kann ich für Sie tun?«

»Landsburg. Haben Sie eine Nachricht für mich?«

Und dann, noch ehe sie antworten konnte, fiel ihm ein, sich zu verbessern. »Entschuldigen Sie, Biel ist mein Name. Biel. Es geht um Sophie von Biel. Haben Sie da eine Nachricht?«

»Ach, Sie müssen der Arzt sein! Ja, natürlich! Moment ... Die Kollegen haben schon angerufen. Das Mädchen liegt offenbar im Kinderkrankenhaus Wilhelmstift. Tut mir Leid, dass Sie versehentlich ins falsche Spital ...«

Den Rest der Rede hörte Christian schon nicht mehr. Ebenso nicht die etwas pikierte Feststellung der Schwester: »Der sollte sich mal entscheiden, wie er heißt. Komischer Typ, wie'n Arzt sieht der in seinem Jogging-Outfit auch nicht aus!«

Das Kinderkrankenhaus lag in Rahlstedt. Das hieß: einmal quer durch die Stadt. Christian programmierte erneut das Navigationssystem. Auf mehr als dreißig Minuten Fahrtzeit durfte er sich einstellen. Dreißig quälende Minuten. Er kam sich ausgeliefert vor. Christian von Landsburg war zum Ball in einem perversen Spiel geworden, in dem er mit einem Haufen Geld kreuz und quer durch die Hansestadt gejagt wurde, nicht wissend, ob er am Ende eine erlösende Nachricht bekommen würde. Oder die Gewissheit, dass das Leben von Sophie nicht mehr zu retten war. Immer wieder musste Christian an das brutale Foto denken, das die Entführer von Sophie gemacht hatten. Was würden Sie erst mit ihr anstellen, wenn die Geldübergabe scheiterte? Noch ein weiterer Gedanke ging ihm nicht aus dem Sinn. Wieso hatte Sophie ihre Lieblingsklamotten und ihre Pille eingepackt, als hätte sie verreisen wollen? Wo aber war die Tasche? In ihrem

Wagen hatte man sie nicht gefunden. Oder war das alles nur Zufall? Hatte sich Leonie getäuscht?

Im Rückspiegel versuchte er zu erkennen, ob er verfolgt wurde. Ein weißer Kombi schien eine Weile hinter ihm herzufahren, doch dann war er plötzlich verschwunden. Christian fragte sich, ob er von einem anderen Wagen abgelöst worden war. Seine Hände waren nass, er konnte kaum das Lenkrad halten. Er spürte, wie ihm der Schweiß den Nacken hinablief. Billstedt. Jenfeld.

»Biel?«, fragte die Frau hinter dem Aufnahmeschalter. »Da war doch was ...« Sie lief nach hinten, um ihre Kollegin zu fragen. Die Atmosphäre in der Kinderklinik war freundlich, die Sonne schien fröhlich durch ein Fenster der Eingangshalle und fiel auf Zeichnungen, die von den kleinen Patienten stammten und hier nun ausgestellt worden waren.

»Meine Kollegin wusste Bescheid. Die Kleine ist wohl drüben in Alsterdorf.« Auf Christians verständnislosen Blick hin präzisierte sie: »Im Evangelischen Krankenhaus Alsterdorf. In Ohlsdorf ist das.«

Wie viele Krankenhäuser hat eine Stadt wie Hamburg, fragte sich Christian, während er eine zunehmende Benommenheit verspürte. Er war zum Werkzeug der Entführer geworden. Er handelte nach ihrem Willen, tat, was sie von ihm verlangten. Er fuhr, an unsichtbaren Fäden gezogen durch die Stadt, ohne zu wissen, ob für Sophie überhaupt noch ein Fünkchen Hoffnung bestand. Ein Anfall von Übelkeit überkam ihn, als ihm wieder seine völlige Hilflosigkeit bewusst wurde. Für einen Augenblick überlegte er, ob er nicht einfach im Krankenhaus Alsterdorf anrufen sollte. Doch nein, damit würde er die Spielregeln verletzen. Und wenn er nicht riskieren wollte, dass die Entführer nach Erhalt des Lösegeldes ihr Opfer umbrachten, um sich auf diese Weise ihrer gefährlichsten Zeugin zu entledigen, dann musste er sich genau an ihre Regeln halten.

»Alles in Ordnung, Herr Landsburg?«, hörte er die Stimme von Bernheimer in seinem Ohr. Oh Gott, wie lange hatte er hier am Auto gestanden? Eine Minute? Zwei? Zehn?

Er stieg in den Wagen. »Alles in Ordnung«, sagte er leise und nahm wieder seine Route auf. Bernheimer hatte gesagt, die Polizei würde ihm nicht folgen, um Sophie nicht zu gefährden. Aber wo waren sie dann? Wie war es möglich, mit einem so kleinen Sender auf derart große Distanz Funkkontakt zu halten?

Gegen zwanzig Uhr hielt es Leonie nicht mehr auf ihrem Platz aus. Ihr Tischnachbar, Herzog von Rothenau, nach Ansicht ihrer Großmutter eine der attraktivsten Partien des österreichischen Hochadels, nach Leonies Ansicht einer der größten Schleimbeutel diesseits des Bosporus, war eben dabei, die Vorzüge von gescheckten Kühen darzulegen, die er selbst gezüchtet hatte. Er wusste nicht, was er mehr loben sollte, die Milchmengen, die eine jede seiner Kühe zu geben vermochte, oder die Widerstandsfähigkeit gegen allerlei Rinderkrankheiten, namentlich gegen die Maul- und Klauenseuche, die bei dieser speziellen Zuchtform so gut wie ausgerottet war. Leonie, die sowieso erst spät in Erscheinung getreten war, um so wenig wie möglich den gesellschaftlichen Zwängen ausgesetzt zu sein, sprang in diesem Moment auf und sagte: »Verzeih, Rudi, ich fürchte, ich muss dich verlassen.«

»Ist dir nicht gut, Leonie?« Von Rothenau blickte bestürzt auf Leonies Teller, der praktisch unberührt war.

»Tut mir Leid. Ich habe furchtbare Kopfschmerzen. Rinderwahnsinn. Klare Anzeichen.«

Leonie lief hinauf in ihr Zimmer. Wenn Sven doch nur da wäre! Aber in diesem Punkt war er mit Großmutter einer Meinung gewesen: Er passte nicht auf dieses Fest. Mindestens so wenig wie ich selbst, dachte Leonie und wählte seine Nummer. Nichts. Sie versuchte es auf dem Handy und hatte Glück. »Von Bellingen zu Wuffingen«, meldete sich Sven, der ihre Nummer offensichtlich auf seinem Display erkannt hatte.

»Sven!«

»Leo! Ist die Party schon zu Ende?«

»Ist noch in vollem Gange. Inzwischen weiß ich alles über die abendländische Milchwirtschaft.«

»Komische Geburtstagsfeiern sind das bei euch Blaublütern.«

»Sven, können wir uns treffen?«

»Ich sitze hier noch über meiner Hausarbeit. Deswegen bin ich auch nicht ans Festnetz gegangen. Wer weiß, wer da stören könnte. Und ich muss das Ding noch heute in den Briefkasten werfen, sonst kann ich das Semester abschreiben.«

»Entschuldige. Hatte ich vergessen.«

»Kein Problem. Leo?«
»Hm?«
»Alles okay mit dir?«
»Ja, ja, alles in bester Ordnung.«
»Du denkst an Sophie.«
»Mhm.«
»Irgendwas Neues in der Sache?«
»Ich weiß es nicht!« Sven konnte Leonies Aufregung hören. »Sie erzählen mir ja nichts mehr, weil sie Angst haben, dass wir beide wieder was auf eigene Faust machen.«
»Aber du denkst, es ist etwas geschehen?«
»Mein Gefühl sagt es mir. Paps ist bislang auch noch nicht zu Großmutters Geburtstagsfeier aufgetaucht. Das ist doch nicht normal. Irgendwas ist da los. Das spüre ich.«
»Okay«, sagte Sven und atmete tief durch. »Pfeif auf das Semester. Ich bin in zwanzig Minuten bei dir.«

Einmal mehr stellte sich Christian als Otto von Biel vor. Anders als bei den vorangegangenen Orten wurde er im Krankenhaus Alsterdorf nicht in ein weiteres Klinikum geschickt, sondern in das *Holiday Inn*. »Ihre Patientin hat es sich doch anders überlegt«, beschied ihm eine griesgrämig dreinblickende Rezeptionistin. »Sie ist im Hotel geblieben und erwartet Sie dort.« Christian drehte sich nicht um, als sie hinter ihm herrief: »Ach, Doktor! Sie sollten sich vielleicht doch einmal ein Handy zulegen.«

»Denkst du nicht, dass es vielleicht unpassend ist, so einfach am Abend bei ihr aufzukreuzen?«, fragte Sven. Leonie fand, dass er sich schon ein wenig an sein neues Umfeld der Adligen und Vornehmen anzupassen begann.

»Ich habe natürlich vorher bei Bernice Alper angerufen, keine Sorge.«

Sven hatte seinen alten Peugeot vor der Auffahrt geparkt, damit es nicht so auffiel, dass Leonie sich von der Festgesellschaft davonstahl. Nun blockierte ihn auf einmal ein Bentley, der zuvor noch nicht da gewesen war, als er den Wagen unter den hohen Kastanien abgestellt hatte. »Soll ich einen der Wagenmeister organisieren?«, fragte Leonie.

»Nicht nötig. Das schaffen wir auch alleine.« Beherzt fuhr Sven über ein Blumenbeet und wendete auf diese Weise zur Ausfahrt hin. »Merkt doch bei der Autodichte hier sowieso niemand.« Er zwinkerte ihr zu. Nein, so sehr hatte sich Sven noch nicht durch ihren Umgang verändert, stellte Leonie beruhigt fest.

Es dauerte weniger als eine halbe Stunde, bis sie Bernice Alpers Wohnung in Hohenfelde erreicht hatten.

»Danke, dass Sie Zeit für uns haben.«

»Gerne«, begrüßte Bernice Leonie und warf auch Sven ein aufmunterndes Lächeln zu. »Wenn ich bitten darf ...« Sie wies ins Wohnzimmer, das geschmackvoll, aber schlicht eingerichtet war. »Einen Tee vielleicht, oder ein Glas Wein?«

»Tee wäre super ...«, meinte Sven, doch Leonie unterbrach ihn: »Wir haben's eigentlich viel zu eilig, danke. Wissen Sie, die Sache ist die – ich hab so ein

Gefühl, dass da heute in der Sache mit Sophie etwas läuft. Mein Vater ist nicht aufgetaucht, obwohl Großmutter ihren Geburtstag feiert. Ich meine, es ist so ungefähr der halbe europäische Hochadel vertreten und ein Großteil der Industrie. Aber Paps fehlt einfach. Das würde er nicht tun, wenn es nicht um etwas verdammt Wichtiges ginge.«

»Ich finde es ja nett, dass Sie mich nach Ihrem Vater fragen, Leonie. Ich weiß nur nicht, ob ich da die richtige Ansprechpartnerin bin ...«

»Wenn er jemandem gesagt hat, wo er ist, dann doch Ihnen!«

»Wie kommen Sie denn darauf?«

»Entschuldigung, aber das sieht man doch, dass er in Sie verliebt ist.« Leonie wusste nicht so recht, wohin sie gucken sollte.

Bernice lächelte: »Sie gäben eine gute Psychologin ab. Sollten Sie studieren.«

»Tu ich doch schon.«

»Noch eine Gemeinsamkeit!«, sagte Bernice.

»Noch eine? Was wäre denn die andere?« Leonie sah sie skeptisch an.

»Nun, wir machen uns beide Sorgen um deinen Vater.«

»Frau Alper ...«

»Bernice.«

»Bernice, was sollen wir tun?«

Christian nahm den Zettel mit zitternden Fingern entgegen. Er las: »Setzen Sie sich an die Bar, und bestellen Sie sich eine Cola.« Er musste zweimal auf die Worte schauen, so absurd kam ihm diese Anweisung vor. Doch genauso lautete die Nachricht – und er würde es tun.

Den Attaché-Koffer bei sich tragend, als wäre er angewachsen, ging Christian von Landsburg hinüber zur Hotelbar und bestellte sich eine Cola. Kaum stand das Glas vor ihm, rief der Boy den Namen Biel aus. »Herr von Biel!«

»Hier!« Christian fiel plötzlich ein, dass er kein Geld mehr hatte, um das Getränk zu bezahlen.

»Sie werden am Telefon verlangt.«

»Danke. Ich komme sofort.« Er wandte sich an den Barmann: »Bin gleich wieder da.«

»Kabine vier, bitte.«

Abgestandene Luft schlug Christian entgegen, als er die Telefonzelle öffnete. Der Apparat klingelte leise. Er hob den Hörer ab.

»Ja?«

»Sie sind der Bote?«

»Ja.«

»Okay. Sie gehen jetzt wieder zurück zur Bar, zahlen und fahren anschließend zum Bahnhof Altona. Dort begeben Sie sich auf die Herrentoilette. Hinter der Kloschüssel in der letzten Kabine klebt ein Zettel, auf dem steht, in welchen Zug Sie einsteigen sollen. Sie haben nicht viel Zeit.« Dann legte der Mann am anderen Ende der Leitung auf.

Christian eilte zurück zur Bar. Er nahm seine Geldbörse aus der Jogging-Hose. »Herr Ober! Ich habe gerade festgestellt, dass ich kein Bargeld bei mir habe. Leider muss ich dringend weg. Nehmen Sie meine Kreditkarte, machen Sie mir die Rechnung fertig und legen Sie beides zur Seite. Ich komme morgen wieder vorbei, unterschreibe und hole die Karte ab. Keine Sorge, sie ist gültig.« Bei den letzten Worten war er bereits auf dem Weg zu seinem Jaguar, während der Barkeeper verblüfft auf die goldene Mastercard schaute.

Bernheimer rotierte. Wie ein Sklaventreiber brüllte er seine Befehle durch den Raum, fragte ab, prüfte Koordinaten, ließ sich Bewegungsprofile aufrufen, scheuchte seine Leute von einer hektischen Aktion zur nächsten. Und doch war offensichtlich, dass die Entführer ein System ausgetüftelt hatten, an dem die Polizei zumindest vorerst scheitern musste. Scheinbar sinnlos ließen sie Landsburg kreuz und quer durch Hamburg rasen, gaben keinen noch so kleinen Anhaltspunkt, wo die Hetzjagd enden könnte.

Landsburg war nicht sehr kommunikativ. Es war nicht Bernheimers erste Entführung. Aber bisher waren seine Geldüberbringer gesprächiger gewesen, als ihm lieb war. Reden war eine Art natürlicher Stressbewältigung: Die Mittelsmänner redeten und redeten, nur um nicht das Gefühl zu haben, allein und ausgeliefert zu sein. Wer sich bewusst machte, dass er mit mehr Geld unterwegs war, als die meisten Menschen im Laufe ihres ganzen Lebens verdienten, war schnell mit den Nerven am Ende.

Landsburg ließ sich zumindest äußerlich nichts anmerken. Er funktionierte ohne Ausfälle. Für die Entführer und für die Polizei. Er war wirklich nur das Medium. Irgendwo, irgendwann würden die Erpresser ihm den Befehl geben, den Koffer über eine Mauer zu werfen oder vor eine Tür zu stellen. Bernheimer sah auf die Karte, die seine Leute in der Bibliothek der Familie Biel an die Wand gehängt hatten. Hamburg und Umgebung. Zwei Millionen Menschen im Einzugsgebiet. Ein, zwei, vielleicht drei davon waren die Entführer. Und es waren die am wenigsten Sichtbaren von allen. Es gab hunderttausende von Gebäuden und Wohnungen. In irgendeinem davon befand sich das Opfer. Hielten sie es in einem Keller versteckt? Oder auf einem Speicher? War die junge Frau gefesselt? Wusste sie, wo sie war? Hielt man sie in einem Erdloch fest oder in einer heruntergekommenen Wohnung? Es konnte aber auch ein alter Lagerraum, der Werkzeugverschlag einer Werft, eine Garage, ein Bauernhof im Umland oder die Villa von nebenan sein. Einen Gedanken versuchte Bernheimer zu verdrängen, nämlich den, dass Sophie von Biel längst tot war. Er fühlte deutlich, dass Frau von Biel, wann immer sie auftauchte, ihm einen forschenden Blick zuwarf. Einen Blick, der bis in seine Seele zu dringen schien, als könnte sie all seine Mutmaßungen verfolgen. Lächerlich, dachte er, die Frau trägt eine dunkle Sonnenbrille und ahnt nicht einmal, was mit den meisten Entführungsopfern geschieht!

»Objekt bewegt sich in westlicher Richtung!«, unterbrach ein Mitarbeiter seine Überlegungen.

»Ein Einsatzwagen in Sichtweite?«

»In spätestens zwei Minuten.«

»Sind wir vor ihm da?«

»Schaffen wir nicht.«

»Wie viele Möglichkeiten gibt es, von dort wegzukommen?«

Einen Moment hörte Bernheimer nur das Knistern der verschiedenen Funkverbindungen, die gedämpft über die Lautsprecher der Computer kamen.

»Acht insgesamt. Davon drei gute.«

»Kriegen wir die gesichert?«

Wieder einen Moment des Überlegens.

»Zwei, wenn wir schnell sind.«

»Einen nach Norden, einen nach Osten. Nein. Einmal Richtung Hafen, einmal Richtung Bahnhof Altona.«

Sofort machte sich eine junge Mitarbeiterin daran, die Zivilstreifen zu instruieren.

Otto von Biel stand in der Tür, die zu seinem Büro führte, und starrte auf die Szenerie. Seine Frau saß in einem Sessel, in dunkles Tuch gehüllt, wie immer eine Sonnenbrille auf.

»Haben Sie inzwischen die Koordinaten des Handybesitzers?«

»Werd ich gleich erhalten.«

»Objekt angekommen.«

»Einsatzwagen 4 auch da. Sollen wir rein?«

»Bleibt noch einen Moment in Warteposition. Habt ihr Sichtkontakt?«

»Gleich nicht mehr. Objekt ist jetzt auf dem Weg ins Bahnhofsgebäude.«

Bernheimer wischte sich den Schweiß von der Stirn. Sein Hemdkragen war nass, über den Rücken zog sich eine breite Schweißspur, das dünne Haar klebte ihm am Kopf. »Dann rein mit euch! Könnt ihr nach hinten sichern?«

»Keine Chance. Wir bräuchten einen dritten Mann.«

»Einsatzwagen 9 wird in dreißig Sekunden da sein.«

»Okay, die sollen sichern.«

»Hier die 9. Wir kommen nicht durch. Unfall auf der Griegstraße. Müssen eine Schleife drehen. Das kostet uns zwei Minuten.«

»Dann bleibt, wo ihr seid«, bellte Bernheimer. »Wir wissen nicht, wohin sich das Objekt als Nächstes bewegt.«

Margareta von Biel schluchzte und vergrub das Gesicht in den Händen. Ihr Mann schloss die Augen, atmete so tief, als hätte er seit Ewigkeiten die Luft angehalten, und drehte sich anschließend um. »Ich halte das nicht mehr aus«, sagte er und ging nach draußen. Der strahlend schöne Tag ließ kein bisschen vermuten, welches Drama sich hinter den Fassaden der Villa abspielte.

Der Bahnhof Altona wimmelte von Menschen. Christian hatte sich nach wenigen Augenblicken der Verzweiflung entschieden, den Jaguar im totalen Halteverbot abzustellen. Darauf kam es nun nicht an. Er sah sich um. Auf der Toilette war er hier noch nie gewesen. Genau genommen hatte er den Bahnhof seit Jahren nicht mehr betreten, hatte sich stets nur auf das Auto oder das Flugzeug verlassen, und war, wenn es sich nicht vermeiden ließ, vom Bahnhof Dammtor abgereist. Nun stand er unter Druck, sich innerhalb kürzester Zeit an einem fremden Ort zu orientieren. Was, wenn es mehrere Toiletten gab?

Zwei Minuten später stand er vor der Tür zur Herrentoilette, seinen Diplomaten-Koffer in der schweißnassen Hand. Okay. Die letzte Kabine. Besetzt. Christian sah sich um. Kein Zweifel. Er war am richtigen Ort. Wie würde das wirken, wenn er mit seinem Koffer vor einer Toilettentür stand und wartete, wo doch mehrere Kabinen frei waren? Er blickte um sich, doch niemand schien von ihm Notiz zu nehmen. Die Sekunden vergingen und wurden zu Minuten. Aus seinem Ohrknopf hörte er mehrmals die vorsichtige Nachfrage: »Alles in Ordnung, Herr von Landsburg?« Sollte er nun auch noch für seine Umwelt wie einer daherkommen, der Selbstgespräche führte? Christian entschied sich dafür, zu schweigen, hörte, wie hinter der letzten Toilettentür eine Zeitung umgeblättert wurde. Wieder ließ er seinen Blick in dem gekachelten Raum umherwandern. Ob Polizisten vor Ort waren? Ob sie draußen Posten bezogen hatten? Während er weiter wartete, blickte er in einen der Spiegel und erschrak über sein abgekämpftes Gesicht.

Plötzlich hörte Christian die Spülung, das Scharren von Füßen, das Klatschen einer zusammengefalteten Zeitung auf dem Boden und sah, wie das Kabinenschloss von Rot auf Weiß umsprang. Ein kleiner Mann mit Halbglatze trat aus der Toilette, der Christian sichtlich irritiert musterte und sich nochmals nach ihm umblickte, als Graf Landsburg schon in der Kabine verschwunden war.

Christian sperrte die Tür hinter sich zu, stellte den Koffer an die äußere Wand, sodass er vor einem eventuellen Zugriff aus der Nachbarkabine jedenfalls sicher war, und beugte sich über die Kloschüssel. Ein übler Gestank stieg ihm in die Nase. Er ging in die Hocke und suchte etwas weiter in Bodennähe, bis er schließlich feststellte, dass ein weißes Kuvert mit einem Klebeband an der Rückseite der Kloschüssel befestigt war. Mit vorsichtigen Fingern riss er es ab und öffnete es. Darin befand sich ein Zettel, auf dem nichts weiter gedruckt stand als »S 3 Neugraben. Kein Wort zu niemandem. Sie werden von uns beobachtet«.

Christian holte tief Luft, packte den Attaché-Koffer, riss die Kabinentür auf und rannte hinunter zu den S-Bahn-Gleisen. Mit seinem Jogging-Anzug, den Turnschuhen und dem schwarzen Koffer sah er aus wie ein Dieb auf der Flucht. Und so fühlte er sich auch. Wie auf der Flucht. Er flüchtete vor der Panik, die langsam von ihm Besitz ergriff und ihn zu lähmen drohte. Er versuchte immer schneller zu laufen, als könne er so die Angst verjagen, die ihn beschlich. Die Angst zu versagen und damit Sophies Leben zu beenden. Würde er die nächste S 3 erwischen? Woher konnten die Täter überhaupt wissen, welche Bahn er erreichte? Ob sie ihn tatsächlich beobachteten? Würde er umsteigen müssen? War die Jagd jetzt vom Auto auf die öffentlichen Verkehrsmittel verlegt worden? Da: Die S 3 war angezeigt. Der Zug stand schon auf dem Bahnsteig. Christian mobilisierte seine letzten Kräfte, seine Lungen schmerzten vor Anstrengung, aber er schaffte es gerade noch, sich durch die Tür zu zwängen, die sich bereits zu schließen begonnen hatte.

Einige Fahrgäste drehten sich nach ihm um. War unter ihnen einer der Täter? Was mochten sie von ihm denken? Egal. Alles war unwichtig. Nur sein Auftrag war wichtig. Es ging allein darum, diesen zu einem guten Ende zu bringen. Wieder hörte er die Stimme in seinem Ohr: »Herr Landsburg! Können Sie uns hören? Geben

Sie irgendein Lebenszeichen von sich. Wir müssen wissen, ob Sie Verbindung zu uns haben. Husten Sie!«

Christian hustete.

»Danke! Wir dachten, wir hätten Sie verloren.«

S 3 Neugraben, dachte Christian. Kein Wort zu niemandem. Bis wohin würden sie ihn fahren lassen?

»Nächste Haltestelle Holstenstraße.« Die Durchsage kam von einem Band aus dem Lautsprecher. In diesem Augenblick klingelte Christians Handy.

»Ja?«

»Kippen Sie ein Fenster auf der rechten Seite Ihres Wagens, schnell! Und halten Sie den Koffer raus!«

Christian tat, was der Entführer von ihm verlangte. Während er den Koffer durch die Fensteröffnung stieß, presste er das Telefon ans Ohr.

»Hallo, Sie, was machen Sie da?«, fragte einer der Fahrgäste und machte Anstalten, auf Christian zuzugehen. Die Verbindung zu dem Erpresser war plötzlich unterbrochen, Christian konnte nichts mehr hören. In dem Augenblick läutete das Mobiltelefon erneut. Er keuchte in den Apparat. Seine schweißnasse Hand konnte den Attaché-Koffer kaum noch halten. Er blickte nach draußen und sah den Geldbehälter, der unablässig gegen das Fenster schlug, sah, dass rechts vorne ein U-Bahn-Tunnel abzweigte – und sah, gerade als sich die Schienen teilten und sein Zug auf das linke Gleis schwenkte, zwei Gestalten vor dem Schacht der U-Bahn, die sich raubkatzengleich über die Schwellen bewegten.

»Lassen Sie los!«, rief Andy in das Handy und fixierte den Koffer, der weniger als zehn Meter entfernt aus dem vorbeifahrenden Zug hing. Wie in einem Film wirkte es, als sich die Hand, die ihn umklammert hielt, von ihm löste und er noch für eine kurze Strecke in Fahrtrichtung des Zuges stürzte, ehe er auf die Gleise prallte und kurz darauf liegen blieb.

»Los!« Andy gab das Signal, und Zlatko sprang über die Schienen, um den Koffer zu holen, während er einen Rucksack von seinem Rücken nahm und ihn öffnete.

Andy hatte Sorge gehabt, dass sich der Geldbehälter beim Sturz öffnen könnte, aber erstaunlicherweise war dieser beinahe unbeschädigt geblieben. Er holte einen großen Schraubenzieher aus dem Rucksack und setzte ihn an. Es war kein Problem für ihn, den Diplomaten-Koffer zu knacken. »Okay, rein damit!« Zlatko starrte das Geld einen Moment lang an, überwältigt von der schieren Menge und all den Wünschen, die darin steckten. »Los, Mann, hilf mir!«, herrschte Andy Zlatko an und begann bereits, die Geldbündel in den Rucksack zu stopfen.

In wenigen Sekunden hatten sie die wertvolle Fracht umgepackt. »Gut«, stellte Andy fest und gab dem leeren Koffer einen Tritt. »Dann zurück in den Tunnel. Du gehst vor.«

Sie bewegten sich zügig vorwärts, liefen aber nicht. Von einigen wenigen Notleuchten und Wartungslämpchen abgesehen, herrschte in dem Schacht Finsternis. »Du bist zu schnell, Zlat!«, zischte Andy.

»Haben wir's eilig oder nicht?«, gab Zlatko zurück.

Ein Zug näherte sich, zwei weiße Scheinwerfer, noch sehr klein, bewegten sich auf sie zu.

»Klar«, rief Andy und hastete hinter ihm her. »Aber ich schleppe den Rucksack. Damit bin ich nicht so schnell.«

Die U-Bahn kam schnell näher. Schon war die erleuchtete Fahrerkabine zu erkennen und eine Gestalt, die darin saß. »Okay, stopp!«, sagte Andy bestimmt. Zlatko blieb stehen. »Was ist jetzt wieder?«

»Wir müssen einen Augenblick warten, wenn wir die Sache ordentlich zu Ende bringen wollen.«

Zlatko blickte zur U-Bahn, dann zu Andy und schließlich wieder auf den Zug, der nur noch wenige Meter entfernt war. In diesem Moment stieß Andy ihn mit einer schnellen Drehung auf die Gleise. »Schon erledigt«, sagte er, während das Kreischen der Bremsen den Tunnel mit einem ohrenbetäubenden Lärm erfüllte.

10

Es dauerte eine kleine Weile, bis das Gemurmel im Saal verstummt war und Gräfin Francesca mit ihrer Rede beginnen konnte. Sie stand aufrecht, ein Glas Champagner in der Hand, eine Augenbraue leicht gehoben. Ferdinand von Landsburg bewunderte seine Frau. Er kannte niemanden, der so viel natürliche Würde ausstrahlte wie sie. Abgesehen davon stand ihr das nachtblaue Kleid vorzüglich. Es ließ sie mindestens um zehn Jahre jünger aussehen – und um zehn Kilo leichter.

»Meine lieben Freunde«, sagte sie in ihrer akzentlosen und festen Stimme. »Zuerst einmal möchte ich euch allen von Herzen danken, dass ihr euch die Zeit genommen habt, zu meiner kleinen Feier zu kommen. Es ist wundervoll, euch alle heute Abend hier begrüßen zu dürfen. Danke, dass ihr meiner Einladung gefolgt seid. Und auch danke für die vielen herrlichen Geschenke, die überhaupt nicht nötig gewesen wären. Ihr seid mir sicher nicht gram, wenn ich euch daran erinnere, dass mir statt der Geschenke eine kleine Zuwendung an meine Stiftung noch lieber gewesen wäre. Damit wird Bedürftigen geholfen, was in diesen Zeiten sicher nicht weniger wichtig ist als jemals zuvor. Aber nicht traurig sein, ich nehme neben dem Geschenk noch gern eine Spende an.« Unter den Gästen brach Heiterkeit aus. Man kannte Francesca von Landsburg. Sie hatte es faustdick hinter den Ohren, wenn es darum ging, Gelder für ihre guten Taten lockerzumachen. Und wie zum Beweis fügte sie hinzu: »Es versteht sich, dass ich zu meinem Ehrentag einer jeden Spende den gleichen Betrag aus meiner eigenen Tasche hinzufüge.« Respektvolles Gemurmel und Applaus begleiteten ihre Worte. Dann fuhr die alte Gräfin fort: »Besonders bedanken möchte ich mich außerdem bei allen, die dieses Fest ermöglicht haben, allen voran meinem lieben Mann Ferdinand, einem der letzten großen Gentlemen auf diesem Planeten – Anwesende ausgenommen.« Graf Ferdinand verbeugte sich scherzhaft zum Auditorium hin und erntete ebenfalls Applaus.

»Natürlich danke ich auch dem Künstler BLÖK, der sich zu einer kleinen Ausstellung seiner Werke aus Anlass unserer Feier hat überreden lassen. Und ich würde mich freuen, wenn er dadurch einem noch größeren Liebhaberkreis bekannt würde.« Gräfin Francesca stockte einen Moment in ihrer Rede. Sie dachte an ihren einzigen Sohn und Erben, der immer noch nicht auf ihrem Fest erschienen war. Sie hob nun das Champagnerglas: »Ich glaube, Gott hat mir viel Liebe geschenkt, und er hat mich unermesslich gute Erfahrungen im Leben machen lassen. Das geht nun schon seit siebzig Jahren so. Möge es in seiner Hand sein, dass es noch einige Jahre mehr werden, damit ich euch alle noch häufig auf Gut Landsburg einladen kann. Ich danke euch und trinke auf euer Wohl!«

Damit erhob die Gräfin das Glas und prostete den Gästen zu.

Graf Ferdinand sah etwas abseits der Halle den Stallburschen Benno stehen, der der Rede – wie auch einige andere Dienstboten – aus der Entfernung zugehört hatte. Mager war er geworden. Kein Wunder. Drei Wochen lang nur Krankenhauskost, und das für einen Baum von Mann, der jeden Tag seines Lebens herzhaft gegessen hatte. Ferdinand kämpfte sich zu ihm durch. Benno war schon wieder dabei, zum Dienstbotentrakt hinüberzugehen.

»Benno!«

»Herr Graf?«

»Haben Sie Christian irgendwo gesehen?«

»Leider nein, Herr Graf.«

»Und Leonie vermutlich auch nicht.«

»Ich muss ebenfalls passen. Auch die junge Comtess habe ich nirgends gesehen. Kann ich irgendetwas tun?«

»Nein, nein, Benno. Es ist schon in Ordnung.« Ferdinand begleitete den Stallburschen eine Weile. Wie alt mochte er jetzt sein? Sechzig? Fünfundsechzig? Ferdinand konnte sich noch gut erinnern, wie er auf das Gut gekommen war, ein junger, temperamentvoller Mann. Der alte Graf, Ferdinands Vater, selbst jähzornig und oft genug ungerecht, war nicht immer gut auf ihn zu sprechen gewesen, hatte ihn oft hart angefahren, vielfach grundlos. Doch Benno konnte mit den Eigenheiten des alten Grafen umgehen und war ihm über die Jahre zu einem engen Vertrauten geworden.

Als Ferdinands Vater im Sterben lag, ließ er Benno rufen. Er sprach mit ihm über Pferde, bis der Arzt ihn schließlich aus dem Zimmer verbannte. Seinem Stallburschen hatte er testamentarisch eine lebenslange Rente vermacht. Trotzdem war Benno geblieben. Er gehörte doch fast zur Familie.

»Was macht die Wirbelsäule?«, fragte Ferdinand und wusste sofort, was Benno sagen würde.

»Es wird schon wieder. Ein, zwei Wochen noch, dann bin ich wieder der Alte.«

Ferdinand nickte. Doch dann legte er ihm eine Hand auf die Schulter und sagte: »Machen wir uns nichts vor, Benno, ich weiß, wie es um Sie steht. Und wir haben uns etwas überlegt.«

»Herr Graf!«, unterbrach ihn der Stallbursche. »Wie es um mich steht, weiß ich am besten! Mir geht es wirklich schon wieder sehr gut. Sehr, sehr gut!«

»Natürlich, Benno, das glaube ich Ihnen. Aber Sie werden nicht mehr die Arbeit verrichten können, die Sie über all die Jahre getan haben. Sonst landen Sie über kurz oder lang im Rollstuhl. Und wie es aussieht, eher früher als später. Ihre Frau wollte anfangs nicht raus mit der Sprache. Aber am Ende hat sie uns die Wahrheit gesagt.«

Benno schluckte und überlegte eine Weile, während er mit Ferdinand auf der Treppe vor dem Anwesen stand. Dann fasste er Mut, nickte und meinte: »Sie haben Recht, Herr Graf. Ich sollte auch nicht tun, was ich nicht zur vollsten Zufriedenheit machen kann.« Er stellte sich aufrecht vor Ferdinand und senkte nur den Kopf ein wenig: »Erlauben Sie mir, Ihnen hiermit meine Kündigung auszusprechen.«

Nun war es an Ferdinand, für einen Moment innezuhalten. »Aber Benno!«, entfuhr es ihm schließlich. »Sie denken doch nicht im Ernst, dass das eine Lösung wäre!«

»Ich verstehe nicht?«

»Natürlich erlaube ich Ihnen nicht, zu kündigen! Denken Sie, wir wollen Sie loswerden, weil Sie Ihre Arbeit nicht mehr machen können? So genau müssten Sie mich kennen, mein Guter, um dergleichen nicht anzunehmen. Nein, wir haben uns etwas anderes überlegt. Vielmehr hat meine Frau sich etwas überlegt ...«

Endlich! Endlich hörte sie Andy die Treppen heraufkommen. Sophie konnte ihn an seinem Gang erkennen. Gleich würde er da sein, und dann hätte dieser Albtraum ein Ende.

Sophie zerrte mit neuem Mut an ihren Fesseln, und jetzt, da sie endlich die Rettung vor Augen hatte, lockerte sich tatsächlich eines der Klebebänder, die Zlatko ihr brutal eng um die Hand- und Fußgelenke gebunden und mit denen er sie ans Bett gefesselt hatte. Noch brachte sie die Hand nicht frei, aber gleich würde Andy sie losbinden, und dann wäre sie endlich erlöst. Über Stunden hatte sie versucht, ihre Position zu ändern, um wenigstens mit den Fingerspitzen den Nachttisch zu erreichen, auf dem Zlatko nach getaner Arbeit die leere Rolle Klebeband und die Schere abgelegt hatte – und am Ende verzweifelt aufgegeben.

Jetzt hörte sie Andy den Hausflur entlanggehen. Gott sei Dank, dass Zlatko ihn nicht erwischt hat, dachte sie. Denn ihr war klar, dass es Zlats Absicht gewesen war, zuerst sie und dann Andy auszuschalten, um am Ende mit dem Geld alleine zu türmen. Und wenn Zlatko nicht dabei war, dann hieß das, dass er wahrscheinlich unten im Auto wartete. So würde sie die Chance haben, Andy alles zu sagen. Und gemeinsam konnten sie Zlatko ... ja, was? Sollten sie ihn ausschalten? Nein, das würde Andy nie tun. Aber das war jetzt auch nicht wichtig. Wichtig war allein, dass Andy sie befreite und sie endlich wieder genug Luft bekam. Sie hörte den Schlüssel, und für einen Moment befürchtete sie, dass Zlatko doch mit dabei sein könnte. Vielleicht hatte sie ihn ja nur nicht gehört.

Doch dann stand Andy in der Tür und sah Sophie stumm an. Sie hatte die Augen aufgerissen und warf sich hektisch hin und her. Ihr Blick war flehend. Sie wollte ihm damit sagen, ihr zu helfen, sie in den Arm zu nehmen. Andy legte den Rucksack ab, den er bei sich trug, und ging geradewegs zum Fenster, um hinunter auf die Straße zu sehen. Warum kam er denn nicht zu ihr! War es jetzt wichtiger zu schauen, ob es Verfolger gab? Nein, dachte Sophie, er sieht nach Zlatko, weil ihm klar geworden ist, dass nur der das getan haben kann. Er will wissen, ob Zlat ihm gefolgt ist und ob wir in Gefahr sind. Fast hatte sie eine Hand frei. Gleich würde sie sich das Klebeband selbst vom Mund abreißen können, das eklige Küchentuch ausspucken können. Sie hatte eine solche Wut auf Zlatko, dass sie nicht hätte sagen können, ob die Wut oder die Erleichterung, Andy lebend zu sehen, sie mehr aufwühlten.

»Ja, meine Liebe«, sagte Andy und drehte sich zu ihr

um. Seine eisige Stimme ließ Sophie erstarren. »Bis hierhin hat alles geklappt.« Er kam näher. »Und jetzt ist es Zeit für uns.« Er zog ein Paar Latexhandschuhe aus der Tasche und streifte sie über. »Zlatko ist schon mal vorgegangen.« Andy ging um das Bett herum und setzte sich links von Sophie. »Grüß ihn schön von mir.« Dann legte er ihr die Hände an die Kehle und drückte zu.

Sophie riss die Augen auf und starrte ihn für den Bruchteil einer Sekunde an. Sie konnte es nicht glauben. Mit aller Kraft stemmte sie sich gegen den Bettrahmen und versuchte, Andys Hände abzuschütteln, doch sein Griff war eisern. Und je mehr sie sich aufbäumte, umso stärker drückte er zu. Sophie rang nach Luft. Es schien ihr, als schwebe sie unter Wasser, als gehöre ihr Körper nicht mehr zu ihr. Die Schmerzen wurden unerträglich. Sie spürte, wie ihre Augen aus ihrem Gesicht traten. Andy war jetzt ganz nah bei ihr. Fasziniert schien er ihr beim Sterben zusehen zu wollen. Und dann plötzlich fühlte sie, dass sie die eine Hand freibekommen hatte. Mit letzter Anstrengung gelang es ihr, nach der Schere auf dem Nachttisch zu greifen. Mit aller Kraft stieß sie zu. Es war das letzte Aufbäumen ihres Körpers, als sie die Spitze der Klinge tief in Andys Rücken bohrte.

Sophie, die dem Tod näher war als dem Leben, sah nur verschwommen Andys weit aufgerissene Augen. Er schaute sie ungläubig an, bevor sein Körper zusammensackte. Sie spürte, wie der Druck auf ihrer Kehle endlich nachließ und die Hände, die sie gerade noch gewürgt hatten, schlaff wurden. Etwas Warmes, Klebriges tropfte auf ihr Gesicht. Es war Andys Blut.

Voller Abscheu wand sie sich unter seinem leblosen Körper hervor, bevor sie die Schere von sich warf. Dann riss sie sich mit ihrer freien Hand das Klebeband vom Mund, schmiss das Küchentuch in eine Ecke, ehe sie zu würgen begann und sich schließlich erbrach.

Das Arbeitszimmer von Otto von Biel glich einer Zentrale, die unter Hochleistung arbeitete. Jedes noch so winzige Detail, das Bernheimer Christian von Landsburg entlockte, führte unmittelbar zu hektischen Aktivitäten seiner Mitarbeiter. Zwischendurch trafen ständig neue, verwirrende Nachrichten ein. Man hatte einige Bahnhöfe abgesperrt. Offenbar hatte es parallel zur Geldübergabe einen Unfall in einem Tunnel gegeben. Ein Mann war ums Leben gekommen. Identität unbekannt. Konnte Christians sehr vage Beschreibung auf den Toten passen? Einen der mutmaßlichen Täter hatte er etwas näher gesehen. Doch nur für Bruchteile von Sekunden. Die Stimmen am Handy? Unter dem unmittelbaren Eindruck der Ereignisse konnte Christian sie nicht mehr beschreiben. Versuchen Sie sich zu erinnern, Graf Landsburg! War es ein dunkelhaariger Mann, oder war er blond? Wo genau stand er? War es am oberen Gleis oder am unteren? Stand er unter der Brücke? Mit welcher Hand haben Sie den Koffer gehalten, ehe Sie ihn losließen? Wie genau lautete der Befehl? Fragen über Fragen prasselten auf Christian von Landsburg ein, während fortlaufend neue Informationen von außen hereinkamen und Befehle nach draußen gingen. Es war immerhin der Augenblick, in dem zum ersten Mal ein quasi direkter Kontakt mit den Tätern bestanden hatte. Es war der Moment, in dem sich ein Faden gesponnen hatte – und diesen galt es nun zu halten. Jetzt kam es auf jede Winzigkeit und auf jede Sekunde an. Denn mit jeder Sekunde Vorsprung stieg die Gefahr, die Entführer für immer aus dem Sichtfeld zu verlieren – und dass sich diese des nun nutzlos gewordenen Opfers entledigen würden.

Achtundzwanzig Polizeieinheiten hatten sich zielgerichtet auf den Ort der Übergabe zubewegt. Straßen waren abgeriegelt worden, in dem Augenblick, als Christian in sein Mikrofon gekeucht hatte: »Übergabe ist erfolgt. Der Koffer ist draußen. Ich stehe in der S 3, links von mir ein Hochhaus, das ich nicht kenne, mit einer VW-Leuchtreklame, rechts eine Brauerei, dahinter eine große Wand mit Graffiti, jetzt schon wieder außer Sichtweite ...« Alles das, was er wie ferngesteuert kurz nach der Übergabe heruntergespult hatte, um seine Koordinaten aufzuzeichnen, wurde wieder und wieder durchgegangen. Ständig wurde Christian gefragt, ob nicht doch noch andere Personen auf oder an den Gleisen gestanden hätten, ob es im Zug auffällige Personen gegeben hätte. An der nächsten Haltestelle, Sternschanze, waren die Einsatzbeamten etwa dreißig Sekunden zu spät gekommen, Zeit genug für einen Kidnapper, der im selben Zug gesessen haben mochte, um in ein anderes Abteil zu gehen und im Nichts zu verschwinden

Otto von Biel stand, wie schon den ganzen Nachmittag, in der Tür zu seinem Arbeitszimmer und verfolgte von dort aus das Geschehen. Plötzlich hörte er hinter sich ein leises, schnarrendes Geräusch. Sein Handy, das er auf lautlos gestellt hatte, lag auf seinem Schreibtisch und vibrierte. Nur wenige Menschen kannten seine Mobilnummer. Biel war sofort klar, dass es sich um etwas Dringendes handeln musste. Er sah sich um. Niemand hatte etwas von dem Anruf bemerkt. Er wandte sich ab und meldete sich mit gepresster Stimme: »Biel.«

»Papa?«

»Sophie, wo bist du?«, flüsterte er.

»Papa, du musst mich bitte abholen, sofort. Es ist etwas Furchtbares ... ich habe jemand ... ich habe ihn umgebracht!« Sophies Stimme ging in einem Schluchzen unter. Biel spürte, dass sich seine Tochter kurz vor der Grenze zwischen Panik und absoluter Hysterie befand und es nur noch eines Hauchs bedurfte, um sie endgültig über diese Linie zu treiben. Er hatte nur Sekunden, um das Wesentliche von ihr zu erfahren. »Wo bist du? Sag mir die Adresse!« Keine Antwort, er hörte, wie seine Tochter nach Atem rang, zu sprechen versuchte. »Sophie, sag mir die Adresse. Ich bin sofort bei dir! Die Adresse!« Es war nur ein leises Flüstern zu hören. »Ditmar-Koehl-Straße 23. Bitte ...«

»Sophie, hör zu. Beweg dich nicht vom Fleck, und sag niemandem, wo du bist. Keine Anrufe mehr, ich bin gleich bei dir.« Biel legte auf. Schon viel zu lange hatte er telefoniert. Womöglich hatte dieser Oberkommissar Bernheimer etwas mitbekommen. Ständig schien der Mann durch die Räume zu schleichen und alles misstrauisch zu beäugen. Als Biel sich umdrehte, sah er, dass ihm niemand Beachtung geschenkt hatte. Rasch setzte er sich an seinen Schreibtisch und rief auf seinem Rechner den Routenplaner auf. Er gab die Ditmar-Koehl-Straße ein und wartete einige Sekunden. Schließlich baute sich die Anfahrtskarte auf dem Monitor auf. Biel nickte, er glaubte, sie zu kennen, wusste nun, dass die Straße in der Nähe des Hafens lag. Schnell klickte er rechts oben auf dem Monitor auf das »x« und bemerkte dabei nicht, dass er in der Eile nur das Bild verkleinert hatte. Sophies Vater stand auf und verließ den Raum. Niemand, so glaubte er, beobachtete ihn, als er nach seinem Mantel und den Wagenschlüsseln griff und eilig das Haus verließ.

Margareta von Biel war der Anruf nicht entgangen. Sie wusste, dass nur sehr wenige Personen die Handynummer ihres Mannes besaßen. Aufmerksam hatte sie von ihrem Platz im Wohnzimmer aus beobachtet, wie Otto auf den Anruf reagierte. Es war ihr auch nicht entgangen, wie sich ihr Mann an den Rechner setzte und kurz darauf das Haus verließ – ohne ein Wort zu sagen.

Was hatte das zu bedeuten? Sie ging hinüber zum Schreibtisch und klickte mit der Maus das in der Startleiste befindliche Programm an. Ihre Hände zitterten. Sofort baute sich die Straßenkarte auf. Ditmar-Koehl-Straße. Sie überlegte, ob diese Straße im Zusammenhang mit der Entführung stand. Es musste so sein, sonst hätte ihr Mann nicht so überstürzt die Villa verlassen, jetzt, wo das Geld gerade übergeben war. Sie musste herausfinden, was es mit der Adresse auf sich hatte.

Sie überlegte fieberhaft, was sie tun konnte. Graf Landsburg anzusprechen wäre ihr am liebsten gewesen. Doch der stand im Kreuzverhör der Polizei. Ihn jetzt einzuweihen, das hieß, die Polizei einzuweihen. Selbst zu dieser Adresse zu fahren traute sie sich nicht zu.

Margareta von Biel hatte schon das Telefon am Ohr, um ihren Mann anzurufen und zur Rede zu stellen, als sie sah, dass er sein Mobiltelefon in der Eile neben dem Computer liegen gelassen hatte. Sie brauchte einen Augenblick, um einen Entschluss zu fassen. Dann griff sie nochmals zum Hörer.

Sophie hatte Andys Handy ausgeschaltet, ohne noch etwas zu sagen. Sie sah an sich herab und musste erneut würgen. Blut hatte ihre Bluse durchtränkt, Erbrochenes klebte an ihrer Jeans, an den Fußgelenken hingen noch Fetzen des Klebestreifens, mit dem sie ans Bett gefesselt gewesen war. Andy lag reglos da. Alles war voller Blut. Es war, als sei sie vor Entsetzen über das eben Durchlebte wie gelähmt. Er hatte sie tatsächlich töten wollen, immer noch spürte sie seinen eisernen Griff an ihrem Hals. Sie schloss für einen Moment die Augen, dann verließ sie die Wohnung. Alles war jetzt egal, Hauptsache, sie würde bald abgeholt werden.

Leonie und Sven hatten sich doch noch zu einem Tee überreden lassen, als das Telefon klingelte. »Alper«, meldete sich Bernice. Dann sagte sie eine Weile nichts.

Sven sah die alte Plattensammlung durch, die Bernice Alper besaß, diese riesigen schwarzen Vinylscheiben, die man nicht anhusten durfte, ohne dass sie einen fatalen Kratzer bekamen. Jazz in den unterschiedlichsten Ausrichtungen, vor allem Swing und Blues. »Cool«, flüsterte er, während Bernice am Telefon eine Adresse aufschrieb. Schließlich sagte sie: »Nein, ich denke, es ist besser, wenn Sie zu Hause bleiben. Erstens kann es gefährlich sein, zweitens wissen wir gar nicht, ob es wirklich der Ort ist, an dem sich Sophie aufhält. Außerdem braucht die Polizei jemanden, der nötigenfalls Entscheidungen treffen kann. Bleiben Sie in der Villa. Ich fahre in die Ditmar-Koehl-Straße und melde mich, sobald ich dort bin ... Ob Sie es sagen wollen oder nicht, müssen Sie selbst beurteilen ... Nein, das wird Ihnen niemand verübeln ... Sind Sie sicher, dass Ihr Mann der Polizei nicht Bescheid gesagt hat? ... Okay. Ich melde mich.«

Bernice legte auf und schwieg einen Augenblick, ehe sie sagte: »Entschuldigt, ich fürchte, ich muss weg.«

Leonie sah zu Bernices Zettel hin. »Du weißt, wo Sophie ist?«

»Das ist nicht gesagt. Eigentlich scheint mir die Sache etwas weit hergeholt. Herr von Biel ist unterwegs zu irgendeiner ominösen Adresse.«

»Und du fährst jetzt auch dorthin?«

»Sie hat mich darum gebeten.«

»Frau von Biel?«

Bernice nickte. Leonie konnte sehen, für wie zweifelhaft sie diese Information hielt. »Wir kommen mit«, sagte sie.

»Nein, nein«, erwiderte Bernice. »Das wäre nicht gut.«

»Und warum nicht?«

»Zu gefährlich. Ich meine, wenn es überhaupt etwas mit der ganzen Sache zu tun hat.«

»Bernice, ich bin volljährig. Sven ist es auch. Wie entscheidest du, Sven?«

»Wir sind dabei«, sagte Sven und versuchte einen echten James-Bond-Blick.

»Zwei zu eins«, befand Leonie.

Bernice zuckte nur die Schultern. »Bitte, wenn ihr meint.«

Wie sie nach unten vor die Eingangstür gekommen war, hatte Sophie vergessen. Auch, wie lange sie schon gewartet hatte, als sie den Wagen ihres Vaters erblickte. Er fuhr schnell, bremste scharf neben ihr ab. Otto von Biel stieg aus und ging mit festem Schritt um den BMW herum. Wie Andy, dachte Sophie. Er geht wie Andy.

»Sophie. Mein Gott, wie siehst du aus? Du bist verletzt!«

Doch Sophie schüttelte den Kopf. »Das ist nicht mein Blut.« Ihr wurde erneut schwindelig, und sie hielt sich am Auto fest. »Nicht mein Blut«, wiederholte sie. »Er wollte mich umbringen. Ich ... ich musste mich wehren.«

»Natürlich«, sagte Otto von Biel nur und öffnete die Wagentür, um seine Tochter auf den Beifahrersitz zu schieben. »Du bleibst jetzt hier. Hast du die Schlüssel?«

»Es ist offen.«

»Welches Stockwerk?«

»Viertes. Zweite Tür rechts.« Erneut kamen die Tränen, und Sophie ließ ihnen freien Lauf.

Otto von Biel verschwand im Haus. Sie blickte auf den Hafen. Fern, kaum mehr erkennbar, war ein Ozeanriese zu sehen. Brasilien, dachte Sophie und schloss die Augen.

Otto von Biel nahm zwei Stufen auf einmal. Das Treppenhaus war düster. Im vierten Stock stand eine Tür offen, durch die fahles Licht auf den Hausflur fiel. Hier musste es sein.

Vorsichtig drückte er die Tür ganz auf und betrat die Wohnung. Von dem kleinen Flur konnte er zwei Räume ausmachen, weiter hinten befand sich wohl eine Küche, was an dem Perlenvorhang erkennbar war, der den Durchgang abtrennte.

Langsam näherte er sich dem Schlafzimmer. Unmittelbar hinter der Tür entdeckte er einen Rucksack, der auf dem Boden stand. Auf dem Bett lag ein Mann in einer riesigen Blutlache. Er stöhnte leise. Neben ihm lag eine Schere, die Hände hingen kraftlos über der Bettkante, an beiden trug er Handschuhe. Von ihm ging offenbar keine Gefahr mehr aus.

Biel legte den Rucksack auf ein Sideboard und öffnete ihn behutsam. Ein Lächeln flog über seine Lippen. »Brav«, murmelte er. »Offensichtlich noch alles da.« Anschließend widmete er sich wieder dem Mann auf dem Bett. »Na ja, du hattest ja auch kaum Zeit, etwas auszugeben, nicht wahr?« Dann nahm er mit seinem Einstecktuch die Schere in die Hand, umklammerte sie fest, um die Spitze schließlich an Andys Halsschlagader anzusetzen. »Und jetzt wird es leider gar nichts mehr damit werden.«

Als Svens alter Peugeot etwas entfernt von dem Mietshaus in der Ditmar-Koehl-Straße anhielt, gingen auf der gegenüberliegenden Werft die Lichter aus. In der Dämmerung entdeckten sie einen großen BMW, in dem auf der Beifahrerseite jemand saß. »Biels Wagen«, sagte Sven. »Kenne ich.«

»Das ist Sophie!«, rief Leonie und wollte schon aus dem Peugeot springen. Doch Bernice hielt sie zurück. »Lass uns noch einen Augenblick warten ...«

»Aber wenn die Entführer sie an einen anderen Ort bringen wollen?«

»In Biels Wagen?«

»Stimmt«, sagte Leonie kleinlaut und kaute an ihren Fingern herum.

Im Treppenhaus ging das Licht an. »Könnte Biel sein«, konstatierte Sven.

»Ist Biel«, bestätigte Leonie. »Was will er da bloß? Ich meine, er sollte sich gefälligst um Sophie kümmern.«

»Ich sehe nach«, rief Sven und sprang aus dem Wagen, um im tiefen Abendschatten ganz nah an der Hauswand entlang zum Eingang zu schleichen. Er wollte von möglichst wenigen Menschen gesehen werden. Beim Näherkommen konnte er erkennen, dass es tatsächlich Sophie war, die in Biels Wagen saß und den Kopf gesenkt hielt.

»Mensch, Sven, du Blödmann«, flüsterte Leonie leise vor sich hin, als sie ihn im Hausflur verschwinden sah.

»Leo?«

»Sven! Alles okay?«

»Kommt drauf an, wie man's sieht. Ist Biel schon draußen?«

»Ja, klar. Der steigt gerade in seinen Wagen. Hast du ihn nicht getroffen?«

»Er muss im Aufzug gewesen sein, als ich endlich die Wohung gefunden hatte.«

»Und?«

»Erzähl ich dir nachher, nicht jetzt am Handy. Jedenfalls, an der Sache ist was faul. Könnt ihr Biel hinterherfahren?«

»Ich verstehe nicht ...«

»Egal, Leo. Macht bitte, was ich sage.«

»Und du?«

»Hier gibt es niemanden, der mir was antun könnte. Ich muss jetzt schnell die Polizei anrufen.«

11

Als Christian von Landsburg auf dem Gut vorfuhr, hielten ihn zwei Männer in schwarzen Shirts an, auf deren Brust und Rücken der weiße Schriftzug »Security« prangte. »Wohin wollen Sie denn?«, fragte einer von ihnen und lehnte sich lässig an Christians Wagen, indem er die Hand über dem Fahrersitz aufs Dach legte.

»Aufs Gut natürlich. Wenn Sie mich jetzt bitte durchlassen wollen …«

»Wollen wir das, Herbert?«, fragte der bullige Wachmann seinen Kollegen, der unterdessen seinem Walkie-Talkie lauschte. Herbert setzte nur ein breites Grinsen auf und machte eine Kopfbewegung, die wohl signalisieren sollte: Soll mal aussteigen, der Knabe.

»Hören Sie, ich bin spät genug dran. Sie sind wahrscheinlich nicht ganz auf dem Laufenden …«

»Hier ist heute eine geschlossene Veranstaltung. Wenn Sie jetzt bitte rechts ranfahren wollen …«

»Es ist eine geschlossene *Geburtstagsveranstaltung*«, sagte Christian scharf. »Und ich habe nicht die Absicht …«

»Haben Sie eine Einladung?«

»... und ich habe nicht die Absicht«, wiederholte Christian, »erst zum einundsiebzigsten Geburtstag meiner Mutter zu kommen. Lassen Sie mich durch. Ich bin Christian Graf von Landsburg, und Sie befinden sich auf unserem Besitz. Ist das deutlich genug?«

Der Security-Mann musterte Christian verunsichert. Klar, schoss es Christian durch den Kopf. Ich kreuze hier spät in der Nacht im Jogging-Outfit auf. Ziemlich unwahrscheinlich, dass mich einer von denen für einen Hausherrn hält. Er seufzte und griff in seine Jogging-Hose, um seinen Führerschein herauszuholen. Grund genug für den Wachmann, schnellstens an sein Pistolenhalfter zu greifen. Auch sein Kollege zog sofort seine Waffe. Wahrscheinlich gab es an diesem Abend im Umkreis von hundert Kilometern keinen anderen Ort, an dem so viel Geld und Macht versammelt waren. Ungeladene Gäste waren dabei so willkommen wie ein Kommando militanter Anarchisten. Christian atmete tief durch. »Okay«, sagte er langsam. »Ich fahre jetzt rechts ran, und wir klären die Sache, ja?«

»Tun Sie das.« Die beiden Wachmänner ließen ihn nicht aus den Augen, während Christian seinen alten Jaguar an den Rand der Auffahrt fuhr.

Zwischenzeitlich bog ein weiterer Wagen den Weg zum Gut ein. »Kommst du klar?«, rief Herbert seinem Kollegen zu. »Kein Problem!«, gab der zurück. Mit gezückter Waffe war er Christian gefolgt. »Dann zeigen Sie mal Ihre Papiere. Aber bewegen Sie sich ganz langsam.«

Christian holte bedächtig seine Geldbörse hervor

und entnahm ihr seinen Führerschein. Inzwischen war das andere Auto bei Herbert angekommen. Christian konnte den Fahrer nicht sehen, weil ihm der Mann von der Security die Sicht versperrte. Aber er konnte hören, was gesprochen wurde: »Guten Abend. Ich will zur Gräfin von Landsburg.«

»Guten Abend. Haben Sie eine Einladung?«

»Aber sicher. Bitte.«

»Vielen Dank. Wenn Sie das Fahrzeug bitte einem der Wagenmeister vor dem Haupteingang überlassen wollen?«

»Gerne.«

»Danke. Einen schönen Abend.«

»Danke. Ihnen auch.«

Warum war es eigentlich bei ihm nicht so gelaufen?, fragte sich Christian, während der Security-Mann die Papiere studierte und sich vermutlich fragte, ob der junge Mann auf dem Führerschein, der sich mit Schlips und Kragen hatte ablichten lassen, tatsächlich der Typ in dem Jogging-Anzug vor ihm war. Der andere Wagen rollte an Christian vorbei. HH-VB 2345. Christian kannte das Kennzeichen. Er wusste nur nicht, woher.

»Alles klar«, sagte schließlich der Wachmann. »Entschuldigen Sie bitte, Herr von Landsburg. Aber Sie verstehen sicher, dass wir auf Ihre Gäste gut aufpassen müssen.« Er reichte ihm den Führerschein zurück.

»Natürlich«, erwiderte Christian und versuchte, gelassen zu bleiben. »Das verstehe ich.« Ohne noch ein weiteres Wort abzuwarten, gab er Gas und fuhr – viel zu schnell – die Auffahrt zum Gut hinauf. Die Uhr neben dem Tachometer zeigte zwei Minuten vor zehn, und Christian konnte gerade noch eine ihm wohlbekannte Silhouette in der beleuchteten Tür verschwinden sehen.

»Graf Landsburg!« Otto Biel hatte Christian entdeckt und war ihm in die Bibliothek gefolgt. »Ich hatte noch gar keine Gelegenheit, Ihnen zu danken!«

»Ah, Herr von Biel. Wie schön, dass Sie an einem solchen Abend dennoch die Möglichkeit gefunden haben, zur Geburtstagsfeier meiner Mutter zu kommen. Sogar umgezogen haben Sie sich!«

»Um ehrlich zu sein, bei aller Wertschätzung für die verehrte Gräfin – es ist doch vor allem meine Pflicht als Galerist von BLÖK, zu seiner hiesigen Ausstellung zu erscheinen.«

Christian nickte und schenkte sich ein Glas Wasser ein. Der Catering-Service hatte im gesamten Erdgeschoss kleine Tabletts mit Gläsern und Karaffen aufgestellt, die ständig nachgefüllt wurden. »Sie auch?«

Doch Biel schüttelte den Kopf. »Lieber Graf, ich kann Ihnen gar nicht sagen, wie dankbar ich Ihnen bin. Es ist nicht zuletzt Ihr Verdienst, dass die Sache so gut ausgegangen ist.«

Christian seufzte. »Gut? Ich weiß nicht. Soweit ich erfahren habe, sind zwei der Entführer tot.«

»Das ist natürlich schrecklich«, pflichtete Biel ihm halbherzig bei. »Andererseits ist dies ja wohl das Risiko, das solche Verbrecher eingehen.«

»Vielleicht. Vielleicht auch nicht. Sicher, wenn es sich um einen Fall von Notwehr handelt ...«

»So wie hier ...«, ergänzte Biel.

»So eindeutig scheint mir das aber nicht festzustehen.« Christian wiegte den Kopf.

»Was wollen Sie damit andeuten?« Biel hatte plötzlich einen sehr wachsamen Blick aufgesetzt.

»Nichts, Herr von Biel. Nichts. Warten wir einfach das offizielle Ergebnis der Pathologie und der Untersuchung ab.«

»Hm, Sie sagten, zwei der Entführer«, fasste Biel nach. »Denken Sie denn, dass es noch mehr Kidnapper geben könnte?«

Christian stürzte das Wasser hinunter und schenkte sich nach. Seit der albtraumhaften Fahrt bis in die Abendstunden hinein und der anschließenden Befragung durch die Polizei fühlte er sich wie ausgetrocknet. Auch seit seiner Ankuft auf Gut Landsburg konnte er sich keine Minute ausruhen. Schnell hatte er seinen Smoking angezogen und einige Sätze mit Bernice Alper und Leonie gewechselt, die inzwischen ebenfalls eingetroffen waren. Und er hatte ein ernstes Gespräch mit seinem Vater geführt.

»Es ist doch immerhin bemerkenswert, dass zwei Täter tot sind, aber das Lösegeld verschwunden ist.« Christian wandte sich erneut Biel zu.

»Ach?«

»Das wussten Sie nicht?«

»Nein. Um das Geld hatte ich mich noch gar nicht gekümmert.«

»Erstaunlich«, stellte Christian fest und wischte sich scheinbar lässig ein unsichtbares Staubkörnchen vom Revers. »Wo es doch um Ihre Finanzen nicht sonderlich gut steht.«

»Ich muss doch sehr bitten!« Biel nahm langsam die Haltung eines Stiers in der Arena an. »Erstens wüsste ich nicht, wie Sie darauf kommen. Zweitens geht es Sie absolut nichts an, wie es um meine Finanzen bestellt ist, und drittens darf ich doch sehr bitten, sich mit solchen Spekulationen zurückzuhalten! Ich denke, es ist nicht ehrenrührig, sich nicht zuerst ums Geld zu kümmern!«

»Und dennoch haben Sie es vorgezogen, heute Abend nicht bei Ihrer Familie zu sein, sondern hier Ihrem Job nachzugehen.«

»Das muss ich nicht kommentieren.«

»Natürlich nicht. Dass Sie im Übrigen besonderen Wert darauf legen, dass man nicht an Ihrer Ehre rührt, passt nur ins Bild.«

»Wie meinen Sie das?«

»Oh, es entspricht meiner Erfahrung, dass immer in den Fällen, in denen Korrektheit am fragwürdigsten ist, am genauesten darauf geachtet wird.« Christian setzte sich in einen der schweren ledernen Clubsessel und schlug die Beine übereinander. »Mich hat einmal ein bekannter Diplomat und Titelhändler mit Vertragsverhandlungen betraut. Er hat mir auf meine angedeutete Besorgnis hin, man könne ihm einen Mangel an Seriosität unterstellen, ungefragt ein polizeiliches Führungszeugnis zugeschickt! Ich musste sofort an den Ehrenkodex der Mafia denken. Warum setzen Sie sich nicht?«

Biel ging auf die letzte Bemerkung nicht ein. Christian stellte mit einer gewissen Befriedigung fest, dass sie ihn aus dem Konzept gebracht hatte. »Ich kann Ihnen beim besten Willen nicht folgen. Wollen Sie mich in die Nähe von Mafiabossen rücken?«

»Überhaupt nicht, Herr Biel. Sie verstehen mich völlig falsch. Das sind nur Beispiele. Beispiele für Fälle, in denen der Wunsch, etwas zu verdecken, einhergeht mit übertriebener Betonung des Ehrgefühls.«

»Und was hätte ich Ihrer Meinung nach zu verdecken?«

»Zunächst einmal Ihren kleinen Schwindel mit dem Titel. Sie sind kein »von«. Waren Sie nie. Und damals war es auch nicht möglich, dass Sie den Titel Ihrer Frau, der Comtessa d'Assiri, annehmen konnten.«

Einen Augenblick lang schwieg Biel. Dann sog er scharf die Luft durch die Nase ein und antwortete mit belegter Stimme: »Wie kommen Sie denn darauf?«

»Sie sind getauft auf den Namen Otto Viktor Biel. So steht es vermutlich auch in Ihrem Personalausweis. Jedenfalls findet sich diese Schreibweise im Geburtsregister Ihrer Kirchengemeinde im Herzogtum Bückeburg, aus dem Sie stammen. Aus dem Initial des zweiten Vornamens ein Adelskürzel zu machen, indem Sie anstelle eines großen V ein kleines schrieben, war durchaus originell. Aber leider nicht ganz legal. Abgesehen davon gab es nie ein Adelsgeschlecht ›von Biel‹.«

»Das haben Sie aber fein herausgefunden, lieber Graf, während Sie sich für das Leben meiner Tochter hätten verwenden sollen.« Biel hatte den Schock weggesteckt und setzte sich nun Christian gegenüber, demonstrativ lässig.

»Eigentlich war das nur ein Nebeneffekt einer Recherche. Ich war einer ganz anderen Sache auf der Spur.«

»Und was war das für eine Sache gewesen, wenn ich fragen darf?«

»Ich hatte den Verdacht, Ihre Frau könnte in die Entführung verstrickt sein.«

Otto Biels Verblüfffung war ganz offensichtlich nicht gespielt. »Meine Frau? Das ist ja absurd! Wie sind Sie denn auf einen solchen Unsinn gekommen?«

»Zugegeben, auf Anhieb mag es seltsam klingen. Aber bei näherer Betrachtung ...« Christian schenkte sich noch ein weiteres Glas Wasser ein. Langsam schwand der heftige Durst, der ihn plötzlich befallen hatte. Er nahm einen kleinen Schluck, sich der Wirkung seiner Worte und der daraus resultierenden Spannung seines Gegenübers wohl bewusst. »Sie sind mit einer ungewöhnlichen Frau verheiratet. Margareta Biel stammt aus einem alten italienischen Adelsgeschlecht, aus einer der ersten Familien. Den d'Assiris haben einst unschätzbare Werte gehört, auch dem Zweig, dem Ihre Frau entstammt. Leider haben Sie es durch einige Hochstapeleien geschafft, Ihre Frau der eigenen Familie vollkommen zu entfremden. Ihre Schwiegereltern sind – kurz nacheinander – gestorben. Man sagt, es hing mit dem Kummer zusammen, den Sie über die Familie gebracht haben. Man kann auch von Schande sprechen.« Biel wollte protestieren, doch Christian ließ ihn nicht zu Wort kommen. »Männliche Erben gibt es nicht mehr, niemand trägt mehr den Namen d'Assiri. Sie haben sozusagen die Familie Ihrer Frau ausgelöscht – jedenfalls könnte man dieser Meinung sein.«

»Und deshalb entführt Margareta unsere Tochter? Das ist doch lächerlich!«

Biel schlug mit der Faust auf die Armlehne.

»Bedenken Sie, dass Sie die stolze Vergangenheit Ihrer Frau ausgelöscht haben«, sagte Christian mit leiser Stimme. »Und Sie schlagen sie. Seit langem.« Vorsichtig setzte er sein Glas auf den Tisch und sah den Ringen zu, die sich zitternd auf der Wasseroberfläche bildeten. »So etwas kann ein Paar auf kranke Art auch zusammenschweißen. Das hat man schon erlebt. Aber es kann auch den Wunsch nach Rache schüren. Sie haben die Familie Ihrer Frau zerstört, nun zerstört sie Ihre.«

Etwas war mit Biel geschehen. Auf kaum merkliche Weise hatte er sich entspannt. »Jaaa«, sagte er langsam und machte den Eindruck, als horche er in sich hinein. »Da ist etwas dran. Wenn Sie es *so* sagen ... Und dann muss man bedenken, dass Margareta ja auch Sizilianerin ist. Das würde so einiges erklären.«

»Würde es«, bestätigte Christian. »Zum Beispiel würde es erklären, wieso die Entführer so genau über Sophie Bescheid wussten.«

Ein Flackern durchzog Biels Augen. »Wenn das stimmt«, sagte er heiser, »dann sind Sie ein Genie! Ich meine, ich bin natürlich erschüttert über das, was Sie mir da sagen. Aber auf der anderen Seite muss ich gestehen: Ich bin auf entsetzliche Weise fasziniert. Und wie hat Margareta das alles arrangiert?«

»Oh, sie hat es nicht arrangiert. Es war nur ein falscher Verdacht. Ich habe mich von der Rolle, die Ihre Frau spielt, täuschen lassen. Dieses explizit Verletzte, dieser Seelenschmerz, den sie so überdeutlich zeigt, dieses demonstrativ Verschlossene, die so effektvoll inszenierte Flucht ins Dunkle, die verhängten Zimmer, die Sonnenbrille – das alles schien mir zu melodramatisch, um authentisch zu sein. Aber es ist echt! Der Grund für ihre Übertreibung liegt nicht darin, dass sie uns etwas schlecht vorspielen will, sondern dass sie um Hilfe schreit. Unbewusst vielleicht – aber ihr ganzes Leben ist ein einziger Hilfeschrei.«

Biel lachte auf. »Woher haben Sie denn das! Das ist ja nun wirklich Küchenpsychologie auf unterster Ebene. Ich weiß gar nicht, warum ich mich hier mit Ihnen abgebe.«

»Vielleicht, um zu erfahren, wie die Geschichte wirklich ist.«

Biel, der sich bei seinen letzten Worten schon aus dem Sessel gestemmt hatte, ließ sich wieder fallen. »Und wie ist sie?«

»Zunächst einmal entspricht es nicht den Tatsachen, dass Ihre Frau alles verloren hat. Sie ist immerhin die einzige Erbin der Familie d'Assiri. Und mit dem Erbe, das sie angetreten hat, hat sie auch die Verantwortung übernommen, dieses zu bewahren. Menschen vom Schlage Ihrer Frau sind solche Verpflichtungen heilig. Sie würden sie nie aus Rache oder sonstigen persönlichen Beweggründen aufs Spiel setzen.«

»Immerhin können Sie angesichts dessen ja kaum behaupten, ich sei am Rande des Ruins«, bemerkte Biel.

»Das hat damit nichts zu tun, Herr Biel. An diesem Vermögen partizipieren Sie nicht. Aufgrund eines Ehevertrages.«

»Woher ...«

»Ihre Frau hat es mir gesagt.«

Biel musterte Christian eine Weile. »Dann sind Sie also die ganze Zeit einem Hirngespinst hinterhergejagt.«

»Es entbehrt nicht einer gewissen Komik, dass Sie das sagen, Herr Biel. Denn das ist in mehr als einem Sinne richtig. Einerseits kann man sagen, dass der Verdacht gegen Ihre Frau tatsächlich ein Hirngespinst war. Andererseits muss ich feststellen, dass die ganze Entführung eine Chimäre war, eine Fälschung mit tödlichem Ausgang für zwei Menschen.«

»Sie sind doch nicht bei Sinnen! Was reden Sie da überhaupt! Meine Tochter ist entführt worden. Beinahe wäre sie ermordet worden. Welche Beweise brauchen Sie denn noch?«

»Es geht in diesem Fall nicht nur um die Frage, was *für* eine Sache spricht, sondern auch darum, was *dagegen* spricht.«

»Meinen Sie nicht, dass Sie sich da verrannt haben? Ihre Hypothesen werden immer abstruser.«

»Interessant, dass Sie das sagen, Herr Biel. So ging es mir auch. Und gerade, als ich nicht mehr durchblickte, haben Sie mir mit Ihrer kleinen Galerie der Fälscher geholfen. Erinnern Sie sich? Sie hatten geäußert, der Kujau sei das einzige Bild, das alle für echt halten – und dabei sei es gar kein echter Kujau. Also war selbst das, was wie eine perfekte Fälschung erschien, nicht das, wonach es aussah.« Christian stand auf, ging um seinen Sessel herum und beugte sich auf die Kopflehne, wie er es gelegentlich bei seinen gerichtlichen Plädoyers tat. »Ihre Gattin war keine gelungene Fälschung, sie war wahrhaftig. Sie selbst waren nicht Otto von Biel, sondern nur Otto Biel – das

»von« macht übrigens für mich keinen Unterschied. Aber die Schwindelei, die ist doch sehr interessant. Und schließlich Ihre Tochter: Sie hat bei der Entführung mitgespielt! In ihrer Wohnung fehlten wichtige Kleidungsstücke. Oder ist es etwa Zufall, dass weder ihre Lieblingsblusen noch die feinsten Pullis oder teuersten Schuhe, weder das Lieblingsparfüm noch die schönsten Dessous in ihrem Apartment zu finden waren? Es fehlte auch die Pille. Ich bin sicher, die Sachen werden sich in der Wohnung der Kidnapper finden. Und wenn Sie mich fragen, sind die Entführer nicht extra ins Apartment Ihrer Tochter gefahren, um ihrem Opfer Kleidung zum Wechseln zu holen. Aber das ist nicht alles. Diese vermeintlichen Entführer sollen nun Ihre Tochter gezwungen haben, das Kuvert mit der so genannten Folter-CD zu beschriften. Aber sie hinterließ dabei keine Fingerabdrücke. Und soll ich Ihnen sagen, warum? Weil auch *sie* Handschuhe trug, weil auch *sie* Mittäterin war.«

»Blanker Unsinn, Landsburg!« Biel war ebenfalls aufgestanden. »Wollen Sie mir am Ende auch noch erzählen, dass sie sich selbst zu erwürgen versucht hat? Die Würgemale sind *jetzt* noch zu sehen.«

»Zugegeben, das hat mich beschäftigt. Sie werden mir aber zustimmen müssen, es ist schon auffällig, dass Sophie keinerlei Verletzungen oder blaue Flecken von den angeblichen Misshandlungen davongetragen hat, die man nur zu deutlich auf dem Foto sieht. Sicher, an dem Mordversuch, dem sie mit Glück entkommen ist, führt kein Weg vorbei. Ein solcher Mordversuch«, sagte Christian und ließ Biel nicht aus den Augen, »schließt jedoch nicht aus, dass Sophie anfänglich mit den Entführern unter einer Decke steckte. Aber sie war vermutlich nicht die Drahtzieherin gewesen.«

»Ich dachte, von Ihrer These, dass meine Frau beteiligt gewesen sein könnte, hatten Sie schon wieder Abstand genommen?«

»Schon. Aber nur, was Ihre Frau betrifft. Was aber nicht heißt, dass es keinen anderen Hintermann gegeben haben könnte.«

»Und wollen Sie mir auch verraten, wer das gewesen sein soll?«

»Das wissen Sie doch besser als ich!« Christian sah Biel mit einem durchdringenden Blick an. »*Sie* sind es gewesen. Sie haben die Entführer unterstützt, Sie standen hinter der Aktion. Vermutlich haben Sie sie ausgeheckt, um auf diese Weise an einen Teil des Geldes Ihrer Frau zu kommen.«

»Lächerlich! Glauben Sie im Ernst, dass Sophie eine solche Sache mit mir angepackt hätte, dass sie *irgendeine* Sache mit mir gemeinsam durchgezogen hätte? Sie haben keine Ahnung, wie sehr sich Sophie gegen ihre Eltern auflehnt, vor allem gegen mich.«

»Ich denke nicht, dass Sie Sophie dazu überredet haben. Sie hatten mit mindestens einem der Gangster gemeinsame Sache gemacht. Diesen hatten Sie animiert, das Ding zu drehen. Und er war es dann, der Sophie dafür begeisterte. Seinetwegen hat sie mitgemacht, nicht Ihretwegen. Vielleicht war da noch ein wenig Abenteuerlust dabei. Wie auch immer: Ihre Tochter wusste nicht, dass *Sie* diesen Typen angestiftet haben. Dass einer der Entführer den anderen umbringen wird, hatten Sie möglicherweise nicht geplant. Aber es hat Sie doch zumindest auf die Idee gebracht, auch den anderen zu beseitigen, sodass Sie das Geld mit niemandem mehr teilen mussten.«

Otto Biel lachte. »Was Sie sagen, ist schlichtweg Unsinn. Aber dennoch Gratulation zu Ihrer Fantasie. Sie haben sich da wirklich etwas Originelles zusammengereimt.«

»Und wissen Sie, was das Schöne an meiner Theorie ist?«

»Sie werden es mir verraten.«

»Man kann sie beweisen.«

»Ja?«

»Oh ja!« Christian griff in seine Smokingjacke. »Wissen Sie, wer Maria Watznik ist?«

»Keine Ahnung.«

»Ihre Fingerabdrücke waren auf dem Umschlag, in dem die CD-Rom mit Sophies Foto bei Ihnen eingetroffen ist. Sie kennen sie vermutlich unter dem Namen Swetlana.«

Kurz zögerte Biel. Dann sagte er trocken: »Nie gehört.«

»Das erstaunt mich. Immerhin besuchen Sie Swetlana regelmäßig an ihrem Arbeitsplatz auf St. Pauli.«

»Das ist doch wirklich die Höhe! Tiefer können Sie ja wohl kaum noch sinken. Jetzt halten Sie mir sogar Hurengeschichten vor.«

»Darum geht es nicht, Herr Biel. Was Sie in Ihrer Freizeit anstellen, ob Sie ins Spielkasino, ins Fußballstadion oder zu Prostituierten gehen, ist ganz allein Ihre Angelegenheit. Aber Swetlana ist zufällig die Freundin von einem der Entführer.«

»Interessant. Das ändert aber nichts daran, dass ich keine Swetlana kenne.«

»Ja, das Gedächtnis lässt einen manchmal in den wichtigsten Augenblicken im Stich. Aber ich kann Ihnen da helfen.« Mit diesen Worten zog Christian Biels Handy aus der Tasche. »Es ist Ihr Mobiltelefon.«

»Wo haben Sie das her?« Biel brauste auf. »Schnüffeln Sie in meinen Sachen herum?«

»Aber nein, Ihre Frau war so freundlich ...« Christian rief das Telefonverzeichnis auf. »Swetlana« erschien auf dem Display. »Der Umstand, dass die Nummer der jungen Dame in Ihrem Handy gespeichert ist, dürfte genügen, um die Polizei auf die Idee zu bringen, Swetlanas Wohnung einmal auf Ihre Fingerabdrücke hin zu untersuchen. Das wird das Bild sicher trefflich abrunden. Übrigens bin ich auch sicher, dass das Geld längst wieder bei Ihnen ist. Und es ist nur eine Frage der Zeit, bis die Polizei den Rucksack und die Kleidung findet, die Sie noch vor zwei Stunden trugen. Ich nehme an, dass Polizeioberkommissar Bernheimer gerade mit einem Hausdurchsuchungsbefehl auf dem Weg zur Johnsallee ist. Frau Alper und meine Tochter, die Ihnen vom Tatort zur Galerie unbemerkt gefolgt sind, können bezeugen, dass Sie vor weniger als einer Stunde mit einem Rucksack in dem Ausstellungsraum verschwanden und kurz darauf wieder in Ihren Wagen stiegen, um hierher zu kommen. Dazu kommt noch etwas: Die Forderung der Entführer lag bei anderthalb Millionen Euro, Sie selbst sprachen aber immer von zwei Millionen. In dem Koffer, den ich den Entführern übergab, befanden sich nur die geforderten anderthalb Millionen.« Christian sah Biel nun fragend an. »Wie haben Sie es nur geschafft, in der kurzen Zeit fünfhunderttausend Euro aus dem Koffer verschwinden zu lassen? Das Geld und der Koffer waren doch ständig unter Beobachtung.«

Für einen Augenblick dachte Christian, Biel würde ihm an den Hals gehen. »Sehr, sehr schlau, das alles«, sagte Biel schließlich langsam, sichtlich um Selbstbeherrschung bemüht. »Aber ohne das Geld fehlt der letzte Beweis, und damit wird Ihre hübsche Theorie in sich zusammenfallen. Abgesehen davon war es Sophie, die den Entführer in Notwehr umgebracht hat.«

»Ich bin sicher«, sagte Christian, »wenn die Polizei Ihre Galerie unter die Lupe nimmt, wird sich dort nicht nur das Geld, sondern auch, wie gesagt, die Kleidung finden, die Sie wohlweislich gewechselt haben. Glauben Sie mir: Was Kriminalisten heute an Spuren auswerten können, ist phänomenal!«

Biel stierte ihn einen Moment lang an, doch plötzlich erschien ein triumphierendes Lächeln auf seinem Gesicht. »Wissen Sie was, Herr von Landsburg? Sie haben Recht. Sie haben voll und ganz Recht. Die ganze Entführung war von mir geplant. Dass die zwei Hampelmänner dran glauben mussten, war zwar nicht beabsichtigt gewesen, aber es hat doch den angenehmen Nebeneffekt, dass es keine Zeugen mehr gibt und dass das gesamte Geld in meiner Tasche landet. Sie sind schlau, Graf Landsburg, dennoch haben Sie eines nicht bedacht.«

»Nämlich?«

»Sie sind mein Anwalt. Und alles, was ich Ihnen eben gesagt habe, unterliegt der anwaltlichen Schweigepflicht. Einschließlich Ihrer cleveren Analyse.«

»Für Graf Christian mag das gelten. Für mich gilt es aber nicht«, sagte plötzlich von der Tür her eine weibliche Stimme. Wie vom Donner gerührt, wirbelte der massige Mann herum und sah Bernice Alper an der Türschwelle stehen. »Es wird mir ein Vergnügen sein, Ihre Worte gegenüber der Polizei zu wiederholen.«

Ferdinand von Landsburg hatte sich mit einem Sherry auf die Veranda zurückgezogen, als er hörte, wie Christian, Leonie und Bernice Alper in den Salon eintraten. Er kehrte in den kleinen Raum zurück und setzte eine überraschte Miene auf. »Christian! Leonie! Dass man euch beide heute Abend auch noch sieht? Frau Alper, sehr erfreut!«

»Papa, du musst dich nicht verstellen. Frau Alper ist in alles eingeweiht. Sie weiß, was heute Nachmittag und Abend gelaufen ist«, sagte Christian und legte unwillkürlich einen Arm um Bernice.

»Umso besser«, beschied der alte Graf. »Dann solltest du vielleicht wissen, dass ich eben Herrn Biel mit ziemlichem Tempo habe vom Hof fahren sehen.«

»Keine Sorge, Papa, er wird nicht weit kommen.«

»Werden die Beweise denn ausreichen, die ihr gegen ihn habt? Ich meine, Christian, deine Schlussfolgerungen sind sicher brillant. Aber wer weiß, ohne handfeste Indizien kann er sich leicht aus dieser Geschichte herauswinden.«

»Seien Sie unbesorgt, Graf Landsburg«, sagte Bernice. »Wir konnten beobachten, wie er das Lösegeld vom Tatort mitnahm.« Sie machte eine kurze Pause. »Sven hat uns berichtet, dass der Entführer wahrscheinlich durch einen gezielten Stich in die Halsschlagader getötet wurde. Der junge Mann ist verblutet. Sophie hatte den Entführer nur mit einem Stich in den Rücken außer Gefecht gesetzt.«

»Sagt Sophie!«, warf Leonie ein.

»Ja«, bestätigte Christian. »Aber die Polizei hat uns bereits mitgeteilt, dass in der Galerie sowohl das Lösegeld als auch Biels Anzug gefunden wurden – mit deutlichen Blutspuren.«

»Sieh an, so freimütig ist die Polizei plötzlich mit Informationen? Und das, obwohl du nach offizieller Lesart der Anwalt des mutmaßlichen Täters bist! Was hast du denn mit denen gemacht.«

»Na ja«, sagte Christian. »Das haben sie eigentlich nicht mir mitgeteilt, sondern Frau Alper.«

»Alte Kollegin«, erklärte Bernice.

Leonie fügte hinzu: »Sie war doch mal Polizeipsychologin. Und stell dir vor: Sie haben nicht nur die anderthalb, sondern sogar zwei Millionen gefunden!«

»Biel scheint seinen Komplizen je eine halbe Million versprochen zu haben, plus eine halbe Million für Sophie«, erklärte Christian. »Die wusste von seiner Beteiligung nichts, sie selbst hielt sich für eine Komplizin. Biels Anteil betrug jedenfalls eine halbe Million. Die hat er aber gar nicht erst eingepackt, sondern nur die anderthalb Millionen in den Koffer gesteckt.«

»Ich hab's doch gleich gesagt«, stellte Leonie fest. »Der hat was an der Birne.«

Wie nach einem prasselnden Regen langsam wieder Stille einkehrt, in die hinein nur das Tropfen von Bäumen und Dächern zu hören ist, so schwanden im Hause Landsburg allmählich der Lärm des Tages und die Hektik der Feier, und es begann sich eine Ruhe auszubreiten, die nach und nach die Räume und Menschen erfasste.

Gräfin Francesca hatte sich, nachdem sie all ihre Gäste verabschiedet hatte, in ihr Schlafzimmer zurückgezogen. Sie war in ihren Hausmantel geschlüpft, hatte Leonies Schal umgelegt und sich von Marianne noch eine Tasse Tee bringen lassen. Nun saß sie in ihrem großen, geblümten Sessel, der neben dem Fenster stand. Sie hielt die Augen geschlossen und lauschte einer Nachtigall, die in den Bäumen sang. Was für ein Tag! Was für ein Fest!, dachte sie. Aber auch: Was für eine Enttäuschung. Francesca von Landsburg spürte, wie sich Tränen in ihre Augen schlichen.

Christian wusste, wie wichtig ihr dieser Geburtstag war. Und sicherlich ahnte er auch, wie schmerzhaft es für sie war, diesen Ehrentag ohne ihn zu verbringen. Gewiss, sie hatte sich Sorgen gemacht, große Sorgen, als Christian nach dem Eintreffen der ersten Gäste noch immer nicht erschienen war. Sie hatte Ferdinand gefragt, Marianne, Leonie, ehe die sich ebenfalls abgesetzt hatte. Ferdinand hatte etwas von einer Lösegeldübergabe gemurmelt, wollte dann aber keinen weiteren Kommentar mehr abgeben. »Liebes, ich bin sicher, dass Christian bald kommt«, hatte er sie beruhigt. Lösegeld klang gefährlich, nicht nach einem Sonntagsausflug – wie sollte sie sich da beruhigen? Krank war sie vor Kummer gewesen, bis ihr der Herzog von Rothenau gesagt hatte, er sei Christian auf dem Flur begegnet. Aber bislang hatte sie nicht mit ihm sprechen können. Und so saß sie nun in ihrem Sessel und blickte in die Dunkelheit. Eine seltsame Traurigkeit schien von ihr Besitz ergreifen zu wollen.

Plötzlich hörte sie ein leises Klopfen an der Tür. Zuerst war sie gar nicht sicher, ob sie es sich nicht nur eingebildet hatte. Doch ja, es klopfte. »Bitte?«, sagte sie leise und räusperte sich, um es noch einmal lauter zu wiederholen: »Bitte?«

Christian trat ein und entschuldigte sich. Er erzählte ihr von der Entführung, auch, dass es um Leben und Tod gegangen war, dass sich aber alles glücklich gefügt hätte. Dann überreichte er ihr mit seinem jungenhaften Lächeln, dem sie jedes Mal erlag, ein Päckchen: »Bitte. Mach es auf.«

»Ach, Christian«, seufzte die alte Gräfin. »Weißt du eigentlich, dass du mir dein Geschenk schon so oft als Letzter gegeben hast? Na ja, so spät wie heute war es allerdings noch nie.« Sie wickelte das Päckchen aus. »Als du zehn Jahre alt warst, hattest du mir eine Froschsammlung geschenkt. Lauter getrocknete Exemplare, die du selbst unten am See gefangen hattest.« Sie musste laut auflachen, als sie daran dachte. »Was habe ich mich damals geekelt!«

Ein hölzernes Kästchen kam zum Vorschein, in dem eine silberne Spieluhr auf rotem Samt lag. Christian nahm die Uhr vorsichtig für seine Mutter heraus und zog sie auf: Mit einem leisen Klicken setzte sich der Mechanismus in Bewegung, und in hellen, klaren Tönen gab die Spieluhr die Arie des Papageno aus der *Zauberflöte* wieder. Gräfin Francesca betrachtete lächelnd die sich drehende Figur des Vogelhändlers mit seiner Flöte und einiger um ihn herumschwebender Vögel.

»Danke, Christian. Das ist wunderschön, eine große Freude – danke.« Sie klappte die Spieluhr zu und schloss müde die Augen. Christian betrachtete sie einige Sekunden und nahm sie dann in den Arm. Es hatte nie viel körperliche Zärtlichkeit zwischen Mutter und Sohn gegeben und schon gar keine zärtlichen Worte. Gefühle artikulierte man nicht – Gefühle zeigte man, wenn auch nur ihn Maßen. So waren seine Eltern aufgewachsen, so hatte man es ihnen beigebracht. Contenance und Haltung, alles andere war »gewöhnlich«.

»Mutter, ich liebe dich. Verzeih mir, dass ich dich an diesem Abend allein gelassen habe«, flüsterte er.

Sie löste sich aus seiner Umarmung, strich ihm sanft eine Haarsträhne aus der Stirn. »Ich liebe dich auch, mein Junge.« Und als hätte sie dieser Ausbruch an Zärtlichkeit fast ein wenig erschreckt, fuhr sie fort: »So, und nun möchte ich alle Einzelheiten der Lösegeldübergabe hören. Je gruseliger, desto besser. Vergiss nicht, ich bin jetzt eine ältere Dame und muss endlich den grausamen Gegebenheiten des Lebens ins Auge schauen, zumindest, soweit sie meinen Sohn betreffen. Wer weiß, vielleicht kann ich dir bei deinem nächsten Fall sogar ermittelnd zur Seite stehen!« Sie lächelte Christian an.

Christian von Landsburg war in Eile, als er am Samstagmorgen die Treppen hinunterlief, um sich auf den Weg nach Hamburg zu machen. Es war bereits kurz nach neun Uhr, der Termin mit dem Kollegen Martius war für zehn angesetzt, und die Straßen würden wie immer voll sein von Ausflüglern, Frühaufstehern und Shopping-Touristen aus dem Umland. Auf der Treppe begrüßte er seinen Vater im Vorbeigehen. Graf Ferdinand blickte mit überraschter Miene hinter seinem Sohn her, eine leise Ironie war zu entnehmen, als er hinter ihm herrief: »Du bist spät dran, mein Lieber!«

Die Sonne vor dem Haus blendete Christian. Doch er spürte das nicht, sondern fühlte sich so wohl wie seit langem nicht mehr. Ein Lächeln lag über seinem Gesicht, als er auf seinen Jaguar zuging, den ihm irgendein freundlicher und dienstbarer Geist schon aus der Garage gefahren hatte. Vermutlich hatte Leonie mal wieder eine Runde drehen wollen. Sie liebte den Wagen, wahrscheinlich arbeitete sie schon an einer Strategie, wie sie ihn sich irgendwann unter den Nagel reißen konnte. Christian musste grinsen. Den würde sie nicht kriegen, dachte er, nicht, solange er hinter dem Steuer sitzen konnte, und das, hoffte er, würde noch viele Jahre dauern.

Plötzlich öffnete sich die Fahrertür, und ein Mann stieg aus, ein Mann mit Kappe und Anzug. Christians Grinsen erstarb. »Entschuldigung?«

»Ach, Christian, Schatz«, hörte er plötzlich hinter sich die Stimme seiner Mutter. »Da bist du ja endlich! Wir warten ja schon so lange auf dich! Müsstest du nicht längst unterwegs sein?«

»*Wir* warten?«, sagte Christian tonlos. »Wer ist *wir*?« Jetzt kniff er die Augen zusammen, und plötzlich konnte er den Mann in Kappe und Uniform erkennen.

»Na, Benno, natürlich!« Gräfin Francesca kam näher und wies auf den ehemaligen Stallburschen, der um den Wagen herumgegangen war und den Fond mit einer eleganten Verbeugung öffnete, während er mit der anderen Hand seine Mütze vom Kopf zog.

»Ich verstehe nicht ...«

»Also, mein Lieber«, erklärte ihm Francesca, als ginge es darum, einem kleinen Jungen die Sache mit den Bienchen und den Blümchen klar zu machen. »Du weißt doch am besten, dass man dich wirklich nicht mehr allein ans Steuer lassen darf. Du fährst viel zu riskant. Außerdem hast du schon Punkte in Düsseldorf ...«

»Flensburg, Mama. Und es ist *ein* Punkt. Einer.«

»Papperlapapp. Erst ist es einer, dann kommt ganz schnell der zweite dazu. Und bevor du dich umgesehen hast, haben sie dir deine Fahrerlaubnis entzogen.« Sie duldete keinen weiteren Einwand. Mit sanfter Hand schob sie ihren Sohn in den Wagen. Graf Ferdinand, der hinter seiner Frau aus dem Haus gekommen war, verkniff sich ebenso mühsam ein Lächeln wie Leonie, die inzwischen auf ihrem Rappen Tarrass auf den Hof geritten war und sich anstrengen musste, das temperamentvolle Pferd ruhig zu halten. »Nein, nein«, fuhr Francesca fort. »Ich vermag ja darüber hinwegzusehen, dass du mit einem Gebrauchtwagen durch die Gegend saust. Aber dass du ohne Chauffeur fährst, das kommt gar nicht mehr infrage. Benno fährt viel sicherer. Und er ist auch über das Alter hinaus, in dem ihr Männer immer nur Flausen im Kopf habt.« Sie blickte zu ihrem Mann hinüber. »Von Ausnahmen abgesehen.«

Christian sah auf die Uhr. Er hatte einfach nicht mehr die Zeit für eine längere Diskussion, wenn er nicht riskieren wollte, dass die Sache von Peekenbrink im letzten Moment doch noch platzte. Also entschied er, sich dieses Mal zu fügen, und stieg in den Wagen. Benno schloss die Tür mit gediegenem Schwung und umrundete den Jaguar wieder, um auf dem Fahrersitz Platz zu nehmen.

»Also dann, gute Fahrt!«, rief Francesca. Christian kurbelte die Scheibe runter und sagte: »Darüber müssen wir später noch sprechen!«

Die Gräfin schien nicht auf seine Worte zu achten. Sie gab lediglich Benno ein Zeichen, dass er sich auf den Weg machen solle. Christians Blick wanderte nach oben zum Fenster seines Zimmers. Und wirklich: Dort sah er Bernice, halb hinter dem Vorhang stehend, die ihm eine Kusshand zuwarf.

»Benno?« Es war seine Mutter, die nun doch noch einmal ans Auto getreten war.

»Frau Gräfin?« Benno betätigte ein ums andere Mal den Anlasser, doch der Wagen sprang nicht an. Es dauerte noch ein paar Versuche, und Christian ahnte, was nun kommen würde. Und es kam. Benno räusperte sich, zuckte schließlich mit den Achseln und meinte: »Es tut mir Leid, Frau Gräfin. Kein Benzin mehr im Tank.«

Leonie lachte laut. »O Gott, nicht schon wieder!«, rief sie und gab ihrem Pferd die Sporen.